KELLY ELLIOTT

De volta ao lar

Traduzido por Marta Fagundes

1ª Edição

2025

Direção Editorial: **Preparação de texto:**
Anastacia Cabo　Ana Lopes
Tradução: **Revisão Final:**
Marta Fagundes　Equipe The Gift Box
Arte de capa e diagramação: Carol Dias

Copyright © Kelly Elliott, 2022
Copyright © The Gift Box, 2025
Capa cedida pela autora

Todos os direitos reservados.
Nenhuma parte do conteúdo desse livro poderá ser reproduzida em qualquer meio ou forma – impresso, digital, áudio ou visual – sem a expressa autorização da editora sob penas criminais e ações civis.
Esta é uma obra de ficção. Nomes, personagens, lugares e acontecimentos descritos são produtos da imaginação da autora. Qualquer semelhança com nomes, datas ou acontecimentos reais é mera coincidência.

Este livro segue as regras da Nova Ortografia da Língua Portuguesa.

CIP-BRASIL. CATALOGAÇÃO NA PUBLICAÇÃO
SINDICATO NACIONAL DOS EDITORES DE LIVROS, RJ
Gabriela Faray Ferreira Lopes - Bibliotecária - CRB-7/6643

E43v

　Elliott, Kelly
　　De volta ao lar / Kelly Elliott ; tradução Marta Fagundes. - 1. ed. - Rio de Janeiro : The Gift Box, 2025.
　　248 p.　　　(Crônicas de Seaside ; 1)

　Tradução de: Returning home
　ISBN 978-65-5636-385-1

　1. Romance americano. I. Fagundes, Marta. II. Título. III. Série.

25-96153　　CDD: 813
　　　　　　CDU: 82-31(73)

Querido leitor,

Um recadinho pra você antes de começar a ler este livro. *Crônicas de Seaside* NÃO compõe uma série com livros individuais. São histórias conectadas entre os irmãos ao longo da série. É melhor ler tudo na ordem certa, ou você acabará ficando confuso, e esta autora que vos fala não quer que isso aconteça.

Agora... Vamos começar com a história de Gannon e Adelaide, okay?

PRÓLOGO

Adelaide

Final do último ano do ensino médio

Gannon Wilson tinha que ser o homem mais bonito de toda Seaside. Seu cabelo castanho-avermelhado e aqueles olhos castanho-escuros me lembravam do famoso chocolate quente da minha avó. Nada nunca me fez sentir tão aquecida e feliz quanto o chocolate quente dela. Okay, isso era mentira, porque os olhos de Gannon me faziam sentir da mesma forma. Quando ele olhava para mim, era como se eu pudesse ver sua alma. E quando ele sorria – ah, meu Deus, aquilo mexia comigo de um jeito louco.

Eu estava de pé no canto do estacionamento, observando Gannon se despedir de seus amigos. Ele conhecia todo mundo, porque era esse tipo de cara. Não importava que ele fosse o quarterback do time da escola, ou que jogasse beisebol – ele era simplesmente gentil com todos que conhecia. Popular ou não, nerd ou atleta, ele era amigo de todos. Essa era uma das coisas que eu mais amava nele: seu coração bondoso.

Minha irmã mais nova, Sutton, e minha melhor amiga, Harlee, chegaram e me abraçaram, cada uma com um braço sobre meus ombros. Com um suspiro, Sutton disse:

— Ainda não consigo acreditar que ele vai embora hoje.

Dei um sorriso forçado, mas não consegui dizer nada. Eu estava temendo esse dia há meses, contando cada momento até Gannon ir embora para a Academia Naval.

— Vocês já decidiram o que vão fazer? — Harlee perguntou.

Uma parte minha não queria compartilhar nossos planos. Eu queria ficar sozinha com Gannon para aproveitar cada momento antes de ele ir embora. E sabia que, no instante em que falasse em voz alta, isso se tornaria real.

— Por mais que a gente queira ficar juntos, não vejo como isso seria possível. Quero dizer, vou estudar em Orono, e o Gannon está indo para a Academia Naval em Maryland. E depois disso, ele vai servir na Marinha. Não é justo para nenhum de nós manter um relacionamento à distância assim, sem previsão de fim.

— Mas... são *vocês*. Gannon e Adelaide. Vocês foram feitos um para o outro — Sutton disse, virando-se para me encarar. Seus olhos estavam tão tristes, e eu tinha certeza de que os meus refletiam o mesmo sentimento. Eu me esforcei bastante para não chorar.

— Confie em mim, Sutton, eu não gosto disso mais do que você. Mas ambos temos nossos próprios sonhos. Quero me tornar enfermeira obstétrica e morar em Boston. Gannon quer estudar engenharia naval. Ele quer trabalhar com navios na Marinha e depois voltar para Seaside como piloto prático. Esse é o grande objetivo dele, e ele não pode alcançá-lo sem seguir esse caminho. Além disso, o pai dele serviu na Marinha, e ele quer seguir os passos dele e do Brody. Não é justo que nenhum de nós desista dos nossos sonhos.

Harlee e Sutton soltaram suspiros entristecidos. Eu queria fazer o mesmo.

— Nem me fale — eu disse, baixinho.

Observei Gannon apertar a mão de um dos caras do time de futebol e, em seguida, vir em nossa direção.

— Temos que deixar nas mãos do destino.

Sorri para Gannon conforme ele se aproximava.

Harlee apertou minha mão e disse:

— Bem, se for para ser, talvez um dia vocês voltem a ficar juntos aqui em Seaside.

Sutton bufou.

— Sempre otimista, não é, Harlee?

Ela sorriu.

— Sou mesmo, porque não acredito que um amor como o de Addie e Gannon possa acabar tão facilmente.

Apertei levemente a mão dela em resposta.

— Eu amo você, Harlee.

— Também te amo. — Virando-se para Sutton, Harlee disse: — Que tal irmos ao Seaside Grill tomar um milk-shake de chocolate?

Sutton olhou para mim.

— Você vai ficar bem se formos?

Abraçando minha irmã, respondi:

— Sim, vou ficar bem. Avisem à mamãe e ao papai que eu vou chegar mais tarde.

— Pode deixar.

Meus pais eram donos do Seaside Grill, um dos restaurantes mais populares de Seaside, bem no final da avenida principal. Uma das paredes do restaurante era toda de janelas com vista para a baía de Penobscot. Também havia um deque nos fundos com mesas para quem quisesse aproveitar a brisa do oceano durante os meses mais quentes.

Gannon parou na nossa frente e me deu um beijo na bochecha.

Sutton enxugou rapidamente uma lágrima.

— Sentiremos saudades. Divirta-se, Gannon. E, por favor, tome cuidado.

Gannon sorriu para Sutton.

— Eu vou me cuidar, Sutton. Aproveite os dois últimos anos. E, seja como for, se você pegar o Sr. Hathaway, nunca durma na aula dele.

Sutton riu e o abraçou. Ele retribuiu e olhou para mim com um sorriso suave.

Depois de soltar Sutton, Harlee o abraçou.

— Vou sentir sua falta, Gannon. Não morra.

— Harlee! — Sutton e eu exclamamos ao mesmo tempo.

Gannon a soltou e riu enquanto todos nós a observávamos se virar e correr em direção ao carro, claramente tentando evitar que víssemos que ela estava emocionada.

— Não deixe o que ela disse te afetar, Gannon — Sutton salientou, seguindo Harlee. — Você vai ficar bem. Estamos todos tão orgulhosos de você e do Brody.

— Obrigado, Sutton. Você vai cuidar da minha garota, certo? — Gannon perguntou, segurando minha mão.

Com um sorriso, Sutton respondeu:

— Pode apostar que sim. Até logo, Gannon!

Gannon acenou e depois se virou para me encarar.

— Não conversamos nada ontem à noite, Addie.

Minhas bochechas esquentaram.

— Isso porque estávamos ocupados nos despedindo.

Ele sorriu, e eu quase derreti ao ver a covinha em sua bochecha direita e aquele charme de garoto. Não importava que Gannon e eu estivéssemos juntos desde o nono ano, aquela covinha sempre me conquistava toda vez que aparecia.

— Estávamos ocupados mesmo, né?

Rindo, assenti.

— Sim.

Gannon olhou para o campo aberto que levava até a praia e a baía. Logo além das ilhas dispersas na baía estava o Oceano Atlântico. Seaside, no Maine, era uma cidade portuária, mas tínhamos belos trechos de praias. Algumas eram de pedrinhas, enquanto outras tinham a areia mais macia que eu já havia sentido entre os dedos dos pés. Pequenos grupos de ilhas pontuavam nossa costa – algumas particulares e outras que abrigavam reservas naturais. A maior era a Ilha do Farol, que estava ali há mais de cem anos, ainda guiando barcos até o porto. Okay, talvez não a usassem de verdade, mas ela ainda era mantida pela mesma família geração após geração. A única maneira de chegar à ilha era de balsa.

Respirei fundo.

— Temos tempo para conversar agora.

Ele assentiu e começou a caminhar em direção ao meu carro.

— Cara, as memórias que fizemos neste carro — Gannon disse, piscando para mim.

Destranquei as portas do meu Honda Accord e ri.

— Um monte de boas lembranças.

Nós dois entramos, e eu liguei o carro, porém simplesmente fiquei ali sentada.

— Addie, o que foi?

Respirei fundo e soltei o ar devagar, focando em manter a voz firme:

— Vou sentir sua falta, Gannon.

Ele segurou minha mão.

— Também vou sentir sua falta, mas não é como se nunca mais fôssemos nos ver. Lembre-se do que você disse sobre o destino.

Assenti, olhando para ele.

— Eu sei. Mas isso não torna as coisas mais fáceis.

Os cantos de sua boca se curvaram para cima.

— Vamos lá, vamos comer alguma coisa.

Dez minutos depois, estávamos sentados no restaurante dos meus pais. Ruby, uma das garçonetes que trabalhava para meus pais desde que eu me lembrava, anotou nossos pedidos e trouxe dois copos de água. Procurei por Harlee e Sutton quando entramos, mas não as vi.

Depois de colocar os copos na mesa, Ruby olhou para Gannon.

— Estamos todos muito orgulhosos de você, Gannon.

Ele sorriu.

— Obrigado, Ruby.

— Seguindo os passos do seu pai junto com seu irmão. Ele deve estar nas nuvens de tanto orgulho de vocês.

Gannon assentiu.

— Sim, senhora, ele está.

O pai de Gannon, Ken, era advogado, mas tinha servido na Marinha. Ele realmente tinha orgulho do filho. Gannon não estava exatamente seguindo os passos do pai, mas o fato de os dois filhos estarem na Marinha o deixava orgulhoso. Brody, o irmão mais velho de Gannon, já estava na Academia.

Ruby apertou meu ombro.

— Aproveitem a companhia um do outro enquanto esperam pelo jantar.

Depois que ela se afastou, olhei para a cozinha. Normalmente, um dos meus pais estaria ali, mas eu não tinha visto nenhum deles.

— Então, por quanto tempo vamos adiar isso? — Gannon perguntou.

Virei a cabeça rapidamente e encontrei seu olhar.

— Eu odeio isso.

— Eu também. Eu te amo, Adelaide, e sempre vou te amar.

Uma onda de felicidade me aqueceu, espalhando-se pelo meu corpo.

— Eu também sempre vou te amar, Gannon. Estamos fazendo a coisa certa, né?

Ele sorriu, mas o sorriso não chegou aos olhos.

— Estamos indo em direções totalmente diferentes. Cada um tem seus sonhos e objetivos. Não seria justo esperar que o outro mudasse isso. Desculpe por ter pedido você em casamento naquele dia, Addie. Não foi justo com você. Eu só...

Senti os olhos ardendo por conta das lágrimas.

— Eu sei por que você fez aquilo, assim como você sabe por que eu tive que dizer não.

— Foi a coisa certa a fazer, Addie. Você está certa. Não seria justo nos casarmos e depois passar os próximos quatro anos ou mais separados, com apenas visitas ocasionais.

Suspirei.

— Isso não torna as coisas mais fáceis.

— Que tal isso... quando eu voltar para Seaside, se você ainda estiver aqui e estivermos solteiros, nos reencontramos. Sem compromissos.

— E se não estivermos solteiros? — perguntei. A ideia de sequer sair com outra pessoa parecia impossível agora.

Gannon olhou para seu copo d'água e depois de volta para mim.

— Agora, honestamente, não consigo imaginar ninguém mais na minha vida, Addie. Mas também não espero que nenhum de nós dois permaneça santo. Você está indo para a faculdade, e eu, para o serviço militar.

Suspirei e me recostei na cadeira.

— Deveríamos fazer algum tipo de pacto de que se ainda estivermos solteiros aos 40, nos casamos?

Rindo, Gannon me deu um sorriso radiante.

— Topo, mas podemos diminuir um pouco essa idade, por favor?

Uma lágrima escapou, e eu a enxuguei.

Ele se inclinou para frente e sussurrou:

— Você sempre será dona de uma parte do meu coração, Adelaide Bradley. Não importa o que aconteça em nossas vidas, você sempre fará parte de mim.

Eu perdi a batalha; minhas lágrimas começaram a escorrer livremente pelo meu rosto agora.

Ele estendeu a mão por cima da mesa e as enxugou.

— Por favor, não chore, Addie. Eu odeio quando você chora.

— Prometi a mim mesma que não faria isso — murmurei, pegando o guardanapo que Gannon me entregou para assoar o nariz. — Eu disse que não ia chorar.

Ele piscou para mim.

— Você não faz ideia de como eu também quero chorar.

Eu ri.

— Vou sentir tanto, tanto a sua falta, Gannon.

— Nós vamos escrever cartas à moda antiga, mandar mensagens e nos ligar.

Assenti e perguntei:

— Você promete?

Seu semblante se tornou sério.

— Eu prometo, Addie. Aqui, me dá seu dedo mindinho.

Com uma risadinha infantil, estendi a mão.

— Uma promessa de mindinho, como quando éramos crianças?

— É o único tipo de promessa em que se pode confiar — Gannon refletiu.

Entrelaçamos nossos mindinhos e nos encaramos.

Gannon pigarreou e disse:

— Eu te amo. E prometo que, não importa o que aconteça na minha vida, eu não vou deixar de manter contato com você.

Mas o problema com as promessas era que... a vida interfere, e você nem sempre consegue cumpri-las.

CAPÍTULO 1

Gannon

Dias atuais – Seaside, Maine

Uma das coisas que eu mais amava era quando o barco-piloto subia e descia com as ondas. Eu adorava. E a emoção de embarcar em um navio em mares não tão tranquilos era mais do que um pico de adrenalina. Eu literalmente vivia para isso.

Desde que me lembro, sempre quis ser um prático portuário. Meu pai esteve na Marinha, e eu adorava ouvir suas histórias sobre os navios. Ele conheceu minha mãe quando veio para Seaside com um amigo da Marinha. Ele dizia que tinha sido amor à primeira vista e fez uma promessa a ela: se ela se casasse com ele e deixasse Seaside para acompanhá-lo na Marinha, ele a traria de volta para Seaside para criar a família deles. Foi então que ele decidiu mudar de carreira e escolheu o direito.

Minha mãe tinha estudado para ser médica, mas decidiu que isso não era para ela, então se formou em educação. Ela deu aula para a quarta série por tanto tempo quanto eu consigo me lembrar, até se aposentar.

Meu pai cumpriu essa promessa e hoje é um dos melhores advogados do estado do Maine. Ele ainda amava navios, assim como eu e meu irmão mais velho, Brody. Passei boa parte da infância correndo pelos cais e docas. Então veio o momento em que eu já era grande o suficiente para sair nos barcos-pilotos para encontrar um cargueiro que chegava. Meu pai conseguiu nos levar porque o melhor amigo dele, Doug, era o piloto.

Havia algo incrivelmente emocionante em ver Doug sair do pequeno barco-piloto e escalar uma escada de corda e madeira para subir no enorme navio. Naquele primeiro momento em que o vi fazendo isso, soube que um dia eu faria o mesmo. Meu pai, claro, queria que eu seguisse o direito ou algo mais seguro. Mas eu não dei ouvidos. Desde os 8 anos, meu sonho era ser piloto de embarcação.

E esse dia tinha chegado. Depois de frequentar a Academia Naval para estudar engenharia marítima, entrei na Marinha como aspirante, onde passei seis anos em serviço ativo em navios. Assim que meu tempo acabou, voltei para Seaside para perseguir meu sonho. Estava no meu terceiro ano como piloto assistente e prestes a me tornar um piloto-prático pleno. Bem a tempo de meu pai se aposentar de seu escritório de advocacia – embora eu soubesse que ele continuaria fazendo trabalhos jurídicos para a Associação de Pilotos de Penbay.

— Menos de um minuto, Gannon! — gritou Chip.

Chip era filho de Doug. Ele assumiu o lugar do pai quando ele se aposentou há alguns anos e agora era o mestre de lançamento, dirigindo o barco-piloto até os navios nos quais eu embarcaria ou desembarcaria.

Nós éramos amigos de infância, e crescemos compartilhando o amor por tudo relacionado à água. De velejar a pescar ou simplesmente flutuar na baía, tentando fugir da vida. Chip sempre estaria ao meu lado, assim como eu sempre estaria ao lado dele. Sabia que, às vezes, era difícil para ele, sendo um homem negro vivendo e trabalhando em um estado predominantemente branco. Não importava o quanto você esperasse e orasse para que as coisas mudassem para pessoas negras, sempre havia alguém tentando derrubá-lo. Ainda assim, Chip era um guerreiro e um dos melhores homens que já tive o privilégio de conhecer.

Chip posicionou o barco-piloto ao lado do cargueiro, chegando o mais perto possível da escada que eu escalaria. Com minha mochila nas costas e a adrenalina a mil, segui pela lateral do barco.

Observei as ondas e o movimento do cargueiro para cronometrar meu salto. Josh, o marinheiro do barco-piloto, estava preso ao barco e pronto para ajudar, caso eu precisasse. Como, por exemplo, se eu errasse a corda e caísse entre as duas embarcações.

— Mar calmo — Josh gritou.

Fiz um sinal de positivo para ele e avancei.

— É por isso que não consigo manter uma namorada — murmurei enquanto agarrava a corda e começava a subir pela lateral do navio. Havia um oficial de vigia no topo, que me cumprimentou com um forte sotaque antes de me indicar para segui-lo até a ponte de comando.

Às vezes, meu trabalho era mais difícil quando ninguém a bordo, nem mesmo o capitão, falava inglês. Mas sempre conseguíamos levar o navio para dentro ou para fora com segurança.

Já na passarela, sorri ao ver Smitty Smith. Sim, esse era o nome do cara. Capitão Smitty, como era conhecido.

— Capitão, o que está fazendo nesta embarcação?

Ele sorriu.

— Estou por toda parte, Gannon.

Ri enquanto começava a tirar os equipamentos da minha mochila.

— Dá para ver isso. Como você está?

— Tenho me comportado. Está pronto para ele?

— Pronto.

Ele assentiu.

— Ele é todo seu. Vá com calma.

— Pode deixar.

Expliquei o plano ao capitão para levar a embarcação pelo porto até o cais. Dois rebocadores nos encontrariam para garantir que tudo corresse bem. Essa era a parte que eu amava: navegar uma besta gigante pelas águas congestionadas da Baía Penobscot.

Meu celular vibrou no bolso de trás, mas eu ignorei. Minha família conhecia meu horário de trabalho e raramente me mandava mensagens ou ligava durante o expediente. Então, quem quer que fosse, podia esperar.

Poucos minutos depois, vibrou novamente.

Peguei o celular e vi que era Olivia. Eu não tinha notícia dela há meses, o que me levou a acreditar que ela havia terminado com o último namorado.

— Merda — murmurei enquanto enviava rapidamente uma mensagem para ela.

> Eu: Estou trabalhando.

Ela respondeu imediatamente.

> Olivia: Que tal um jantar? Estou com saudades.

Revirei os olhos e respondi de forma curta e direta.

> Eu: Acho que não.

Quando senti o celular vibrar novamente, ignorei.

Olivia e eu havíamos namorado por cerca de oito meses, de forma intermitente, depois que voltei para Seaside. Desde o início, fui honesto com ela, assim como tinha sido com todas as outras mulheres que namorei no passado. Eu não estava interessado em nada a longo prazo.

Quando ela começou a reclamar sobre meu trabalho, minha segurança e o fato de que não nos víamos o suficiente, soube que era hora de terminar. Não que eu não gostasse dela – eu até gostava. Nós nos divertíamos juntos. O sexo era bacana, mas eu não conseguia imaginar as coisas indo além. Não quando meu coração ainda pertencia a Adelaide. Fechei os olhos e imediatamente pude imaginá-la. Era como se estivesse bem na minha frente. Seu cabelo castanho-claro preso em um coque frouxo no alto da cabeça, daquele jeito que ela sempre usava. Aqueles olhos cinzentos me encarando, tão grandes e brilhantes que eu podia ver os reflexos dourados neles.

O plano sempre foi esperar por ela. Um dia, ela estaria de volta a Seaside. A última vez que a vi – alguns meses atrás, quando o pai dela teve um ataque cardíaco –, eu soube que ainda estava apaixonado por ela. Tivemos apenas tempo suficiente para almoçar rapidamente, já que ela precisava voltar para cuidar do pai, mas ela estava ainda mais bonita do que da última vez que a vi.

Mantivemos contato religiosamente por cinco anos, escrevendo, mandando mensagens e nos encontrando quando ambos estávamos solteiros e em Seaside. Depois, a vida ficou louca, e as mensagens e ligações foram diminuindo. Ainda enviávamos uma mensagem ocasional para saber como o outro estava e sempre nos ligávamos nos aniversários – isso era uma coisa que nunca esquecíamos. Desde que voltei para Seaside de vez, porém, algo dentro de mim estava faltando... e eu sabia que era Adelaide. Inúmeras noites me deitei na cama me perguntando se ela sentia o mesmo. Muitas vezes peguei o celular para ligar para ela, mas não queria afastá-la, então sempre me continha. Eu estava vivendo meu sonho e nunca quis tirar o dela.

Não me entenda mal, eu namorei outras mulheres. Nos primeiros quatro anos na Academia, eu ainda estava com o coração partido por Adelaide e não namorei ninguém seriamente. Tive alguns encontros, mas nada sério. Era só sexo, para ser honesto. Não estava interessado em nada mais porque logo entraria para a Marinha e, honestamente, sabia que meu coração sempre pertenceria a Adelaide.

A última vez que conversamos pessoalmente, Adelaide me contou que tinha terminado recentemente com um médico idiota com quem estava saindo de forma casual. Ela disse que não era nada sério. Eu contei a ela sobre Olivia e que o mesmo valia para mim. Ambos eram apenas pessoas que preenchiam o vazio. Ainda assim, odiei o cara quando ouvi falar dele pela primeira vez, através de Braxton, o irmão mais velho de Adelaide. Nem o conhecia, mas o fato de ele ter tocado nela, de a ter beijado, dormido na mesma cama que ela quase me enlouqueceu.

Desde que voltei para Seaside, Adelaide esteve em casa poucas vezes. Na primeira, nos desencontramos porque eu estava fora da cidade para um curso de treinamento. Na segunda, eu estava namorando Olivia, e Adelaide estava com o médico idiota. Trocamos mensagens, tentamos marcar um almoço ou jantar, mas nunca conseguimos nos encontrar. Então, o pai dela teve o ataque cardíaco.

O estalo do meu rádio me tirou dos pensamentos, e rapidamente voltei a focar na condução da grande embarcação.

— Tudo certo, capitão — murmurei, pouco tempo depois, virando-me da grande janela com vista para o cais. Deus, não havia nada como ver uma embarcação atracada no ponto de transferência de carga e saber que você foi uma peça-chave para que isso acontecesse.

— Muito obrigado. Tenho certeza de que nos veremos novamente — disse o Capitão Smitty, apertando minha mão e me dando um tapa nas costas.

O oficial de vigia voltou pelo navio até a passarela.

— Obrigado, senhor.

Com um aceno, respondi:

— De nada. Tenha um bom dia.

Enquanto descia pela passarela, peguei meu celular e enviei uma mensagem para meu irmão.

> Eu: Estou de folga nos próximos dias, me encontre no nosso lugar?

Levou alguns minutos para Brody responder.

> Brody: Com certeza. Te vejo lá em uns trinta minutos.

Depois de passar na estação para me despedir de todos, fui para casa, deixei minhas coisas de trabalho e me troquei, vestindo um jeans e uma camiseta de manga longa. Podia até ser julho, mas à noite ficava bem frio à beira d'água. Nosso bar favorito, *The Dog Pound*, ficava bem ao lado do píer.

Assim que cheguei, não demorou muito para encontrar Brody no meio da multidão. Onde havia risadas, meu irmão estaria no centro delas. Provavelmente causando as gargalhadas.

— O que você aprontou agora? — perguntei ao me aproximar do pequeno grupo de homens.

Todos eram nossos amigos. Braxton Bradley – o irmão de Adelaide – veio até mim, sorrindo e estendendo a mão. Ele tinha sido um bom amigo de Brody no colégio, mas, nos últimos anos, ele e eu ficamos bem próximos.

— Cara, como foi o trabalho? — Braxton me entregou uma garrafa de cerveja.

— Bom, trouxe umas belezinhas hoje.

Brody balançou a cabeça.

— Nem se você me pagasse um milhão de dólares, eu não faria o seu trabalho. O estresse de conduzir aqueles navios... não, obrigado.

Rindo, respondi:

— Fala isso o homem que ganha a vida fazendo solda subaquática.

Brody levantou sua cerveja.

— Aos trabalhos perigosos.

Toquei o gargalo da minha garrafa na dele, e ambos bebemos.

Braxton bufou.

— Por favor... Eu ganho de vocês dois.

— É mesmo? — perguntei com um sorriso.

— É. Experimente levar uma festa de despedida de solteira para um passeio de pesca, sendo que nenhuma delas nunca pescou na vida. E elas pagaram para ter o barco inteiro só para elas. Uma tortura. Embora, eu tenha conseguido o número de uma das madrinhas.

Meu irmão e eu fizemos caretas antes de rir.

— Você tem razão. Você ganha. E falando em ganhar — disse Brody, voltando-se para mim —, mamãe precisa que você busque o presente de aniversário de casamento do papai na *Reef's*.

— Por que *eu* tenho que buscar?

Brody deu de ombros.

— Talvez seja a maneira sutil de ela dizer que está na hora de você sossegar.

Olhei fixamente para meu irmão.

— Eu? Você é mais velho do que eu. Por que ela não está te pressionando para sossegar?

Ele abriu um sorriso travesso.

— Porque ela acha que estou namorando alguém.
— Você está? — Braxton perguntou.
Brody riu.
— De jeito nenhum. A última coisa que quero é estar preso. Sempre que namoro alguém, escuto aquela ladainha de que o meu trabalho é muito perigoso.
Foi a minha vez de rir.
— Já ouvi isso uma ou duas vezes.
Brody soltou um "pfft".
— Todos sabemos que você está esperando a Adelaide voltar para Seaside.
Não consegui evitar o sorriso.
Braxton se virou para mim e disse:
— Você pode não ter que esperar muito.
Meu estômago apertou enquanto eu arqueava uma sobrancelha.
— É mesmo?
Ele apenas assentiu, sem dar mais detalhes. Uma parte minha queria exigir que ele me contasse tudo o que sabia, mas já tinha ficado esperançoso demais no passado.
— Então, você vai buscar o presente do papai? — Brody perguntou.
Revirei os olhos e respondi:
— Sim, vou buscar.
Braxton olhou ao redor do bar enquanto bebia sua cerveja.
— Então, quem vai ser o sortudo hoje à noite?
— Eu não — respondi, seguindo seu olhar ao redor da sala. — A única coisa que quero é ir para casa, tomar um banho quente e me deitar na cama. Sozinho.
Braxton bufou.
— Algo que homem nenhum jamais diria.
Dei um tapa nas costas dele.
— Um dia, Brax, alguém finalmente vai fazer de você um homem decente.
— Duvido muito.
Brody riu e então me encarou.
— Você poderia ligar para Addie.
— Cara, essa é minha irmã — Braxton disse, lançando um olhar de reprovação para Brody.
Balançando a cabeça, apenas ri. Foi então que vi Braxton lançar uma segunda olhada ao longe. Eu me virei para onde ele estava olhando e vi as irmãs mais novas de Braxton, Sutton e Palmer, entrarem no bar junto com a melhor amiga delas, Harlee.

Harlee e Adelaide tinham sido melhores amigas desde que me lembro, então não foi surpresa que ela tivesse se aproximado das duas irmãs mais novas de Addie depois que ela foi embora de Seaside.

Há muito tempo, na época da escola, Braxton teve uma paixonite violenta por Harlee. Eu até me perguntava se ele ainda podia estar atraído por ela, considerando a forma como sua cabeça imediatamente se virou na direção dela. Obviamente, ele não estava olhando para as irmãs daquele jeito.

Troquei um olhar com Brody, e ele apenas ergueu as sobrancelhas, provavelmente pensando a mesma coisa.

— Ouvi dizer que Harlee recebeu uma oferta para um grande cargo no *The Boston Globe*, mas recusou — Brody disse.

— Onde você ouviu isso? — Braxton perguntou.

— Sutton comentou.

Braxton o fuzilou com o olhar.

— Mamãe disse que você tem passado muito tempo com a Sutton ultimamente. O que é isso?

Brody deu de ombros.

— Não é nada. Ela me pediu ajuda com algumas coisas na casa dela e na loja. Aquele idiota do ex-marido dela nunca fez nada de útil. Ela ia contratar um faz-tudo, mas eu disse que faria em troca de comida. Não foi nada demais.

Sorri.

— Quando você vai aprender a cozinhar para si mesmo, Brody?

— Nunca.

Uma expressão de desejo passou rapidamente pelo rosto do meu irmão quando ele olhou para o trio se aproximando do bar. Foi embora tão rápido quanto apareceu.

— Então, você disse que Harlee recebeu uma oferta? Para fazer o quê? — Braxton perguntou.

— Acho que o mesmo que ela faz para o jornal do pai — Brody respondeu. — Marketing.

— Uau, o que Mike acharia se ela deixasse o *The Chronicle*? — perguntei.

Brody balançou a cabeça.

— Acho que ele não ficaria muito feliz de perder a filha para um grande jornal, mas seria uma ótima oportunidade para ela, se decidisse aceitar.

— Ela não vai — Braxton afirmou.

Brody e eu olhamos para ele.

— Como você sabe disso? — perguntei.

Ele deu um sorriso de lado, terminou sua cerveja e a colocou na mesa.

— Ela ama Seaside demais, e seu objetivo sempre foi assumir o jornal quando o pai se aposentar. — Braxton nos deu um tapa nas costas. — Agora, se vocês não se importam, acredito que preciso flertar com aquela loira bonita que está me encarando há uns dez minutos.

— E a madrinha? — Brody perguntou.

Piscando, Braxton respondeu:

— Cara, sou mais do que capaz de engatar dois encontros numa noite.

Balançando a cabeça, virei-me para Brody.

— Definitivamente, essa não é minha turma hoje à noite.

Ele assentiu.

— Aposto que papai não se importaria de tomar uma ou duas cervejas na varanda dos fundos.

— Agora isso parece bem mais com um lugar onde eu quero estar.

Enquanto caminhávamos em direção à saída, peguei meu celular. Meu coração disparou conforme eu digitava a mensagem.

> Eu: Brax disse que você está voltando para casa. Para ficar?

Não demorou muito para receber uma resposta.

> Addie: Que coisa louca... Eu estava prestes a te mandar uma mensagem. Sim, estou me mudando de volta para Seaside.

Meu coração deu um salto, e eu não consegui conter o sorriso no rosto.

> Eu: Já estava na hora.

> Addie: Concordo!

— Deixa eu adivinhar, você mandou uma mensagem para Addie para confirmar se ela realmente está voltando? — Brody perguntou.

Assenti enquanto empurrava a porta para sair do bar.

— Sim, mandei, e ela está voltando.

Ele me deu um tapa nas costas.

— Já estava na hora.

CAPÍTULO 2

Adelaide

— Tudo está indo bem até agora. Você está confortável, Lee?

Minha paciente assentiu e depois olhou para o marido. Eles eram um casal jovem, na primeira gravidez – sempre uma das minhas favoritas de trabalhar. Havia algo mágico quando novos pais seguravam o bebê pela primeira vez. O jeito que seus rostos se iluminavam e como quase sempre trocavam olhares. Era lindo. Até hoje, nunca esqueci o primeiro bebê que ajudei a trazer ao mundo. Ainda consigo ver o rosto dos pais tão claramente como se tivesse acontecido esta manhã. Senti uma enxurrada de emoções e soube, no fundo do meu coração, que eu iria amar meu trabalho como enfermeira obstétrica. E eu amava.

Até que parei de amar.

Nos últimos anos, algo parecia pesar no meu coração, e eu não estava mais apreciando o trabalho do mesmo jeito.

Parte disso foi por conta do ataque cardíaco do meu pai. Eu queria estar em casa caso algo acontecesse de novo. Ou, pelo menos, ajudar minha mãe no restaurante para dar um descanso ao meu pai. Mas também sentia falta de Seaside e de Gannon. Vê-lo alguns meses atrás só me fez perceber que era hora de voltar para casa. Ele nunca me pediria para voltar, porque não era egoísta desse jeito. Mas eu sabia, no fundo, que era hora de ir embora de Boston.

Eu tinha decidido voltar um ano atrás, mas quando Harlee me contou que Gannon estava namorando Olivia Newman, eu não consegui. A última coisa que queria era vê-lo com outra mulher. Ouvir falar já era difícil, mas ver seria totalmente diferente. Sabia que, se tivesse voltado, Gannon provavelmente teria terminado com Olivia. E não era assim que eu queria que voltássemos a ficar juntos.

— Addie, se ele souber que você está voltando, ele vai terminar com ela — Harlee disse uma ou duas vezes.

Mas agora as coisas eram diferentes. Entre o ataque cardíaco do meu pai e saber que Gannon estava solteiro, eu sabia que era hora. Eu precisava estar de volta a Seaside. Por minha mãe e meu pai, e porque queria ver onde as coisas poderiam me levar com Gannon.

Meu celular vibrou no bolso, e saí do quarto da paciente por um instante. Peguei o telefone e vi que a mensagem era de Gannon. Não consegui evitar o sorriso que apareceu no meu rosto.

> Gannon: Como está indo seu último dia?

> Eu: Triste, mas também estou animada para voltar para casa.

> Gannon: Mal posso esperar para te ver, Addie.

Senti o frio na barriga na mesma hora.

> Eu: Eu também.

Depois de guardar o celular no bolso, voltei ao quarto e vi minha paciente parecendo cansada e muito emotiva.

— Não acho que consigo fazer isso. Não quero fazer isso.

Sorrindo, dei um tapinha no braço da futura mamãe.

— Você está indo muito bem, Lee.

— Não vou mentir, estou com medo.

Segurei sua mão e dei um leve aperto.

— As mulheres fazem isso o tempo todo. É uma coisa linda, e logo você terá sua garotinha em seus braços.

Uma lágrima escorreu pelo rosto dela. O marido de Lee se levantou imediatamente, enxugou a lágrima e a beijou. Foi tão meigo.

— Não chore, meu amor. Você é incrível e forte. Você consegue.

O semblante fechado de Lee se desfez em um sorriso largo, e meu peito aqueceu enquanto eu observava o casal. Não havia nada mais bonito do que presenciar o nascimento de uma criança. As diferentes emoções que os pais experimentavam eram suficientes para me exaurir também.

Não consegui evitar sorrir um pouco mais só de imaginar como seria ter o bebê de Gannon.

Mas então meu estômago revirou ao pensar em voltar para Seaside de vez. Não havia dúvida de que eu estava preocupada. Era óbvio que Gannon ainda sentia algo por mim. E eu tinha quase certeza de que ele sabia o que eu sentia por ele. Será que as coisas dariam certo entre nós como esperávamos? Tantos anos haviam se passado – simplesmente retomaríamos de onde paramos?

Afastei esses pensamentos e dei um tapinha no braço de Lee. Ela ainda tinha um longo caminho até estar completamente dilatada e pronta para expulsar o bebê.

— Eu volto em alguns minutos. Se precisar de algo, aperte o botão de chamada, tá bom?

— Vou apertar, Adelaide, muito obrigada — Lee respondeu.

No instante em que saí para o corredor, inspirei profundamente.

— Você está bem?

Olhei para a direita e sorri ao ver minha amiga e colega de trabalho, Taylor. Seu cabelo loiro-escuro estava preso em um rabo de cavalo e caía sobre o ombro enquanto ela inclinava a cabeça em minha direção. Taylor e eu começamos a trabalhar juntas no *Massachusetts General Hospital* cerca de oito anos atrás. Éramos recém-formadas na escola de enfermagem e parte do mesmo grupo de novos contratados. Estávamos apavoradas, éramos novas no trabalho e na grande cidade de Boston. Rapidamente nos tornamos amigas próximas e acabamos dividindo uma casa. Por todos esses oito anos, ambas trabalhamos em obstetrícia.

— Ei, Taylor. Estou bem.

Ela ergueu uma sobrancelha.

— Você nunca conseguiu mentir direito.

Afastei-me da parede e comecei a ir para uma das salas de preparação para garantir que estava abastecida.

— Não faço ideia do que você está falando.

Taylor riu.

— Em oito anos trabalhando com você, Adelaide Bradley, aprendi a reconhecer quando você está fingindo que está bem. E você não está bem.

Abri a porta da sala quatro e rapidamente fiz uma inspeção.

— Se você sabia que eu não estava bem, por que perguntou?

— Porque sou a melhor amiga de todas.

Eu ri.

— Sinceramente, estou dividida — admiti. — Saber que este é meu último plantão e que estou deixando a vida que construí aqui em Boston é difícil.

Ela me deu um abraço rápido.

— Você não precisa deixar isso, sabia?

Suspirei.

— Mas preciso. Quero dizer, quero sair e voltar para casa. Estou animada para ver onde essa parte da minha vida vai me levar. Mas também estou triste. É normal sentir duas emoções completamente diferentes ao mesmo tempo?

Taylor segurou minha mão e deu um aperto gentil.

— Sim, é normal. Nossas pacientes sentem isso o tempo todo... Ter um bebê e sentir medo e empolgação.

Tudo o que consegui fazer foi sorrir.

— Você vai tentar conseguir um trabalho de enfermagem em Seaside? — ela perguntou.

— Não tenho certeza. Há um hospital pequeno lá, mas duvido que eu consiga trabalhar em obstetrícia. Eles não têm muita rotatividade lá.

Taylor assentiu.

— Se você não vai ser enfermeira, o que vai fazer?

— Bem, por enquanto, vou ajudar minha mãe com meu pai. Garantir que ele siga as orientações do médico e ajudá-la no restaurante, se precisarem de mim. Sei que meus três irmãos estão lá, mas todos têm empregos. Talvez eu considere enfermagem clínica geral, quem sabe.

Ela cruzou os braços sobre o peito.

— E você está de boa com isso?

Um leve tom de frustração passou por mim, e tive que contar até cinco antes de responder. Eu sabia que Taylor tinha boas intenções, mas esta era a minha vida. Minha escolha. Minha decisão.

— Eu não estaria fazendo isso se não estivesse de boa com isso.

Ela abaixou os braços e suspirou.

— Desculpe, não foi o que quis dizer. Quero que você seja feliz.

— Eu agradeço, de verdade. Estou feliz e animada com essa nova fase da minha jornada. Se ela não incluir enfermagem, tudo bem. Passei os últimos oito anos fazendo um trabalho que amei imensamente, e isso é uma bênção.

— E trabalhando ao lado de uma das melhores enfermeiras obstétricas de Boston.

Eu ri.

— Isso também.

Fiz uma lista dos itens que eu precisava para o quarto antes de voltar para checar como Lee estava. Já tinha conferido o monitor fetal algumas vezes, e o bebê estava indo bem.

— Vou ver Lee e depois pegar esses suprimentos — disse a Taylor.

Enquanto saía da sala, ela perguntou:

— Gannon sabe que você está voltando?

Parei, com a mão na maçaneta, tentando não sorrir como uma colegial.

— Sim.

Taylor inclinou a cabeça e me deu um olhar travesso.

— E? Você acha que vão voltar a ficar juntos?

Engoli em seco. Eu ficava com os nervos à flor da pele toda vez que pensava em ver Gannon novamente. Não de um jeito ruim, mas de um jeito bom. Mal podia esperar para vê-lo.

— Considerando que ele me mandou uma mensagem dizendo que mal podia esperar para me ver, acho que temos boas chances.

Ela sorriu.

— E você tem certeza de que ele está solteiro? Quero dizer, o cara é lindo demais... acho difícil acreditar que ele não tem uma namorada ou, no mínimo, um caso.

Fiquei boquiaberta.

— Meu Deus, você realmente disse isso?

— Ele pode ter.

— Ele não tem. Ele mesmo me disse que está solteiro.

— E você está pronta para aproveitar. Afinal, você já disse que ele foi o melhor sexo da sua vida.

— Eu nunca disse isso.

Ela levantou as sobrancelhas e olhou para o teto.

— Tenho quase certeza de que disse, muitas vezes... e até chamou outro cara de 'Gannon' durante a transa.

Caminhei rapidamente até onde ela estava no meio da sala.

— Isso aconteceu uma vez, e foi logo depois que terminamos! Não conta. A única maneira de eu conseguir entrar no clima foi fingir que estava com Gannon. E por que eu te contei isso, afinal?

Ela riu.

— Vai lá verificar sua paciente. E lembre-se, depois do turno, alguns de nós vamos sair para a sua despedida.

Virei-me e caminhei em direção à porta novamente. Já estava quase fora da sala quando Taylor gritou:

— Você precisa de uma noite de diversão antes de ir embora? Só para aliviar a tensão?

Meu rosto instantaneamente esquentou.

— Não vou sentir saudades de você — murmurei enquanto caminhava pelo corredor.

— Mentira!

E ambas saímos rindo.

Uma enxurrada de recordações tomou conta de mim enquanto dirigia pelas ruas de Seaside. Quando passei pela The Maine Bakery, meu estômago roncou. Deus do céu, eles tinham as melhores sobremesas da cidade. Mas nunca admitiria isso para minha mãe. Sorri ao ver uma família saindo da loja de brinquedos Coastal Toys. Seus dois filhos pequenos tinham sorrisos enormes, então devia ter sido uma boa compra.

Ao descer pela avenida principal, vi a boutique da minha irmã, Coastal Chic, assim como o restaurante dos meus pais, o Seaside Grill.

— Cara, como senti falta daqui — falei em voz alta.

O jornal local ficava do outro lado da rua, a alguns quarteirões do Seaside Grill. Ao lado, havia o quartel de bombeiros, mais algumas boutiques e lojas que vendiam coisas para turistas. A avenida principal de Seaside estava prosperando, e eu amava ver todo esse crescimento. Era bom que ainda mantivesse aquele clima de cidade pequena. Esperava que isso nunca mudasse.

Passei pela rua que levava ao píer. Tinha certeza de que meu irmão, Braxton, estava lá agora, já que ele comandava um negócio de pesca fretada. Ele começou com um barco e agora tinha três. Eu estava orgulhosa dele por seguir seus sonhos, e sabia que meus pais também estavam, embora papai sempre tivesse sonhado que Braxton assumisse o restaurante.

Assim que estacionei na entrada da casa onde cresci, senti uma sensação de paz me envolver. Olhei para a casa antiga de três andares com seu telhado curvado em forma de sino e sorri. A casa dos meus pais era provavelmente meu lugar favorito no planeta. Meu olhar subiu até o mirante da viúva, o terraço no topo, e senti uma onda de felicidade ao lembrar das vezes que minhas irmãs e eu brincávamos lá. Braxton também. Tínhamos nos divertido muito crescendo aqui.

A casa era deslumbrante, pintada de bege com detalhes em verde-água – que, por acaso, era a cor favorita da minha mãe.

Quando a casa foi colocada à venda após o casamento dos meus pais, meu pai secretamente pegou dinheiro emprestado dos pais dele para comprá-la. Foi um presente de casamento dele para minha mãe.

— Ah... — suspirei. — As lembranças desta casa.

A porta da frente se abriu, e meus pais saíram. Minha mãe tinha um sorriso enorme no rosto, enquanto meu pai parecia confuso.

Saí do carro rapidamente e corri até eles.

— Por que diabos você está sentada no carro encarando a casa? — papai perguntou conforme minha mãe me envolvia em um abraço.

Rindo, respondi:

— Queria um momento para refletir, só isso. Senti falta daqui e me pergunto por que demorei tanto para voltar.

— Graças a Deus — minha mãe disse, colocando a mão no coração.

— Espero que não esteja arrependida de decidir voltar para Seaside.

— Não! — Fui até meu pai e deixei que ele me puxasse para um abraço. O abraço dele foi um pouco mais apertado e um pouco mais longo que o normal. Meu coração apertou levemente ao pensar em quão perto estivemos de perdê-lo.

Quando me afastei, dei a ambos um sorriso largo.

— Estou feliz por estar em casa. Senti falta de Seaside e, por mais que ame a enfermagem, quero estar aqui para vocês dois.

— Estou bem, Adelaide — meu pai disse. — Você não precisava abandonar sua vida e carreira para cuidar de mim. Estou me alimentando bem, fazendo exercícios. E o médico já me liberou para voltar ao restaurante em tempo integral.

Minha mãe bufou.

— Só porque estou constantemente te pressionando para comer coisas saudáveis e se exercitar.

Uma sensação de calor me envolveu enquanto eu observava meus pais discutirem. Era realmente bom estar de volta.

— Vocês mantiveram o cozinheiro contratado para ajudar enquanto papai se recuperava? — perguntei.

Papai revirou os olhos.

— Sim, mantivemos. Admito, ele tem sido um grande alívio de estresse.

— Que bom — murmurei, apertando o braço do meu pai.

— Vou pegar suas malas — papai começou a dizer bem quando ouvi meu irmão se aproximar por trás de mim.

— Eu já peguei, pai.

Virei-me e vi Braxton caminhando em direção à varanda. Corri escada abaixo e quase o derrubei com meu abraço.

— Senti sua falta — falei, baixinho.

Ele colocou as malas no chão e me envolveu nos braços.

— Também senti sua falta. Não chore, Addie. Ele está bem, e você está em casa agora. Tudo vai ficar bem.

Com o rosto enterrado no peito do meu irmão, funguei e rapidamente recuperei a compostura. Olhei para cima, para meu belo irmão, e sorri. Seu cabelo castanho tinha mechas douradas por estar ao sol, e aqueles olhos cor de avelã brilhavam de alegria. Inclinei-me e o beijei na bochecha. Braxton, de alguma forma, herdou toda a altura do nosso pai, com 1,85m, enquanto minhas irmãs e eu puxamos nossa mãe, com 1,60m.

— Obrigada por cuidar de tantas coisas por aqui, Brax.

Ele piscou para mim.

— Sutton e Palmer foram de grande ajuda para a mamãe também. Não acho que teríamos conseguido sem a Palmer cuidando das coisas no restaurante.

Sorri, mas antes que pudesse dizer algo, meu pai gritou:

— Vocês dois vão ficar aí cochichando o dia todo ou podemos jantar, por favor?

— Mesmo pai de sempre — comentei com uma risada.

Braxton revirou os olhos.

— Você não faz ideia.

Depois de colocar as minhas coisas no meu antigo quarto, desci as escadas. O som de risadas vinha da cozinha, enchendo meu coração de felicidade. A voz de Palmer dominava o ambiente enquanto ela terminava de contar uma história.

Ao entrar na cozinha, Sutton disse:

— Estou dizendo, Palmer, você devia escrever um livro com todas essas suas histórias.

— Pode ser que eu faça isso, Sutton — Palmer respondeu antes de me notar e soltar um grito alto.

— Jesus Cristo, Palmer! — meu pai exclamou. — Está tentando me dar outro ataque cardíaco?

Palmer correu até mim, quase me derrubando ao lançar o corpo contra o meu.

— Você está em casa! Até que enfim está em casa!

Não consegui conter o riso ao retribuir seu abraço.

— Eu estive aqui há alguns meses.

— Foi diferente. Você só ficou por pouco tempo, e papai estava no hospital, então não foi a mesma coisa.

Quando Palmer se afastou, Sutton tomou seu lugar, mas de forma muito mais calma.

— Como você está, irmã mais velha?

— Estou bem. E você? — perguntei a Sutton.

Estava claro para mim o quanto minha irmã estava mais feliz agora. O divórcio dela era definitivo; ela tinha saído de um casamento tóxico, e isso estava estampado em seu rosto bonito. Sutton havia se casado com o cara com quem namorou de forma intermitente durante o ensino médio e a faculdade, logo após ambos se formarem. Nunca entendi por que ela se casou com Jack. Ele era um idiota ciumento que constantemente dizia que o relacionamento tinha acabado e depois voltava implorando por outra chance. Ele nunca a agrediu fisicamente – meu irmão cuidou para que isso nunca acontecesse –, mas era evidente que ele também não a tratava bem. Sempre que perguntávamos se ele era verbalmente abusivo, ela dizia que não, mas eu não tinha certeza de que estava sendo cem por cento honesta.

Minha família inteira não suportava Jack, então, quando Sutton se casou com ele, foi difícil para todos nós entendermos o motivo. Sempre achei que ela tivesse uma quedinha pelo Brody Wilson, o irmão mais velho de Gannon. Em algum momento, ela teve uma paixonite aguda por ele. Mesmo enquanto namorava aquele idiota, sabia que ela, secretamente, gostava de Brody. Mas ela, de repente, parou de falar sobre ele no verão após o último ano do ensino médio. Quero dizer, ainda falava dele, mas não como antes. Algo havia mudado.

Depois de trabalhar e economizar dinheiro suficiente, Sutton abriu sua loja, a Coastal Chic, enquanto Jack, seu marido na época, começou a trabalhar na empresa de contabilidade do pai. Jack constantemente reclamava que a loja ocupava todo o tempo de Sutton. A verdade era que Palmer e eu suspeitávamos que Sutton passava tanto tempo lá porque queria ficar longe de Jack.

Foi um alívio quando Sutton teve que voltar para casa uma tarde para pegar algo que havia esquecido e encontrou Jack na cama com uma colega de trabalho. Sutton deu uma olhada, virou-se e foi direto para o escritório do pai de Gannon. Ela foi a última cliente que ele aceitou antes de se aposentar como advogado. Ele era excelente e conseguiu que o juiz ordenasse que Jack permitisse que Sutton comprasse a parte dele da Coastal Chic. Pelo que soube, ela ainda não conseguiu finalizar a compra, porque não consegue contato com aquele idiota. Tudo era uma bagunça, para dizer o mínimo.

Sutton se mudou da casa que dividia com Jack e voltou para a casa dos nossos pais. Só recentemente ela tomou posse da casa que comprou com o ex. Ele não a queria e a cedeu para Sutton no divórcio antes de ir para a França. A primeira coisa que minha irmã fez foi se livrar de tudo na casa, doando ou vendendo. Ela estava começando do zero, e eu não a culpava.

Esse pequeno incidente até chegou à seção de fofocas do jornal local, *The Seaside Chronicle*. O autor da coluna era anônimo. Nem mesmo Harlee Tilson, minha melhor amiga do colégio e filha do dono do jornal, sabia quem era.

Sutton forçou um sorriso ao responder:

— Estou bem. As coisas estão começando a se estabilizar, e estou resolvendo muitos problemas da casa, então isso é bom.

— Falando nisso — Braxton começou —, Brody me contou que tem feito alguns trabalhos para você na casa e na loja.

Sutton assentiu, pegando um cubo de queijo da bandeja que minha mãe havia colocado no meio da ilha da cozinha. Ela o colocou na boca e respondeu:

— Sim. Ele não está cobrando quase nada, só comida, comparado ao que Hank Mitchell ia me cobrar. Quem diria que esse pessoal faz-tudo ganhava tanto dinheiro?

Palmer e eu sorrimos.

— Você podia ter me pedido, Sutton. Eu arrumo o que precisar — Braxton acrescentou.

Sutton deu ao nosso irmão um sorriso caloroso e um tapinha amigável no peito.

— Brax, você está sempre trabalhando e nunca tem folga. A última coisa que quero é pedir para usar o pouco tempo livre que você tem para consertar coisas na minha casa e na minha loja.

— Como você conseguiu que Brody consertasse tudo? — perguntei, ao me sentar em um dos banquinhos do outro lado da ilha da cozinha.

Dando de ombros, Sutton respondeu:

— Encontrei com ele na loja de ferragens. Tinha uma dúvida sobre o conserto de um interruptor, e ele se ofereceu para arrumar. Assim que viu o estado da casa, xingou o Jack e começou a trabalhar nos reparos. Foi muito gentil da parte dele.

— Eu sempre gostei desses meninos Wilson — meu pai comentou, olhando para mim e piscando.

— Como ele começou a arrumar coisas na loja? — minha mãe perguntou.

Sutton sorriu.

— Ele passou pela loja um dia e me viu tentando descobrir por que uma tomada não estava funcionando. Pediu uma lista dos problemas e disse que daria um jeito neles nos dias de folga. Depois de concordarmos em um preço, ele começou. Ele já quase terminou tudo na loja.

Minha mãe olhou na minha direção.

— Falando nos meninos Wilson... Você contou ao Gannon que estava voltando?

— Sim, contei a ele.

Ela sorriu, mas logo deixou o sorriso desaparecer.

— É uma pena que vocês dois não tenham continuado juntos. Vocês eram um casal tão adorável.

— Mãe — alertei, enquanto deslizava para fora do banquinho e pegava as luvas de forno dela para tirar a forma de lasanha. — Gannon e eu fizemos a coisa certa ao terminar na época.

— Ele não estava namorando a Olivia Newman em algum momento? — Sutton perguntou com um leve tom de desgosto.

Braxton riu.

— Sim, mas eles terminaram há um tempo.

Tentei agir de forma casual ao perguntar:

— Por que eles terminaram?

Braxton se inclinou sobre a lasanha e inspirou profundamente.

— Mmm, isso está com um cheiro tão bom, mãe. E para responder sua pergunta, Addie, ela queria mais, e o Gannon, não.

Okay. Aquilo definitivamente despertou minha curiosidade.

— Mais? Tipo, mais o quê?

— Casamento, filhos. Gannon foi sincero com ela quando começaram a namorar. Ele disse que não via um futuro possível.

Essa pequena informação me deixou feliz.

— Uau.

Observei Palmer colocar a salada e os molhos no meio da ilha. Em nossa casa, tudo sempre era disposto no estilo bufê, onde você se servia. Sempre tinha sido assim, desde que me lembrava.

— E você, Addie? Por que terminou com aquele médico? Qual era o nome dele mesmo? — Palmer perguntou.

— Joey — respondi.

— Ah, é. Doutor Joey — Braxton disse em um tom de zombaria. — Que tipo de médico ele era mesmo?

Lancei um olhar fulminante ao meu irmão.

— Já chega, Braxton — nossa mãe o repreendeu, dando-lhe um leve tapa no braço. — Não tire sarro da sua irmã por namorar um... O que ele era mesmo?

— Médico de furicos! — Palmer gritou. — Ganhava a vida olhando para o cu dos outros.

Revirei os olhos.

— Ele era proctologista, e era algo mais casual entre nós, nada sério. Para ser sincera, ele era meio cuzão também.

A cozinha explodiu em risadas enquanto minha mãe balançava as mãos no ar.

— Melhorem esse linguajar, crianças.

— Uma coisa posso te dizer... — Palmer comentou, colocando um pedaço de pão de alho no prato. — Gannon não é babaca. E vocês dois estão solteiros.

Sorri, sentindo meu estômago se agitar novamente.

— Bem, nós sempre dissemos que deixaríamos nas mãos do destino, e é aqui que ele nos trouxe.

Todos nos sentamos à mesa e começamos a passar a comida.

— Eu, por exemplo, estou feliz que você está de volta — Braxton disse.

— Ah, obrigada, mano! — respondi, rindo.

Ele olhou para mim e balançou a cabeça.

— Estou feliz porque agora o Gannon vai sair do mercado, e todas as mulheres vão parar de correr atrás dele.

— Braxton! — minha mãe exclamou, e Palmer e Sutton caíram na risada.

Meu pai ignorou a todos nós e colocou um pouco mais de lasanha no prato enquanto minha mãe não estava olhando.

CAPÍTULO 3

Gannon

Brody ficou parado me encarando enquanto eu pulava no barco-piloto para sair e encontrar um cargueiro que estava chegando.

— O que foi? — perguntei.

— Você ainda não a viu. Como ainda não a viu?

Comecei a rir.

— Cara, ela chegou ontem. Vou vê-la. E não me surpreende que ela tenha voltado. Imaginei que voltaria depois do almoço que tivemos alguns meses atrás, quando Keegan teve o ataque cardíaco. Ela disse que era o momento certo para voltar. Sei que foi difícil para ela não estar aqui para ajudar o pai e o resto da família.

— Sim, mas vocês dois estão solteiros.

— Credo, você está parecendo uma mulher falando.

— Só estou dizendo, sei que você esperava por isso há muito tempo. Sempre houve algo forte entre vocês dois. Não posso ficar animado por você? A mulher dos seus sonhos finalmente voltou para casa. Vocês vão retomar de onde pararam?

Dei de ombros, sentindo uma sensação quente se espalhar pelo meu peito.

— Não sei o que vai acontecer, Brody. Acho que vamos levar um dia de cada vez. E não vamos esquecer que ela voltou porque queria estar perto da família e de Keegan, não por minha causa.

Brody franziu o cenho.

— Sutton disse que Adelaide sentia muita culpa por não estar aqui quando aconteceu.

Balancei a cabeça.

— Ela não deveria se sentir culpada por isso.

— Concordo. Então, quando vai vê-la?

Ficava claro que meu irmão estava animado por Adelaide estar de volta à cidade.

— Isso tem algo a ver com aquele concurso idiota de Bom Partido da Temporada? — perguntei.

Ele fingiu estar confuso.

— Nem vem, Brody. Se eu começar a namorar Addie de novo, estou fora da disputa, o que seria ótimo para mim.

— Você não ganhou no ano passado? — Chip gritou do cais antes de começar a rir.

Brody mostrou o dedo do meio para Chip e depois voltou a me encarar.

— Tudo bem, uma parte minha gostaria que você fosse eliminado da competição. Você está na liderança e isso me irrita.

Balancei a cabeça.

— Nunca pensei que veria o dia em que você gostaria de ser coroado o Bom Partido da Temporada.

Ele deu de ombros.

— Gannon, precisamos sair — Chip avisou.

— Preciso ir, Brody.

— Como se você não tivesse adorado ser eleito o melhor do ano passado!

Acenei com a mão ao dizer:

— Falo com você depois, mano!

Ele sorriu de lado, balançou a cabeça devagar e se virou para caminhar pelo cais.

Desci até o casco do barco tentando não rir. Foi meio legal ser eleito o Bom Partido da Temporada no ano passado por uma votação dos leitores do jornal. Não era à toa que Brody e Braxton queriam ganhar. Certamente, tive minha cota de mulheres me abordando depois daquela coisa estúpida.

Mas agora minha Adelaide estava de volta, e a única coisa que importava no momento era vê-la novamente.

— Ei, você está ligado? — Chip gritou.

Assenti, levantando a mão para fazer um sinal de positivo. Era hora de afastar todos os pensamentos de um reencontro com Adelaide Bradley e focar no trabalho... pelo menos por enquanto.

— Gannon?

Uma voz feminina me fez virar para ver quem havia chamado meu nome. Era Barbara Bradley, segurando uma cabeça de repolho nas mãos e com um sorriso no rosto.

— Oi, Sra. Bradley — respondi, enquanto caminhava até ela e lhe dava um beijo na bochecha.

— Pare com isso. Você sabe que é Barbara. Como você está? Sinto que não te vejo há tanto tempo!

— Tenho andado bem ocupado, trabalhando para me tornar um piloto prático com certificação. Quanto mais barcos eu conduzo, mais rápido chego lá.

Ela me deu um sorriso caloroso.

— Ken e Janet devem estar tão orgulhosos de você e do Brody. Ambos estão realizados. Serviram à nossa Marinha e depois voltaram para casa, trabalhando em empregos perigosos, mas necessários.

Senti meu rosto esquentar levemente.

— Como sempre, você é muito gentil. Obrigado pelas palavras.

Com um aceno de mão, ela ignorou essa parte da conversa e mudou de assunto.

— Quero que você venha jantar.

— Jantar? — perguntei.

— Sim. Adelaide está em casa agora. Ela voltou ontem.

Uma onda de calor percorreu todo o meu corpo.

— Eu sei. Ela me mandou uma mensagem dizendo que chegou bem.

Um grande sorriso surgiu no rosto dela.

— Ah, que maravilhoso!

— Aposto que você e Keegan estão muito felizes por tê-la de volta definitivamente.

Barbara levou a mão livre ao peito.

— Mais do que felizes. Radiantes. Nas nuvens!

Dei uma risada.

— Que bom. Bem, vou deixar você voltar às compras.

Segurando meu braço, ela disse:

— Você não respondeu. Adoraríamos ter você para jantar esta noite.

Meu peito apertou em decepção.

— Eu realmente gostaria, mas tenho planos para esta noite. Uma reunião de trabalho que não posso perder.

— Então, amanhã — ela disse, com um grande sorriso ainda no rosto.

Um leve riso escapou.

— De novo, gostaria muito, mas amanhã é o jantar na casa dos meus pais.

Ela franziu o cenho.

— Ah. Bem, por que você não me manda uma mensagem falando que dia ficaria bom pra você e daí planejamos?

Olhei ao redor e notei pessoas nos observando. Com um sorriso, disse:

— Pode deixar. Diga a todos que mandei um oi.

Acenando, ela respondeu:

— Digo, sim. Vou avisar a Adelaide que te vi!

— Até mais, Barbara.

— Tchau, Gannon!

Virei-me apenas para encontrar o Sr. Hall parado ali.

— Como vai, Gannon? — ele perguntou com um sorriso no rosto. Aquele velho era pior do que um grupo de senhoras fofoqueiras, e eu sempre suspeitei que ele fosse o autor da coluna de fofocas no *The Seaside Chronicle*.

— Boa tarde, Sr. Hall.

— Vai jantar com os Bradley, hein? — ele perguntou, caminhando ao meu lado, sua cesta batendo na minha de vez em quando.

— Hmm, não esta noite, não.

— Amanhã?

Virei-me para encará-lo.

— Não. Recusei educadamente por outros compromissos.

Sua sobrancelha se ergueu, e eu me amaldiçoei por dentro. *Droga.* Aposto que isso vai parar na coluna de fofocas, mas com algo como 'Gannon Wilson recusa jantar com a ex porque está noivo'.

— Olha, foi bom conversar com você, mas preciso ir. Tenha um bom dia, senhor.

O Sr. Hall piscou para mim.

— Ah, terei, sim.

Sim, tenho certeza de que terá. Escrevendo mentiras sobre mim naquela coluna estúpida.

Ninguém sabia quem escrevia a coluna de fofocas que saía toda quinta-feira no *The Chronicle*, mas era um grande evento em Seaside. Era uma daquelas coisas que todo mundo fingia odiar, mas mal podia esperar para pôr as mãos no jornal e ler o que estava acontecendo. Claro, ninguém queria se ver na coluna, só ler sobre os outros. Eu tinha certeza de que essa coluna por si só era o motivo pelo qual a maioria das pessoas na cidade ainda recebia o jornal em casa.

Enquanto passava pelo caixa, a atendente, Laney Reynolds, me deu um grande sorriso.

— Ouvi dizer que sua ex está de volta à cidade, e que você recusou jantar com ela. É verdade que está bravo porque ela te largou?

Eu a encarei, boquiaberto.

— Desculpe... O quê?

— Jantar, com Adelaide. Você não vai porque está bravo com ela. Ainda está magoado por ela ter partido seu coração.

Passei a mão pelo rosto enquanto soltava um suspiro.

— Okay, primeiro de tudo, recusei um convite para jantar da Barbara. Tenho planos e não posso ir. E eu não estou bravo com a Adelaide. Somos amigos e terminamos de forma amigável.

— Ah, tudo bem. Acho que ouvi a história toda errada.

— Sim — respondi, pressionando o cartão de débito com um pouco mais de força no leitor —, você ouviu.

Não passou nem meia hora e recebi uma mensagem no celular. Peguei o telefone e gemi ao ver de quem era.

> Olivia: Você voltou com a Addie?

— Puta merda.

Na manhã seguinte, fui acordado pelo toque da campainha. Não fiquei nem um pouco feliz ao me virar e ver que eram apenas oito da manhã.

A campainha tocou novamente, seguida de batidas na porta.

— Espera! — gritei, mesmo sabendo que não podiam me ouvir.

Quando cheguei ao final da escada, abri a porta da frente com força e gritei:

— O que foi?

Brody ergueu as mãos e riu.

— Caramba, cara. Achei que você já estivesse acordado.

— É meu dia de folga, Brody. Gosto de dormir até mais tarde.

— Já são oito, isso é dormir até tarde.

Foi então que percebi que ele segurava uma xícara de café em uma mão e o *The Seaside Chronicle* na outra.

— Ah, droga, é quinta-feira — murmurei enquanto Brody me entregava o jornal.

— Parabéns, maninho, você apareceu na coluna de fofocas.

— Eu sabia! Estou te dizendo, o velho Hall é o autor dessa coluna. Encontrei com ele no mercado ontem, depois que Barbara me convidou para jantar.

Brody se sentou no sofá e tomou um gole do café.

Apontei para a bebida.

— Isso não é pra mim?

Olhando para o copo na mão e depois para mim, ele riu.

— Por que diabos eu traria café pra você?

Dei de ombros.

— Porque seria um gesto legal.

Ele revirou os olhos.

— Que tal isso: você lê a matéria no jornal enquanto eu faço um café.

— Ah, claro, é só colocar a cápsula e apertar um botão. Você sabe tão bem quanto eu que a The Maine Bakery tem o melhor café da cidade.

— Eles têm mesmo — ele disse, piscando antes de se levantar e ir para a cozinha nos fundos da casa.

Há alguns anos, comprei uma casa antiga construída em 1901, então a estrutura não possuía um conceito aberto. Estava nos meus planos derrubar algumas paredes, mas não era algo que eu tinha pressa em fazer. Algo me fazia hesitar em começar grandes reformas. Talvez, no fundo, eu esperasse que Addie estivesse aqui para fazer parte dessas decisões.

Com um longo suspiro, eu o segui, me sentei à mesa, abri o jornal e encontrei a coluna. Comecei a ler e, em seguida, me levantei rapidamente. Àquela altura, Brody já estava de volta com meu café.

— Como você consegue tomar isso puro? — ele perguntou, colocando a caneca na mesa.

— Horas extras? Como diabos eles sabem que estou fazendo turnos extras? E como sabem que fui à joalheria Reef Jewelers? Essa pessoa tem espiões em todos os lugares?

Brody riu.

— Minha parte favorita foi sobre Adelaide ter partido seu coração anos atrás.

Desabei de volta na cadeira e soltei um gemido.

— Adelaide não vai ficar feliz com isso.

Com um aceno de mão, Brody disse:

— Ela não vai se importar. Estamos falando da Adelaide; ela não deixa fofocas bobas no jornal da cidade a incomodarem. Aposto que ela nem viu isso.

Assenti lentamente e peguei o café.

— Talvez não.

Nós dois nos encaramos, sabendo que era uma mentira. Todo mundo em Seaside lia a coluna de fofocas. Era a primeira coisa que faziam nas manhãs de quinta-feira. Nem tinha um nome oficial. Toda semana a coluna era intitulada com algo diferente. Desta vez, era "Notícia Bombástica". Eu precisava admitir que o autor era criativo com as palavras.

O celular de Brody tocou, e ele o tirou do bolso para ler uma mensagem. Quando ergueu os olhos para me encarar, fez uma careta.

— Era do Brax.

Endireitei-me um pouco na cadeira.

— E?

Ele olhou para a mensagem, depois de volta para mim.

— Digamos que Adelaide leu a coluna, e eu estava errado. Ela não está feliz.

CAPÍTULO 4

Adelaide

Eu olhei para o artigo e o li novamente, pela quinquagésima vez.

THE SEASIDE CHRONICLE

7 de julho de 2022

Notícia bombástica

Seasiders,

As notícias no cais dizem que Adelaide Bradley está de volta a Seaside, e o rumor é que ela voltou para ficar! (Sem qualquer aliança no dedo, devo acrescentar!). Depois de oito longos anos morando na cidade grande, onde trabalhava no Hospital Geral de Massachusetts, ela decidiu voltar para o litoral. Vocês podem imaginar a emoção de Barbara e Keegan em ter a filha mais velha de volta.

Mas isso nos faz pensar: será que Adelaide continuará com sua carreira de enfermagem ou ela está aqui para ajudar no restaurante da família, o The Seaside Grill?

Uma gaivota me contou que Gannon Wilson está até lidando bem com a notícia, considerando que Adelaide partiu seu coração tantos anos atrás. Notei que Gannon tem trabalhado mais do que o habitual, pilotando aquele precioso barco cargueiro pelo nosso canal. Talvez ele esteja

> fazendo horas extras para comprar uma joia, já que foi visto na Joalheria Reef há poucos dias.
>
> Estamos torcendo para que os dois se reencontrem, pelo menos como amigos. Todos sabem que o antigo rei e rainha do baile de formatura tinham um futuro promissor até... bem... essa é uma história para outra edição, Seasiders!
>
> Ventos favoráveis e mares tranquilos!

— Adelaide, talvez você devesse se sentar — minha mãe disse, fazendo um gesto para que eu me acomodasse no sofá.

Continuei andando de um lado para o outro.

— Eu nunca parti o coração do Gannon. Nós terminamos em comum acordo. E o que diabos é isso... 'o antigo rei e rainha do baile de formatura tinham um futuro promissor até'... até o quê? O que ela está tentando dizer?

— Ou ele — Harlee disse antes de tomar um gole de café.

Lancei-lhe um olhar fulminante.

Erguendo a mão para evitar que eu despejasse cada palavrão que conhecia, ela continuou:

— Olha, tudo o que estou dizendo é que o autor pode ser um homem.

— Harlee, por favor — Sutton interveio. — Nenhum homem se mete em fofocas desse tipo.

Palmer riu.

— Ah, Sutton. Você claramente não conhece os homens muito bem.

Minhas irmãs trocaram gestos obscenos com os dedos do meio.

Harlee sorriu.

— O Sr. Hall se mete. Na verdade, ouvi ele ontem à noite no mercado dizendo para Laney Reynolds e Charlotte Hathaway que Gannon recusou o convite para o jantar da sua mãe porque estava furioso com você.

Eu congelei.

— O quê? Por que ele estaria bravo comigo?

— Ele não está bravo com você.

Virei-me rapidamente para ver meu irmão entrando na sala de estar.

Braxton balançou a cabeça.

— Ele disse ao velho Hall que não poderia vir ao jantar porque estava ocupado.

Cruzei os braços sobre o peito.

— Como você sabe que foi isso que ele disse?

— Porque ele me contou ontem à noite quando falei com ele. Até disse que tinha certeza de que a coluna alegaria que ele estava noivo ou algo assim. Quem quer que seja, obviamente entendeu tudo errado.

Sutton e Harlee trocaram olhares.

— Então, se o Sr. Hall fosse o autor da coluna, ele teria colocado isso lá — Harlee declarou enquanto Sutton assentia.

— Acho que podemos descartar o Sr. Hall então.

Sutton sorriu.

— Acho que sim!

— Pelo amor de Deus, não me importa quem é o autor... — falei bruscamente. — Eles entenderam tudo errado!

Braxton se sentou.

— Nem tudo.

Todos os olhos se voltaram para ele.

— Bem, você está de volta à cidade de vez. Eles acertaram nisso. Gannon tem trabalhado turnos extras, mas só porque quer obter sua licença definitiva de piloto. E ele esteve na Reef Jewelers.

— Por quê? — todas as mulheres na sala perguntaram ao mesmo tempo.

Os olhos de Braxton se arregalaram antes de ele rir.

— Ele estava buscando algo para a mãe. Só isso.

Suspirei.

— Ótimo. Todos esses anos consegui evitar aparecer nessa coluna estúpida, e agora aqui estou eu.

— Odeio te dizer isso — Harlee disse —, mas agora que ela... ou ele... escreveu sobre você, provavelmente vai escrever de novo. Especialmente porque meio que deixaram um suspense no final.

Sutton riu.

— Ah, meu Deus, realmente terminou com um suspense. Estou morrendo de curiosidade para saber o que você fez para arruinar o futuro de vocês dois!

Gemendo, sentei-me no sofá e puxei uma almofada para o rosto para abafar meu grito.

— Bem-vinda de volta, mana! — Braxton riu.

Larguei a almofada no colo e lancei um olhar fulminante para ele.

Levantando-me do sofá, apontei para cada pessoa na sala.

— Precisamos fazer disso a nossa missão: descobrir quem diabos está escrevendo essa coluna.

Minha mãe se levantou, balançou a cabeça e agitou as mãos no ar como louca.

— Ah, não. Estou fora disso. Consegui ficar fora dessa coluna desde que começou há dez anos. Além do mais, não quero realmente saber quem está escrevendo.

— Por que não? — Sutton perguntou.

— Bem — minha mãe começou —, é meio interessante não saber quem é o autor. Pode ser qualquer um. O pastor da igreja Metodista, ou até a Sra. Pritcher.

— A bibliotecária? — Harlee perguntou.

— Não, ela é muito gentil e não incomoda ninguém. Além disso, ela nunca sai da biblioteca para saber o que está acontecendo. E mantém tudo tão silencioso lá que duvido que consiga ouvir qualquer fofoca.

— Tudo bem, então a Sra. Pritcher está fora da lista. Mas, como eu disse, pode ser qualquer um. E eu, para ser sincera, não quero descobrir quem é — minha mãe disse.

— Eu quero — Sutton e Harlee responderam ao mesmo tempo. Não consegui segurar o riso.

— Harlee, você não consegue descobrir quem é? — perguntei.

Ela balançou a cabeça.

— Já te disse. A única pessoa que sabe é meu pai. Foi combinado que o autor permaneceria anônimo.

Exalando, olhei para minha mãe.

— Entendo por que você não quer saber, mas eu quero descobrir para evitar essa pessoa.

Com outro aceno de mão, minha mãe riu.

— Por favor. Mesmo que você soubesse, isso não significa que eles não podem continuar obtendo informações. Quero dizer, quem sabe quantas gaivotas eles têm espalhadas pela cidade.

Sutton soltou uma risada seca.

— Estou feliz que não seja sobre mim desta vez. Já tive o suficiente disso quando estava passando pelo divórcio.

Arregalei os olhos.

— Eles escreveram sobre o divórcio?

Sutton deu de ombros.

— Nada muito ruim. Na verdade, fizeram o Jack parecer um completo babaca.

— Porque ele é — Harlee acrescentou.

Braxton levantou a mão e trocou um *high five* com Harlee.

— Essa é minha garota.

Harlee corou? Olhei entre ela e meu irmão e, por um momento, achei que vi algo se passar entre os dois.

Teria que pensar sobre o assunto mais tarde. No momento, precisava descobrir uma maneira de me manter fora da coluna de fofocas da cidade.

— Quantas matérias você acha que vão escrever sobre mim e Gannon? — perguntei.

— Tipo, pode ser que isso seja tudo. Algo ou alguém pode atrair a atenção deles para longe de vocês — Harlee disse com um sorriso suave.

— Argh... — resmunguei. — Não acredito que estou na coluna de fofocas de quinta-feira quando mal voltei para a cidade!

Braxton revirou os olhos.

— Pelo amor de Deus, Adelaide, não é como se tivessem escrito algo ruim. Aceite isso, mana.

Olhei para meu irmão e assenti.

— Você tem razão. Vou aceitar. Acho que só fiquei um pouco surpresa por estar lá. Quero dizer, acabei de voltar para casa.

— E sua história com Gannon fascina as pessoas — Harlee afirmou. — Você deveria estar feliz; algumas pessoas dariam tudo para aparecer naquela coluna.

— Como quem? — Sutton perguntou.

Harlee deu de ombros.

— Temos uma linha direta de informações no jornal.

Virei-me para Harlee.

— Sério? Então como ela... ou ele... obtém essas informações se são anônimas?

— Ligam e deixam no correio de voz.

Minha mãe se inclinou.

— E só seu pai sabe quem é?

Harlee riu.

— Sim. Ofereceram algumas coisas bem loucas para ele revelar o segredo ao longo dos anos.

— Aposto que sim — minha mãe disse com uma risadinha.

Suspirando, frustrada, me virei para Braxton.
— Você acha que Gannon está chateado com isso?
Ele sorriu.
— Só tem um jeito de descobrir. Pergunte a ele.
— Sim — Sutton disse, rindo. — Pergunte a ele, Addie.
Cruzando os braços novamente, respondi:
— Eu vou perguntar.

Duas horas depois – depois de gastar muito tempo tentando decidir o vestir –, eu estava em frente à casa de Gannon. Era uma adorável casa branca antiga, com persianas pretas e uma varanda de tamanho razoável. Havia duas cadeiras de balanço e uma mesinha na frente. Vasos pendurados no parapeito davam um toque aconchegante. Sorri ao notar o cuidado com os detalhes. Certamente sua mãe tinha ajudado na decoração. Uma bandeira americana pendia de uma das colunas da varanda, e de outra, uma bandeira da Marinha.

Olhei ao redor rapidamente antes de bater na porta. Passei as mãos pelo meu vestido e inspirei fundo. *Por que diabos estou tão nervosa?*

Quando a porta se abriu, olhei para cima... e precisei me esforçar para respirar de novo.

Gannon.

Ainda tão lindo como sempre. Não – ele estava ainda mais bonito do que da última vez que o vi. E quando ele sorriu para mim, me senti como uma adolescente novamente, com os joelhos bambos e o estômago revirado.

Tentei parecer calma enquanto sorria e dizia simplesmente:
— Oi, Gannon. — Quando minha voz falhou, ele sorriu ainda mais, e aquela maldita covinha apareceu.

Ah, sim, com certeza. Era bom estar de volta ao lar.

CAPÍTULO 5

Gannon

Abri a porta da frente e me deparei com um par de lindos olhos cinzentos me encarando. Não sei por quanto tempo ficamos ali, sem que nenhum de nós falasse qualquer coisa. Então vi o sorriso dela, e precisei me esforçar para lembrar como engolir ou formar uma palavra simples como "oi." Porque a única mulher com quem eu comparava todas as outras estava parada à minha porta.

A mulher que eu amava desde os 10 anos de idade me encarava com um sorriso deslumbrante no rosto.

— Oi, Gannon.

Pisquei algumas vezes e deixei meus olhos absorverem a visão à minha frente. Droga, eu tinha esquecido como Adelaide era linda. Acontecia toda vez que a via. Sempre me perguntava como podia esquecer quão deslumbrante ela era, mas na verdade, eu nunca esquecia... porque ela frequentemente visitava meus sonhos à noite.

— Addie — sussurrei, dando uma rápida olhada em seu corpo.

Ela estava usando um vestido azul-claro que realçava cada curva perfeita de seu corpo. Usava sandálias brancas, e seu cabelo castanho estava preso em um coque no alto da cabeça, com pequenas mechas caindo ao redor do pescoço.

Pigarreando de leve, repeti seu nome:
— Addie.

Com um sorriso ainda maior, ela perguntou:
— É uma... é uma hora ruim?

Abrindo ainda mais a porta para que ela entrasse, respondi:
— Não. Acabei de chegar da academia. Entre.

Adelaide entrou na minha casa, e eu senti o perfume dela ao passar por mim. Sorri, inspirando fundo e inclinando-me um pouco mais para perto.

— Estou fedendo? — Adelaide perguntou, rindo de nervoso.

— Não. — Dei uma risada suave. — Você está usando aquele perfume da Lancôme.

Ela me presenteou com outro sorriso brilhante.

— Estou. É o único perfume que uso.

Meus olhos se arregalaram em surpresa.

— Não se surpreenda, Gannon. Você tem... ou pelo menos tinha... um bom faro para perfumes. Todo mundo me elogia por causa dele.

— Realmente tem um cheiro bom. Acho que não comprei perfume para mais ninguém desde então.

Foi a vez de ela parecer surpresa antes de desviar o olhar para examinar a sala.

— Que lugar adorável — Adelaide disse. — Adorei o jeito que você decorou.

Assentindo, olhei ao redor da sala de estar. Minha casa não era tão grande quanto outras na Captains Row, mas tinha um bom tamanho com 250 metros quadrados. Era antiga, o que era comum para muitas casas em Seaside. Especialmente na rua onde eu morava.

— É tão charmosa, Gannon. Adorei o amarelo-clarinho das paredes, as janelas panorâmicas e o banquinho que você adicionou sob a janela.

— Obrigado — respondi, piscando. — Meu plano é, em algum momento, instalar um banco embutido ali.

— Essa madeira toda é original?

— É. — Olhei para os rodapés e molduras. — Foi o motivo pelo qual comprei a casa. Grande parte da madeira original, incluindo o piso, ainda está aqui e em ótimo estado.

Depois de girar em um círculo, Adelaide olhou de volta para mim.

— Posso fazer um tour?

Ignorei o leve aperto no peito ao ver Adelaide no meio da minha sala de estar.

— Com certeza. — Fiz um gesto para que ela seguisse em frente. — A cozinha é pela sala de jantar. Vá em frente.

— Adoro os pisos em preto e branco — ela disse enquanto caminhávamos para a cozinha.

— Obrigado. Por ser uma casa tão antiga, não tem aquele conceito aberto que todo mundo quer hoje em dia. Quero ver se consigo derrubar essa parede e abrir para as áreas de estar e jantar em algum momento.

Ela assentiu, caminhando até a pia.

— Me diga que isso é original.

Eu ri.

— É original.

— Por favor, não se desfaça disso se reformar a cozinha.

— Confie em mim, não vou me desfazer. Minha mãe me mataria.

Adelaide sorriu.

— Ela sempre foi uma mulher inteligente. Como estão Janet e Ken? Planejo passar por lá para vê-los em breve.

Meus pais sempre adoraram Adelaide e ficaram muito felizes ao saber que ela decidiu voltar para Seaside.

— Eles estão bem. Tenho certeza de que adorariam se você passasse para dizer oi. Meu pai está aposentado agora, então ele vai adorar a companhia.

Adelaide se virou, e nossos olhares se encontraram. Um sentimento me inundou, e tive que lutar contra o impulso de puxá-la para meus braços e beijá-la.

— Estou tão feliz que você está de volta, Addie.

— Já estava na hora. Quero dizer, eu amava meu trabalho, mas com o ataque cardíaco do meu pai e você...

Ela deixou as palavras pairando, e me vi sorrindo de volta para ela.

— Tive algo a ver com o seu retorno, hein? — provoquei.

Piscando, ela respondeu:

— Talvez.

Franzi o cenho em seguida.

— Você não está desistindo da enfermagem para sempre, está?

Ela deu de ombros de leve.

— Não sei. Pensei em sair do atendimento direto aos pacientes, então talvez faça algo diferente. Ainda não decidi.

Tudo que pude fazer foi acenar com a cabeça. Imaginei que devia ser difícil para ela deixar seu trabalho e sua vida em Boston.

Sem perceber meus pensamentos, Adelaide caminhou até a sala de jantar e logo voltou para a cozinha.

— Se você derrubar essa parede, o que vai acontecer com o armário embutido na sala de jantar?

— Vou movê-lo para outro lugar. Deve ser fácil.

Ela assentiu, e continuamos o tour.

— Quantos quartos? — perguntou enquanto íamos até o lavabo nos fundos da casa, próximo à pequena área de serviço que também servia como lavanderia. Eu tinha uma máquina de lavar e secar empilhada com uma prateleira embutida do outro lado, onde dava para colocar botas, sapatos e pendurar casacos. O mesmo tom amarelo-claro cobria todo o andar de baixo.

— Quatro quartos, esse lavabo e dois banheiros no andar de cima.

Começamos a subir as escadas, e observei Adelaide sorrir e passar o dedo pelo corrimão.

— Tão bonito. Olhe para a madeira desses pisos. Está tão bem conservada. Os O'Grady moraram aqui por tanto tempo quanto consigo me lembrar, e claramente cuidaram bem dela.

— Cuidaram, sim. A família deles era dona da casa desde que foi construída. Katherine só vendeu porque não havia mais ninguém em Seaside, e ela não queria que a casa ficasse vazia. Quando decidiu vender, disse que só queria levar algumas peças; o resto ficou.

Adelaide se virou para olhar para mim ao chegar ao patamar.

— Por que ela faria isso? São heranças de família. Não acredito que ela não as quis.

— Ela ficou com algumas peças, mas não tinha espaço para mais nada. Disse que preferia que ficassem com a casa do que fossem vendidas. Concordei em mantê-las aqui.

Adelaide balançou a cabeça.

— Acho que faz sentido, se ninguém mais as quisesse ou ela não tivesse espaço para tudo.

Apenas assenti.

Entramos em um dos dois quartos de hóspedes, e Adelaide sorriu.

— Adoro as diferentes inclinações do teto aqui. Elas criam ótimos cantinhos.

— Sim, este é um quarto legal. Eu ia transformá-lo em um escritório, mas realmente não preciso de um. Talvez se torne um quarto de criança um dia.

De onde saiu isso?

Não me atrevi a olhar para Adelaide, mas senti o peso do olhar dela após esse comentário bombástico.

— Planejando ser pai em breve? — ela perguntou com um tom zombeteiro.

Olhei para ela e pisquei.

— Você está oferecendo ajuda?

Suas bochechas ficaram coradas, e ela pigarreou ao entrar no próximo quarto.

Ignorando claramente meu comentário, ouvi-a dizer:

— Este também é um quarto fofo. As cores já estão perfeitas para uma menina.

Eu a segui para o quarto.

— *Era* para uma menina. Katherine disse que foi pintado para a neta dela.

— Eles deixaram esta cama? — Adelaide perguntou enquanto circulava a cama de dossel.

— Deixaram. Você não soube sobre o filho de Katherine e a família dele?

Ela se virou para me encarar.

— Não.

— É uma história triste. Você lembra que ele era o único filho dela, certo?

— Sim, lembro disso.

— Bem, ele, a esposa e a filha morreram em um acidente. Katherine disse que queria vender e se mudar para um lugar mais quente, precisava deixar algumas lembranças para trás.

Os olhos de Adelaide se encheram de lágrimas.

— Meu Deus. Pobre Katherine. Por que meus pais nunca me contaram? A família do meu pai era bem próxima da de Katherine quando eram crianças.

— Não sei.

Ficamos em silêncio no quarto, apenas nos encarando. Dei um passo mais perto e segurei sua mão.

— Senti sua falta, Addie.

— Eu também senti sua falta. Mas devo dizer que você ainda não me mostrou o seu quarto.

Rindo, respondi:

— Por aqui.

Abri a porta do meu quarto e observei Adelaide entrar. A cama king-size ficava no meio do quarto, entre duas janelas grandes. Havia uma cômoda combinando ao lado. Ao pé da cama, um baú antigo que encontrei no sótão guardava lençóis e cobertores.

A cor da parede era azul-escuro. Minha mãe havia escolhido o edredom branco e as toalhas de tom azul-claro do meu banheiro. Definitivamente, parecia masculino, mas o quarto não evidenciava que pertencia a um homem solteiro.

Adelaide caminhou pelo quarto e entrou no banheiro.

— Uau, é lindo aqui dentro.

Eu a segui e olhei ao redor do banheiro estilo Spa.

— Foi a primeira coisa que fiz quando me mudei. Precisava de um banheiro mais moderno.

— O chuveiro é... enorme.

Quando ela se virou para me olhar, pisquei.

— Disseram que cabem facilmente duas pessoas.

Foi a vez de ela revidar.

— Você está oferecendo?

— Na verdade, estou.

As bochechas dela adquiriram outro belo tom de rosa.

— É tentador.

— Quer uma cerveja ou algo para beber?

Ela sorriu suavemente.

— Vou aceitar uma água ou uma Coca.

— Vamos descer para a cozinha, e então podemos nos sentar lá fora e colocar a conversa em dia.

Depois de pegar uma Coca para Adelaide e uma cerveja para mim, fomos para a varanda dos fundos. Passamos alguns minutos conversando sobre assuntos leves até que Adelaide se virou, cruzou as pernas e suspirou.

— Você viu o artigo no jornal?

Tentei não sorrir. Suspeitava que a coluna de fofocas fosse o motivo de Adelaide ter aparecido na minha casa. Ou talvez fosse uma desculpa e ela realmente quisesse passar por aqui. Eu esperava que fosse a última opção.

— Vi. Estou muito curioso para descobrir o que supostamente arruinou nosso relacionamento.

Adelaide soltou uma risada suave e balançou a cabeça.

— Eu também. Sutton ficou toda eufórica porque eles deixaram um suspense no final.

— Bem, nunca aparecemos na coluna antes, então acho que era nossa vez.

Ela franziu o cenho, nitidamente irritada.

— Suponho que sim.

Ficamos em silêncio por alguns segundos antes de ela perguntar:

— Como está o trabalho?

— Incrível. Eu amo meu trabalho.

Ela sorriu.

— Fico tão feliz por isso. — Levantando o queixo, ela inspirou profundamente. — Senti falta disso. A tranquilidade de Seaside. O som das ondas do oceano e o cheiro de maresia.

— Você não tinha o ar de maresia em Boston?

— Às vezes — ela respondeu com uma risada enquanto se levantava e caminhava até onde eu estava encostado no parapeito da varanda. — Mas não é a mesma coisa em uma cidade grande como Boston. Fico feliz por ter me mudado para lá por um tempo, no entanto. Eu realmente amei viver em Boston, mas senti falta da minha família e amigos. Senti sua falta.

Tentei ignorar a forma como meu coração começou a bater forte no peito.

— Eu também senti sua falta, Addie. Muito.

Mordiscando o lábio inferior, o olhar de Adelaide pousou em minha boca. Dei um passo à frente e cobri um lado de seu rosto com a minha mão.

— Meu Deus, senti tanto a sua falta.

Adelaide se inclinou e me beijou suavemente. Levei a mão à nuca dela e aprofundei o beijo. Seus braços enlaçaram meu pescoço. Nós nos beijamos até precisarmos de fôlego. Todos aqueles sentimentos antigos voltaram com força, e era como se nenhum tempo tivesse passado. Addie estava aqui, em meus braços.

Encostei minha testa à dela e inspirei fundo.

— Acha que alguma gaivota viu isso?

Adelaide riu.

— Eu estava bem chateada quando vi aquilo pela primeira vez, mas agora já superei. Nem ligo mais para o que escreverem.

— Não deixe isso te afetar, Addie. Você e eu sabemos o verdadeiro motivo de termos nos separado, e isso é tudo que importa.

— Então, o que fazemos agora?

Sorri.

— Eu sei o que gostaria de fazer agora.

Ela me deu um leve tapa no peito e balançou a cabeça.

— Você é terrível.

— Achei que você gostasse disso em mim.

— Eu gosto. Gosto muito.

Antes que pudéssemos reduzir a distância entre nós novamente, meu celular tocou. Eu o peguei no bolso e suspirei.

— Meu pai precisa de ajuda para pendurar algo para minha mãe.

Adelaide deu um passo para trás e exalou.

— Provavelmente é melhor eu ir.

Eu a acompanhei enquanto ela voltava para o interior da casa.

— Tenho que voltar ao trabalho amanhã — comentei. — Mas vou te mandar uma mensagem ou ligar. Talvez possamos jantar em breve?

Ela se virou e olhou para mim.

— Eu adoraria.

Sorrindo, respondi:

— Combinado.

Ela colocou sua bebida no balcão e olhou para mim. Meu coração parecia querer saltar do peito.

Então ela riu.

— Por que isso parece tão estranho?

Balancei a cabeça.

— Não sei.

Ela colocou a mão no meu peito antes de se levantar na ponta dos pés e me beijar rapidamente.

— A gente se fala em breve?

— Com certeza.

Adelaide sorriu e seguiu em direção à porta da frente. Ela parou na porta, se apoiando nela, e se virou para me encarar novamente. Meus olhos pousaram em seus lábios rosados e macios, e quase gemi quando ela passou a língua por eles. Eu me obriguei a focar o olhar em seus olhos.

— É melhor você ir antes que eu te jogue no meu ombro e te leve para o meu quarto.

Os olhos dela se arregalaram conforme suas bochechas ficavam um pouco mais vermelhas.

— Por mais tentador que isso pareça, acho que seu pai pode ficar bravo com você.

Assenti.

— Você provavelmente está certa. Tchau, Addie.

Ela saiu porta afora e olhou para mim por cima do ombro.

— Tchau, Gannon.

Adelaide seguiu pela calçada até o Jeep preto estacionado em frente à minha casa. Quando o vi, pisquei algumas vezes e comecei a rir. Quais eram as chances de ambos termos o mesmo modelo Wrangler?

Observei enquanto ela entrava no Jeep e se afastava. A casa da família dela não ficava muito longe da minha, no máximo a um quilômetro.

Quando não consegui mais avistar o veículo, me virei para entrar novamente... apenas para ver minha vizinha parada na varanda. Ela acenou, mas, felizmente, morava longe demais para tecer comentários. Acenei de volta e entrei rapidamente.

Fechei a porta e fiquei parado ali, assimilando os últimos minutos.

Ergui a mão e tentei aliviar a sensação de aperto no peito.

— Adelaide está de volta em casa. Finalmente.

CAPÍTULO 6

Adelaide

— É tão bom ver você! — disse a Sra. Walters enquanto eu servia uma xícara de café para ela e seu marido.

— É bom estar de volta — respondi. — Vocês já sabem o que vão querer para o café da manhã?

— O de sempre. — A Sra. Walters pegou sua xícara e tomou um gole.

O Sr. Walters revirou os olhos.

— Ela não vem ao restaurante há anos, Jean. Como diabos ela deveria saber qual é o nosso 'de sempre'?

Tentei não rir enquanto o Sr. Walters continuava a repreender a esposa.

— Bem, eu esqueci, Tom. — Ela olhou para mim. — Vou querer o especial de número quatro. Dois ovos malpassados com uma pilha de panquecas.

Assenti.

— E o senhor, Sr. Walters?

— A mesma coisa, mas gostaria de mirtilos nas minhas panquecas. Dizem que ajudam com a memória. Jean, você deveria colocar alguns nas suas também.

A Sra. Walters bufou.

— Não, obrigada. Não gosto de mirtilos.

— Vou adiantar o pedido de vocês — falei e fui até o computador para inserir o pedido do café da manhã dos Walters.

Depois, verifiquei as outras três mesas que minha mãe tinha me designado. Obviamente, ela achava que eu só podia lidar com quatro mesas. Podia ter passado uns oito anos desde a última vez que trabalhei como garçonete, mas era como andar de bicicleta. Depois que você aprende, nunca esquece. Após atender às necessidades de todos, fui para o estoque conferir os itens e fazer uma lista para minha mãe.

— Pedido pronto, Adelaide! — meu pai gritou.

Enquanto me dirigia ao balcão que conectava a cozinha à área de refeições, vi Braxton, Brody e Gannon entrando no restaurante. Meu coração deu um pequeno salto no peito quando meu olhar encontrou o de Gannon. Ele sorriu, e eu retribuí antes de pegar o pedido.

Palmer apareceu de repente, saindo de onde estava reabastecendo alguns itens atrás do balcão. Ela se ofereceu para ajudar meus pais hoje, já que estavam sem duas garçonetes. Uma estava de férias, enquanto a outra se recuperava de uma fratura na perna. Eu também me ofereci para trabalhar depois de ouvir meus pais comentarem que precisavam de ajuda para cobrir os turnos. Afinal, eu tinha voltado para Seaside para ajudar, e era exatamente isso que planejava fazer. A última coisa que eles precisavam era de mais estresse.

Palmer seguiu meu olhar, observando nosso irmão e os amigos dele.

— Eles ainda vêm aqui o tempo todo, principalmente para o café da manhã.

Virando-me para ela, perguntei:

— Você trabalha aqui com frequência?

Ela negou com um aceno de cabeça.

— Não, mas sei que os três tentam se encontrar para o café da manhã pelo menos duas ou três vezes por semana.

— Como nos velhos tempos — comentei com uma risada suave.

— O que quer dizer? — Palmer perguntou enquanto reabastecia a xícara de café vazia de um cliente no balcão.

— Quando estávamos no ensino médio, eles vinham ao restaurante quase todos os dias. Seja para o café da manhã, depois da escola ou do treino de futebol. Praticamente moravam aqui.

Palmer olhou de volta para os rapazes, que minha mãe havia acomodado na minha seção. Quando veio na nossa direção, ela piscou para mim.

— Acho que algumas coisas nunca mudam, certo? — Palmer disse, com uma risadinha.

Balancei a cabeça.

— Acho que não.

Pegando uma jarra de café recém-passado, fui até a mesa onde os três estavam. Era quase um rito de passagem para meus irmãos, e para mim, trabalhar no Seaside Grill por pelo menos alguns anos. Palmer ainda ajudava nossos pais, já que era a única com uma agenda flexível.

— Bom dia, rapazes — disse. — O que posso trazer pra vocês?

Brody e Gannon sorriram, enquanto meu irmão ignorava minha presença, ocupado em paquerar uma garota na mesa ao lado. De fato, algumas coisas nunca mudavam.

— Bom dia, Addie. Bem-vinda de volta — disse Brody, com uma piscadela.

Servi uma xícara de café para ele.

— Como estão as coisas, Brody?

— Estão indo.

— Ouvi dizer que você está trabalhando no fundo do mar agora — comentei.

— Ouviu certo. Se precisar de soldagem submarina, sou o cara.

Rindo, falei:

— Vou me lembrar disso. — Voltei minha atenção para a xícara de Gannon. — Bom dia, Gannon.

— Bom dia, Addie.

Meu corpo inteiro pareceu esquentar instantaneamente. Eu amava o som da voz dele.

— Keegan e Barbara colocaram você para trabalhar, hein? — Gannon perguntou.

Olhei para o balcão. Meu pai estava na cozinha, cantando, enquanto minha mãe trabalhava na massa de uma sobremesa para o almoço. Focando de volta nos três homens, respondi:

— Duas garçonetes faltaram, então Palmer e eu nos oferecemos para ajudar.

Gannon assentiu, olhando para Palmer.

— Vou ficar só no café esta manhã; já comi antes.

— Eu também — disse Braxton, finalmente erguendo o olhar. — Ah, oi, mana.

Revirei os olhos e olhei para Brody.

— E você, vai querer algo para comer?

— Claro que sim. Vou querer dois ovos malpassados, torradas sem manteiga, uma tigela de mingau de aveia e, que tal, uma tigela de frutas também?

— Uau, você está com um apetite saudável.

Brody sorriu.

— Tenho um longo dia pela frente.

— Certo. Vou passar o pedido.

Enquanto inseria o pedido no sistema, Palmer veio até mim.

— O que você acha dessa coisa toda entre o Brody e a Sutton?

Lancei-lhe um olhar questionador.

— Que coisa?

Ela suspirou.

— O Brody ajudando a Sutton como está fazendo.

Dei de ombros e respondi:

— Acho que é só isso. Ele está ajudando ela com algumas coisas na casa e na loja. Só isso.

Palmer soltou uma risada irônica.

— Certo, vou te dar um desconto porque você acabou de voltar para a cidade. Você se lembra daquela noite na praia, quando todos estavam na cidade para a festa de formatura do ensino médio da Sutton, antes de ela ir para a faculdade? Até o Brody e o Gannon estavam de recesso na Academia...

— A fogueira? — perguntei.

— Sim!

Balancei a cabeça.

— Você nem estava lá, estava?

Ela revirou os olhos.

— Estava, sim! Algumas amigas e eu fomos, mesmo que estivéssemos no segundo ano e fosse só para os que já haviam se formado. Regra idiota inventada pelos veteranos.

Revirei os olhos.

— De qualquer forma, Sutton estava lá com aquele idiota do Jack. Eles brigaram, claro, e foi naquela noite que ele terminou com ela.

Franzi o cenho.

— Não me lembro disso. Eles terminaram naquela noite?

— Você não se lembraria porque eles caminharam um pouco pela praia, e tenho quase certeza de que você e Gannon foram para outro lugar.

Olhei para cima, pensando.

— Ah, é. Fomos para a casa de praia dos pais dele para compensar o tempo perdido.

Ela fingiu que ia vomitar.

— De qualquer forma, minhas amigas e eu ouvimos a briga da Sutton com o Jack. Ele estava bravo porque ela não queria transar com ele. Também acusou ela de prestar muita atenção no Brody, disse que ela estava dando bola pra ele, e a Sutton não negou. Daí, o Jack disse que, se ela queria tanto o Brody, podia ficar com ele. Terminou com ela ali mesmo e foi embora. Ele a largou na praia e, pelo que ouvi depois, saiu com a Melanie Hart.

Eu fiquei boquiaberta e rapidamente olhei ao redor para me certificar de que ninguém estava prestando atenção em nós.

— Minha nossa, o que ela via nele? Por que ela continuava voltando?

Palmer balançou a cabeça.

— Não sei. Mas a Sutton ficou muito chateada. Brody a encontrou bem antes de eu ir até lá, porque meu coração estava partido de vê-la daquele jeito. Ela estava tão arrasada... Já mencionei o quanto odeio o Jack?

— Uma ou duas vezes.

— Certo. Bom, Brody apareceu, então fiquei escondida junto com minha amiga Kris. Brody disse a ela que o Jack era um idiota estúpido e não sabia o que ela via nele. Ela encostou a cabeça no ombro dele, conversaram um pouco, e então...

Minha mãe chamou:

— Adelaide? A mesa cinco parece que precisa de mais café!

— Droga — sussurrei. — Espera aqui, já volto.

Fui rapidamente atender minhas mesas. Entreguei a conta para duas delas, reabasteci as bebidas de outra e tive que ouvir o Sr. e a Sra. Walters falarem sobre a filha deles, Lynn, com quem me formei.

— Ela é advogada agora — disse a Sra. Walters. — Uma bem importante em Nova York.

— Uau. — Recolhi o prato do Sr. Walters. — Vocês devem estar muito orgulhosos.

— Ah, estamos. E o que é mesmo que você faz quando não está trabalhando no restaurante dos seus pais?

Dei um sorriso forçado.

— Eu trabalhava como enfermeira obstétrica em Boston. Pedi demissão para me mudar de volta para Seaside.

— Por que você faria isso? — perguntou a Sra. Walters.

— Porque meu pai teve um ataque cardíaco, e percebi que é aqui que quero estar. Esse é o meu lugar.

Os olhos da Sra. Walters se voltaram para a cozinha e depois de volta para mim.

— Tinha me esquecido do ataque cardíaco do Keegan. Que filha adorável você, por voltar para casa para cuidar dele. Achei que talvez o Seaside Grill não estivesse indo bem.

Suspirei por dentro. Ótimo, agora isso provavelmente iria aparecer na coluna de fofocas. Lancei um olhar firme para a Sra. Walters. Seria ela a autora?

— Nossa, espero que não. Não sei o que faria se não pudéssemos vir aqui tomar café da manhã! — exclamou o Sr. Walters, interrompendo meus pensamentos.

Com uma risadinha, respondi:

— Não se preocupem. O restaurante está indo muito bem. Querem café para levar?

— Não, não — disseram os dois ao mesmo tempo.

— Podem ficar à vontade, sem pressa.

Coloquei a conta na mesa e voltei rapidamente para Palmer para descobrir o resto da história.

— Okay, continue! — pedi. — O que aconteceu? Aconteceu alguma coisa entre eles?

Palmer espiou Brody e depois voltou a me encarar.

— Sim.

Cobri a boca com a mão, surpresa. Depois a abaixei e perguntei:

— O quê?

— Eu não consegui ouvir o que estavam dizendo porque estavam muito longe, e ela não estava gritando como fazia com o Jack. Conversaram por um tempo e, então, Sutton se sentou no colo dele e eles se beijaram!

— Mentira! Por que você nunca me contou isso?

Palmer deu uma risadinha.

— Achei que talvez a Sutton tivesse contado pra você.

— Não, ela não me contou nada! Você está falando sério?

— Estou falando sério. Brody se levantou... com ela no colo, devo acrescentar. Depois a colocou no chão, e os dois saíram andando pela praia. Para longe da festa.

— Aonde eles foram?

Ela deu de ombros.

— Não tenho certeza. E não sei se algo mais aconteceu. Mas, de acordo com minha amiga Kimberley, que sabia tudo sobre todos, e ainda sabe, Brody gostava da Sutton naquela época.

— Espera... Como Kimberley saberia disso?

Com um suspiro, Palmer continuou:

— Estou dizendo, se achasse que ela tinha inteligência suficiente para ser a autora misteriosa da coluna de fofocas, eu podia jurar que é ela. Ela sabe de tudo.

— Ela não é capaz de escrever uma coluna?

Palmer balançou a cabeça.

— É mais burra que uma porta, mas tem um coração de ouro. De qualquer forma, ela ouviu o irmão mais velho dela perguntando ao Brody por que ele simplesmente não dizia à Sutton o que sentia por ela.

— Não acredito! — exclamei, chamando a atenção de quase todos no balcão. Sorri e virei as costas para eles. — O que o Brody disse?

— De acordo com Kimberley, Brody disse ao irmão dela que não faria isso porque estava na Marinha e nunca pediria que ela o esperasse. Ele estava apenas de licença quando aquela festa aconteceu. O mais louco é que Sutton também gostava do Brody. Lembra quando éramos pequenas e ela fingia que eles eram casados?

Olhei para Brody, que estava em uma conversa séria com Gannon. Nosso irmão, de alguma forma, tinha se mudado para a mesa ao lado e ria do que a loira bonita estava dizendo.

— Eu me lembro disso — disse. — Depois daquela noite, no entanto, não me lembro de Sutton falar sobre Brody ou fazer comentários insinuantes como antes.

— Exatamente. O que você acha que aconteceu?

— Não sei. Mas, meu Deus, olhe para o nosso irmão. — Balancei a cabeça e foquei de volta em Palmer. — O Brax algum dia vai sossegar?

Ela deu de ombros.

— Quem sabe? Mas não acha engraçado Brody correr para ajudar a Sutton assim que ela ficou livre do Jack? Você acha que ele ainda gosta dela? Tenho uma forte suspeita de que os sentimentos dela por ele nunca mudaram. Ela só se casou com aquele idiota porque... bem, não sei exatamente por quê. Oh! — Palmer arqueou as sobrancelhas. — Você acha que eles estão... sabe?

Revirei os olhos.

— Como eu saberia? Acabei de voltar para a cidade. Talvez ele esteja apenas sendo um bom amigo. Ou talvez haja algo ali. Mas acho que Sutton teria nos contado se houvesse algo mais.

Palmer ergueu as sobrancelhas e deu alguns passos para trás.

— Não é? Pensei o mesmo. Não a culpo se ela quiser ficar com ele. Dá para imaginar ser casada com um idiota como o Jack quando, na verdade, tudo o que você quer é aquele homem incrível...

— Palmer, não fofocamos enquanto trabalhamos — minha mãe ralhou ao se aproximar de nós com uma torta de maçã.

Olhei para Palmer, que deu de ombros.

— Estou só dizendo que talvez eles ainda sintam alguma coisa um pelo outro. Quero dizer, olhe para você e o Gannon.

Senti um ligeiro frio na barriga enquanto olhava para Gannon.

— Estou feliz por estar de volta.

Minha irmã mais nova parou de limpar um recipiente cheio de creme para café e olhou para mim.

— Ah, por favor. Olhe para a forma como vocês dois se encaram. Essa chama não apagou e nem diminuiu.

Naquele momento, Gannon olhou para cima e nossos olhares se encontraram. Um calor se alastrou pela minha barriga, e tive que me obrigar a desviar o olhar.

Palmer passou por mim e baixou a voz ao dizer:

— Como eu disse, faíscas. Vocês dois parecem querer arrancar as roupas um do outro.

Empurrei-a levemente para longe e ri.

— Você é doida.

Ela ergueu uma sobrancelha perfeitamente delineada.

— Será que sou mesmo?

Depois de uma olhada rápida para Gannon, soltei um suspiro e fui até uma das minhas mesas. Coloquei a mão no rosto, que ainda estava quente por causa do comentário de Palmer. Era verdade. Estar na casa de Gannon outro dia foi um teste de resistência, porque tudo o que eu queria fazer era me entregar a ele ali mesmo.

Dei um pulo quando meu pai gritou meu nome.

— Pedido pronto, Adelaide! — ele disse, e eu me apressei para pegar o café da manhã de Brody.

Peguei o prato e fui até a mesa deles.

— Aqui está — falei com um sorriso, colocando o prato de Brody à sua frente. — Algo mais?

— Não. — Brody começou a comer imediatamente.

— E para vocês dois? — perguntei. Braxton balançou a cabeça enquanto Gannon encontrou meu olhar novamente. Todo o meu corpo reagiu ao seu olhar intenso.

Ele sorriu e piscou.

— Estou bem, obrigado, Addie.

Retribuí o sorriso e fui em direção ao balcão. Palmer estava nos observando e me lançou um sorriso bobo.

— Como eu disse...

Antes que ela pudesse continuar, eu a interrompi:

— Cala a boca, Palmer.

Eu podia ouvir as risadas enquanto atravessava a cozinha novamente.

— Aonde você vai? — meu pai perguntou.

— Preciso de uma coisa do freezer.

Assim que entrei, respirei fundo e soltei o ar devagar. Meu Deus, o jeito que Gannon olhou para mim fez meu corpo inteiro pegar fogo.

Quando a porta do freezer se abriu e minha mãe olhou para mim como se eu tivesse perdido o juízo, pigarreei de leve.

— Eu, hmm, precisava de um minuto para...

— Esfriar a cabeça? Diria que, pelo jeito que você e Gannon estavam se olhando, você provavelmente precisa mesmo.

Abri e fechei a boca antes que eu começasse a rir.

— Mãe!

Ela deu de ombros.

— Estou dizendo o que vejo, querida. Agora, se puder guardar esses sentimentos por um momento, a mesa seis precisa de um refil.

E, com isso, ela saiu, me deixando no freezer com um sorriso bobo no rosto.

CAPÍTULO 7

Gannon

— Você percebe que está parecendo uma criança, certo? — perguntei enquanto Brody me seguia pela rampa em direção ao prédio da administração portuária.

Meu irmão soltou uma risada.

— Okay, talvez os sons de beijo tenham sido um pouco exagerados, mas, meu Deus, Gannon. A tensão sexual entre vocês dois quase fez meus ovos voltarem pela goela. Até o Brax percebeu.

— Os sons de beijo *e* o abraço falso. E não vou me desculpar por ainda estar apaixonado pela Addie.

Ele segurou meu braço.

— Cara, não estou te pedindo isso. Estou feliz de ver aquele brilho nos seus olhos de novo e aquele sorriso no seu rosto. Estou realmente feliz que Addie voltou para a cidade, e por mais que Brax te perturbe por estar com a irmã dele, ele também está feliz.

Dei um tapa no ombro de Brody.

— Obrigado, cara. Agradeço por isso.

Um sorriso largo surgiu no rosto dele.

— Então, vocês dois... vocês já... sabe?

Foi a minha vez de rir.

— Eu não sabia que você se interessava pela minha vida sexual.

— Não me interesso, Gannon. Só estou curioso.

Parando antes de entrar no prédio, virei-me para ele.

— Eu não saio expondo a minha vida, ao contrário de algumas pessoas.

Ele franziu o cenho.

— Eu também não faço isso. Nunca.

Estava prestes a lembrá-lo da vez em que ficou bêbado e admitiu ter dormido com Sutton, mas me contive. Eu tinha certeza de que Brody não se lembrava de me contar aquilo. Ele nunca havia mencionado quando estava sóbrio, e embora eu soubesse que algo tinha acontecido entre eles, nunca realmente conversamos sobre o assunto.

— Gannon, a vida te deu uma segunda chance, e você é um sortudo.

— Eu sei, Brody. Confie em mim, eu sei. Mas o que você sabe sobre segundas chances? Está falando por experiência própria? — perguntei.

— Não, não estou. Você já me viu em um relacionamento sério antes?

Os sons das buzinas dos barcos ecoaram pelo prédio conforme a água batia contra o cais. Eu amava estar aqui, e sabia que meu irmão também. Olhei para a água antes de decidir perguntar a Brody a verdade.

— E a Sutton?

Seus olhos se arregalaram e suas bochechas ficaram levemente vermelhas.

— O que tem a Sutton?

— Qual é, Brody — falei, revirando os olhos. — Você realmente não se lembra do que me contou? Sobre o que aconteceu entre vocês dois?

Ele ficou em um silêncio atônito antes de perguntar, com a voz baixa:

— O que eu te contei?

Ele realmente não se lembrava.

— Você dormiu com Sutton antes de ela ir para a faculdade, na noite em que ela e Jack terminaram.

Eu já tinha ouvido falar de alguém ficando branco como um fantasma, mas era a primeira vez que via isso acontecer na minha frente.

— Foi uma vez, e foi um erro.

— Sério? Foi um erro seu ou dela?

Ele me fuzilou com o olhar, e eu quase caí morto ali.

— O quê? — perguntei com uma risada desprovida de humor. — É de boa falar sobre mim e Addie, mas não o contrário?

— Sutton foi diferente. Toda aquela situação foi diferente, Gannon. Foi uma vez e eu... quero dizer, nós dois nos arrependemos depois. Por mais de uma razão.

Um ar angustiado passou pelo rosto do meu irmão, e ele se virou antes que eu pudesse enxergar qualquer outra coisa em sua expressão.

— O que isso significa? — perguntei.

Ele pigarreou de leve.

— Nada. Estamos falando sobre você e Addie. Vai chamá-la para sair?

Queria questioná-lo mais sobre o que havia dito, mas decidi deixar para lá.

— Claro que vou.

O cansaço nos olhos de Brody desapareceu.

— A mamãe vai surtar!

— Pelo amor de Deus. — Virei as costas para ele e abri a porta da administração portuária. — Vou trabalhar agora, Brody. Até mais.

Pude ouvi-lo rindo enquanto a porta se fechava atrás de mim.

Trish, que era a gerente do escritório, ergueu o olhar e abriu um sorriso bobo.

— Ouvi dizer que Adelaide está de volta à cidade. E um passarinho me contou que ela estava trabalhando no Grill esta manhã.

Suspirando, respondi:

— Todo mundo tem um passarinho que cochicha no ouvido por aqui?

Ela riu.

— Acho que você não gostou do artigo no *The Chronicle*.

— Que artigo?

Comecei a caminhar em direção ao escritório compartilhado pelos pilotos de navios, enquanto Trish ria novamente à medida que eu me afastava. Eu precisava me afastar de qualquer conversa sobre Adelaide para conseguir pensar com clareza. Tê-la na minha casa outro dia e vê-la no Grill naquela manhã trouxe uma enxurrada de lembranças. Boas lembranças.

Agora não era o momento para isso, não enquanto eu estava no trabalho. Precisava focar em algo que não fosse Adelaide Bradley.

Uma semana havia se passado desde que Adelaide apareceu à minha porta. Eu tive que pegar alguns turnos extras, porque um dos outros pilotos estava doente, então não tivemos chance de nos ver novamente. Trocamos muitas mensagens e conversamos ao telefone quase todas as noites, mas estava me matando não poder vê-la. Tínhamos muito o que colocar em dia.

Decidi passar no Grill após meu turno para pegar o jantar e depois relaxar em casa com uma ou duas cervejas, já que Addie havia me mandado uma mensagem dizendo que não estava se sentindo muito bem e que me ligaria na manhã seguinte. Eu teria os próximos dias de folga e estava planejando mandar uma mensagem para Adelaide para ver se ela queria jantar comigo em algum momento.

Cumprimentei Barbara com um aceno de cabeça quando a vi saindo do Grill com uma grande sacola de comida para viagem. Ela a entregou para mim e sorriu. Suas três filhas tinham o mesmo sorriso, mas só Palmer, a mais nova, havia herdado os olhos azuis-claros da mãe.

— Aqui está seu pedido, querido. Como foi seu turno?

Aquilo me fez sorrir.

— Foi corrido. Trouxemos alguns navios bem grandes.

— Quando você tira sua licença definitiva de piloto?

— Consegui tirar na semana passada.

Seus olhos se arregalaram de surpresa.

— Na semana passada! Ora, devíamos fazer uma festa!

Com uma risada leve, balancei a cabeça.

— Não há necessidade de festa. Além disso, meus pais estão fazendo a festa de aniversário de casamento deles neste fim de semana. Você e Keegan estarão lá, certo?

Ela abriu um sorriso radiante.

— Não perderíamos por nada neste mundo. O Grill vai fechar mais cedo no dia, então estaremos lá com animação de sobra.

Assenti.

— Ótimo, minha mãe vai adorar ter todos os amigos dela por perto.

Barbara olhou para a sacola na minha mão.

— Você não está com pressa para chegar em casa, está?

Olhei para a sacola – que parecia conter mais do que eu havia pedido – e depois de volta para ela. O brilho nos olhos dela dizia que estava tramando algo. Meu lado curioso, que não estava exausto, queria saber o que ela tinha a dizer.

— Não, não estou com pressa. Só indo para casa.

— Ótimo! — ela disse, batendo palmas. — Adelaide não está se sentindo bem, e eu preparei um pedido igual ao seu. Você se importaria de passar lá em casa e entregar para ela?

Preocupação, algo que eu não sentia há muito tempo, me atingiu bem no meio do peito.

— Ela me mandou uma mensagem dizendo que não estava se sentindo muito bem, mas achava que era só cansaço. É algo mais sério?

— Ela disse que estava toda congestionada e que provavelmente era alergia, mas não parecia muito bem quando saí esta manhã. Palmer passou lá mais cedo e disse que ela estava com febre. Eu sei que é verão, mas acho que ela está com gripe ou algum tipo de virose.

De repente, fui tomado pela culpa por ter planejado ir para casa em vez de dar um pulo para ver Addie.

— Febre? Ela não me disse isso quando trocamos mensagens esta manhã. Tentei ligar para ela depois do trabalho, mas foi direto para a caixa-postal. Achei que ela estivesse dormindo.

Barbara deu de ombros.

— Provavelmente estava. Você pode ser um querido e levar isso para ela? Ela está em casa... sozinha.

Tive que me segurar para não sorrir. Se havia algo que Barbara Bradley não dominava, era sutileza.

— Sem problema. Vou levar pra ela agora mesmo.

Barbara me deu um abraço.

— Melhor eu voltar para a cozinha. Dê um abraço na Adelaide e meça a febre dela pra mim. Ela pode ser enfermeira, mas é uma péssima paciente.

— Pode deixar — respondi, dando uma olhada rápida ao redor do restaurante. Ninguém parecia prestar atenção à conversa, mas não pude deixar de notar quem estava lá. Com a minha sorte, minha inocente missão para Barbara acabaria no jornal de quinta-feira.

Dez minutos depois, estacionei em frente à casa dos Bradley. A casa dos pais de Adelaide foi, certa vez, a propriedade de um capitão de navio muito bem-sucedido. Nascido em Londres, ele fez fortuna transportando e vendendo mercadorias pelo mundo. Ele acabou em Seaside depois de se apaixonar pela filha de outro capitão.

Dizia a lenda que ele construiu a casa para ela, com um mirante onde ela pudesse ver o navio dele navegando para dentro e fora do porto. A parte triste da história é que ele morreu em uma tempestade no mar no meio do inverno. Dizem que a esposa dele estava no mirante e viu o navio afundar. Agora, a casa é considerada assombrada pelo fantasma dela. Adelaide dizia nunca ter visto nada estranho, mas Palmer jurava ter visto a viúva antes.

Bati na porta e esperei. Quando Adelaide não atendeu, toquei a campainha. Ouvi passos se aproximando antes de a porta se abrir.

Eu tinha certeza de que meus olhos estavam arregalados enquanto olhava para Adelaide. O cabelo dela estava preso em um coque bagunçado, com mechas soltas para todos os lados. Ela vestia algo que parecia ser uma blusa de moletom do irmão e short.

— Você está...

Parei de falar quando ela levantou a mão.

— Nem diga, por favor. Não preciso ouvir que estou tão horrível quanto me sinto.

— O que aconteceu?

— Acho que estou gripada.

— Uau, quase no fim da temporada?

Ela se virou e seguiu até a sala de estar, onde desabou no sofá com um longo gemido.

— Estou me sentindo um horror. Não me sinto tão mal assim há tempos. Quem pega gripe em julho?

Coloquei a sacola de comida na mesa de centro e comecei a tirar tudo.

— Bem, espero que você esteja com fome. Trouxe algo pra gente comer.

Ela se virou e olhou para a comida que eu estava espalhando na mesa. Forçando-se a sentar, ela lambeu os lábios. Mesmo doente, ela parecia adorável pra caramba. Seu rosto estava pálido, e eu tinha quase certeza de que havia baba seca em sua bochecha, mas, meu Deus, ela ainda era a coisa mais fofa de todas.

— Eu estava torcendo para que você não descobrisse quão doente eu estava. Não queria que você viesse e pegasse alguma coisa — disse ela quando entreguei uma garrafa de água que tinha tirado da sacola. Ela a pegou e me agradeceu.

— Sua mãe me contou. Saí do meu turno e não estava com vontade de cozinhar, então pedi comida para viagem no Grill. Sua mãe trouxe o pedido e me pediu, gentilmente, que eu entregasse o seu.

Os olhos de Adelaide se ergueram para encontrar os meus, e ela franziu o cenho.

— Ela pediu isso?

Assenti.

— Ela deveria ter trazido meu almoço horas atrás. Acho que esqueceu que eu estava aqui até agora.

Rindo, perguntei:

— Os talheres ainda ficam no mesmo lugar?

Ela acenou em concordância, envolvendo-se com um cobertor pesado.

— Você mediu a febre? — perguntei antes de passar pela sala de jantar em direção à cozinha. Assim como minha casa, a de Keegan e Barbara não tinha arquitetura aberta. Quase nenhuma das casas mais antigas de Seaside tinha, a menos que tivessem sido reformadas.

— Algumas horas atrás.

Depois de pegar os talheres, voltei para a sala de estar. Adelaide não havia tocado em nenhuma comida.

— Você não está com fome? — indaguei ao me sentar na poltrona em frente ao sofá.

— Com muita fome, mas não sabia o que era o quê, ou se você queria que eu encostasse na sua comida com todos os meus germes.

Revirei os olhos.

— Qual é, eu nunca fico doente.

Ela ergueu uma sobrancelha.

— Ainda isso? Sempre odiei o fato de você nunca ficar doente quando eu ficava.

Piscando, disparei:

— Bons genes, eu acho.

— Está dizendo que eu não tenho bons genes?

— Jamais.

Depois de desembrulhar os dois sanduíches, entreguei um a ela junto com uma salada de batata assada. Era minha coisa favorita que Barbara fazia no Grill.

— Obrigada, Gannon. Sinto muito que minha mãe tenha te envolvido nisso.

— Ela não me envolveu em nada. Além disso, estava morrendo de vontade de te ver de novo, doente ou não. Sinto muito por ter trabalhado tanto e por não termos conseguido encontrar um tempinho para nos vermos.

Adelaide deu uma mordida no sanduíche.

— Sério? — perguntou com a boca cheia de peru, queijo suíço e pão de centeio. Cobrindo a boca com a mão, ela acrescentou: — Desculpa.

Sorri.

— Seus modos sempre iam embora quando você estava doente.

Ela assentiu, engoliu, colocou o sanduíche de lado e puxou o cobertor ao redor de si novamente.

Foi a minha vez de colocar o sanduíche de lado enquanto mastigava e engolia, limpando em seguida os cantos da boca.

— Eu estava esperando te levar para jantar — comentei —, mas parece que teremos que esperar até você melhorar.

Ela fez um biquinho, aqueles olhos cinzentos pousando rapidamente na minha boca.

— Odeio estar doente.

— Eu também.

— Então você quer me levar para um encontro, hein? — Ela enrugou o nariz, e foi a coisa mais adorável de todas.

Assenti.

— Sim, eu gostaria muito de te levar para um encontro, querida.

Ela estava prestes a dizer algo mais quando começou a tossir. Logo se transformou em uma crise de tosse intensa, e eu corri para pegar um copo de água.

— Meu Deus, Adelaide, você precisa ir ao médico. Essa tosse está horrível.

Ela gemeu e deixou a cabeça tombar de volta no sofá.

— Estou sem energia agora.

— Aqui, levante os pés. — Peguei o sanduíche. — Tente comer mais um pouco.

Com um aceno trêmulo, ela deu outra mordida no sanduíche que eu segurei para ela. Em seguida, comeu algumas garfadas da salada de batata.

— É sério, Gannon, você não precisa me dar comida na boca. Eu estou... eu estou... — Seus olhos começaram a se fechar antes de se abrirem de repente. — Espera. Este jantar não conta como nosso primeiro encontro juntos de novo.

Sorri, pegando um fio de cabelo grudado no rosto dela e o colocando atrás da orelha. Eu praticamente podia sentir o calor emanando de Addie.

— Você está ardendo — sussurrei enquanto a observava.

Ela sorriu.

— Obrigada, você também está. Tipo, muito ardente. Eu esqueci como você é bonito. E essa barba por fazer... sim, te deixa ainda mais atraente.

Senti minhas bochechas contraírem com meu sorriso crescente.

— Ah, e essa sua covinha... — ela sussurrou.

— Querida — sussurrei de volta antes de beijar sua testa —, eu estava falando da sua temperatura.

Ela piscou, sonolenta, algumas vezes.

— Ah.

— Mas você é, de fato, linda.

Ela ergueu as sobrancelhas e me lançou um olhar questionador.

— Mesmo agora? Porque eu tenho quase certeza de que tem baba no meu cabelo e possivelmente no meu rosto. — Ela passou os dedos pelos cantos da boca. — É... tem mesmo.

Eu comecei a rir. Minha nossa, como senti saudades dela. A forma como ela me fazia sentir era algo que nunca vivenciei com outra mulher.

— Mesmo com baba no cabelo e no rosto, você ainda é a mulher mais linda que eu já vi. Sempre foi e sempre será.

Os olhos de Adelaide pareceram ficar marejados. Ela piscou rapidamente algumas vezes, então olhou para as mãos antes de voltar a se concentrar em mim.

— Quando vamos ao nosso encontro?

Puxando o cobertor ao redor de seus ombros um pouco mais, eu beijei sua testa.

— Vamos te alimentar, depois te colocar na cama para que você comece a melhorar. Falamos sobre isso depois.

Adelaide conseguiu comer metade do sanduíche e um pouquinho mais da salada de batata antes de seus olhos começarem a se fechar novamente.

Eu limpei todos os recipientes e restos de comida, então a peguei no colo e a levei escada acima para o seu antigo quarto. Quando entrei, observei o espaço ao redor.

Tudo estava exatamente como da última vez em que estive neste quarto. As paredes cor-de-rosa bem clarinho pareciam iluminar o ambiente antes mesmo de eu acender a luz. Sua cama ficava no meio da parede oposta, entre duas grandes janelas. Havia uma estante ao lado da cama, tão cheia de livros que pareciam estar espremidos. Adelaide sempre foi apaixonada por leitura. No topo da estante estavam os troféus de quando ela fez dança competitiva por alguns anos. A jaqueta que ela ganhou jogando futebol durante os quatro anos do ensino médio estava pendurada em um gancho na parede ao lado da estante. Uma cômoda grande se encontrava do outro lado do quarto, coberta de maquiagem e sabe-se lá mais o quê. O quarto estava cheio de coisas – ela obviamente tinha desfeito as malas, mas ainda não tinha organizado tudo.

A última vez que estive aqui, nossas vidas mudaram. Eu tinha 18 anos e estava perdidamente apaixonado por Adelaide. Foi o dia em que contei a ela que iria para a Academia Naval e depois ingressaria na Marinha. Ela ficou tão feliz e orgulhosa... mas pude ver a dor em seus olhos. Reconheci porque senti uma dor semelhante ao decidir ingressar na Marinha. Isso significava que Adelaide e eu ficaríamos separados por meses a fio.

Foi nesse dia que decidimos, de comum acordo, terminar o namoro após a formatura. Foi um dos momentos mais difíceis da minha vida. Só perdeu para o dia em que me despedi de Adelaide ao partir para a Academia.

Tentando não pisar em nada – como roupas e sapatos espalhados pelo chão, já que Adelaide sempre foi bagunceira –, coloquei-a na cama.

Ela se mexeu, soltando um suspiro satisfeito enquanto se espreguiçava de leve. Então gemeu e se acomodou na cama.

— Obrigada, Gannon.

Afastei alguns fios de cabelo grudados em sua testa.

— De nada.

Adelaide havia medido a temperatura novamente antes de adormecer. Estava em 38,3°C, então decidi dar um comprimido de Motrin. Em seguida, ela puxou o lençol e o cobertor até o queixo e relaxou ainda mais ao travesseiro, já lutando contra o sono novamente.

— Você pode ficar um pouco? Por favor.

Um calor encheu meu corpo com o pedido. Puxando um pouco os cobertores, deslizei para debaixo deles ao lado dela.

— Claro que sim. Vá dormir. Eu não vou embora, prometo.

Aninhando-se contra mim, Adelaide murmurou algo.

— O que foi, querida?

Com a voz quase inaudível, ela disse:

— Eu te amo, Gannon.

Meu coração começou a martelar tão forte e rápido que eu tinha certeza de que Adelaide podia sentir a cama inteira tremendo. Não ouvia essas palavras dela há tanto tempo e, naquele momento, percebi o quanto precisava ouvi-las.

Respirei fundo antes de soltar o ar lentamente. Abraçando-a mais forte, eu a puxei ainda mais para mim. Beijando sua testa, sussurrei:

— Eu também te amo, Addie.

CAPÍTULO 8

Adelaide

"Eu também te amo, Addie."

As palavras suaves de Gannon ecoaram repetidamente na minha mente até que adormeci nos braços dele. Eu senti tanta falta de ser abraçada por ele, mais do que imaginava.

Quando acordei, com o braço forte ainda me envolvendo firmemente, me aninhei a ele. Eu me sentia horrível. Meu corpo doía, a cabeça latejava, mas o cheiro daquele perfume familiar que ele usava parecia fazer tudo isso desaparecer.

— Ei, você está acordada? — Sua voz soava como se ele também tivesse acabado de acordar.

— Estou.

— Como está se sentindo?

Tentei me sentar, mas desisti e me recostei a ele enquanto o quarto girava.

— Bem, sinto como se o quarto estivesse rodando e alguém tivesse me atropelado com um caminhão e passado por cima de mim umas doze vezes.

Gannon soltou uma risada baixa.

— Do que você precisa?

— Água, talvez algum remédio, e ir ao banheiro.

Ele gentilmente tirou o braço de cima de mim e saiu da cama.

— Posso ajudar com tudo isso.

Eu nem ia discutir. Normalmente, eu era uma mulher forte e independente, mas, droga, eu me sentia péssima, e era bom ter alguém cuidando de mim. Não, não apenas alguém. *Gannon*. Era bom ter *Gannon* cuidando de mim.

— Levanta devagar — ele disse, me ajudando a sair da cama.

Agarrei-me a ele e fechei os olhos.

— Meu Deus, faça isso parar. O quarto está girando.

Ele deslizou o braço ao redor da minha cintura e me ajudou a caminhar até o banheiro ao lado do meu quarto. *Senhor, espero que não tenha nada embaraçoso à vista.*

— Okay, vire-se e se segure nos meus ombros. Vou abaixar seu short e calcinha.

Fiquei olhando para o topo da cabeça dele enquanto ele se inclinava, certa de que minha boca estava escancarada.

Ele olhou para cima e sorriu.

— Não me diga que está envergonhada, Addie. Já te vi pelada várias vezes.

Doente ou não, o desejo se agitou no meu estômago. Abri a boca para protestar, mas rapidamente a fechei. Eu me sentia tão mal que percebi que não me importava quem me visse nua. Assenti, e ele baixou minhas roupas antes de me ajudar a sentar no vaso sanitário.

— Credo, eu não me sentia tão mal assim há anos. Você acha que é gripe mesmo?

Ele deu de ombros.

— Pode ser só um vírus estranho. Terminou?

Assenti.

— Você consegue, hmm, se limpar?

— Tenho mesmo que fazer isso? — Eu gemi, miseravelmente.

Com um sorriso que quase me fez sentir melhor, ele respondeu:

— Posso fazer isso por você, mas acho que seria um pouco demais.

— Posso secar ao vento?

Ele riu, e isso enviou um calor direto ao meu coração. Como eu amava aquela risada. Sentia tanta falta. Ele me entregou um pedaço de papel higiênico.

— Vamos lá, é rapidinho.

Fiz o que ele pediu e usei os ombros dele para me ajudar a levantar, ficando parada enquanto ele puxava minha calcinha e o short de volta para cima.

— Você vai se deitar de novo. Vou pegar o termômetro também e medir sua temperatura. Está com fome?

— Não — consegui responder com a voz rouca. Assim que nos aproximamos da cama, eu o soltei e caí de cara no colchão. Gannon segurou meus quadris e me virou.

— Já volto.

Acho que levantei a mão e fiz um sinal de positivo, mas não tinha certeza. Não demorou muito para eu me sentir novamente adormecendo.

O peso da cama afundando me despertou de novo. Olhos castanho-claros com manchas douradas que pareciam brilhar sob qualquer luz me encaravam. Seus cílios eram longos e grossos, e cada vez que ele piscava, parecia que tocavam sua bochecha. As mulheres pagavam caro por cílios assim.

— Você voltou — falei, baixinho.

— Voltei. Agora abra a boca. Sua mãe disse que isso mede a temperatura mais rápido.

Fechei os olhos, sabendo que minha mãe não deixaria isso passar batido. Gannon aqui, cuidando de mim enquanto eu estava doente. Um som de bip me fez abrir a boca e perguntar:

— Que horas são?

— Duas da manhã.

— Meu Deus, Gannon! Sinto muito.

Ele sorriu e me entregou alguns comprimidos.

— Tome isso, você ainda está com febre.

Coloquei os dois Tylenol na boca e tomei com a água gelada que ele me entregou em seguida.

— Você não vai embora, vai? — perguntei, apesar de me sentir um pouco culpada por mantê-lo aqui.

Ele hesitou antes de pegar a água e colocá-la na mesinha de cabeceira.

— Você quer que eu fique?

— Eu estava dormindo tão bem nos seus braços.

Os cantos de sua boca quase se curvaram em um sorriso discreto.

— Quero dizer, se você precisar ir... — comecei.

Ele balançou a cabeça e se endireitou. Observei enquanto ele tirava a camisa e a colocava no banco ao pé da minha cama. Então começou a desafivelar a calça, e me mandou olhar para outro lado, mas meus olhos permaneceram fixos em suas mãos.

Em vez de pedir ao meu ex-namorado para ficar completamente nu com meus pais apenas a alguns quartos de distância, eu me afastei para o lado e ergui os cobertores para ele entrar.

— Estamos com 31 anos, estou doente, e nenhum de nós está pelado. Você está seguro — brinquei, rindo.

Ele assentiu e subiu na cama. Eu me deitei de lado, de costas para ele, e permiti que ele me puxasse para perto.

— Meu corpo está muito quente pra você?

— Não, está maravilhoso. — Ele beijou minha cabeça e me abraçou apertado.

— Gannon?

— Sim, Addie?

— Você falou sério quando disse que me amava?

Depois de uma pausa, ele respondeu:

— Falei. — Como não senti seu corpo tensionar, isso foi um bom sinal.

Não consegui reprimir o suspiro de prazer.

— Eu também falei sério.

Ele me abraçou um pouco mais apertado e depositou mais um beijo na minha cabeça.

— Senti sua falta, querida.

Fechei os olhos e deixei que o calor de seu corpo me envolvesse como um cobertor familiar.

— Também senti sua falta. Muito. — Soltei outro suspiro. — Não foi assim que imaginei que nossa primeira noite dormindo juntos seria, depois que voltei.

Soltei uma risadinha e pressionei meu corpo ao dele. Pude sentir sua ereção cada vez mais evidente, e tudo o que eu queria era me esfregar a ele, mas me contive.

— Qual será nosso primeiro encontro oficial? Boliche? — perguntei.

O calor de seu hálito aqueceu meu pescoço quando ele respondeu:

— Boliche está ótimo. Agora, durma um pouco.

Assentindo, relaxei por completo e adormeci, sonhando que Gannon fazia amor comigo depois da surra que eu lhe daria no boliche.

Acordei com o som de um leve ronco no meu ouvido. Quando abri os olhos, vi os raios de sol entrando pelas cortinas fechadas. Minha cabeça ainda doía um pouco, e parecia que eu tinha sido espancada por dez pessoas, mas, ao mesmo tempo, me sentia relaxada e feliz com o calor do corpo de Gannon ao meu redor.

Puta merda. Gannon está na cama comigo. Ele está me segurando em seus braços.

Meu corpo estava pressionado firmemente contra o dele, e eu podia sentir que ele ainda estava duro. Oh, caramba, e como estava. Embora eu me sentisse mal, quase pressionei minha bunda contra ele... Até ouvir uma leve batida na porta do meu quarto.

Fechei os olhos rapidamente e decidi que precisava encontrar um lugar só meu o mais rápido possível.

— Bom dia — disse Palmer, após o clique suave da porta sendo aberta. — Dorminhocos, está na hora de acordar.

Gannon se espreguiçou atrás de mim, depois se pressionou contra meu corpo e soltou um gemido suave. Eu quase fiz o mesmo. *Maldita, Palmer!*

— Addie... Gannon.

A voz da minha irmã deve ter tirado Gannon do estado sonolento, porque ele rapidamente se sentou, com o cobertor e o lençol caindo até a cintura.

— Opa, espera aí! Você está pelado? — Palmer gritou.

Gannon bufou.

— Não, Palmer, eu não estou pelado. Sua irmã está doente, e ela me pediu para ficar.

Eu me virei e lancei um olhar de soslaio para o peito largo de Gannon, mas logo me concentrei em Palmer, que estava ao pé da cama, de braços cruzados e com um sorriso malicioso.

— Ah, qual é... Eu já usei essa desculpa de 'estou doente' quando queria que um cara passasse a noite.

— Você também tinha febre, dores no corpo e na cabeça tão fortes que quase te faziam vomitar? — Eu me obriguei a sentar.

Gannon ainda estava na cama, sorrindo quando me apoiei nele. Okay, será que Palmer estava certa? Será que eu estava usando isso como desculpa?

Não, eu realmente me sentia um lixo. Mas era uma ótima desculpa para sentir a pele dele contra a minha.

— Foi nosso primeiro encontro — suspirei, sorrindo levemente. — Pode apagar a luz?

— Hmm, Addie, a luz não está acesa — Palmer respondeu, olhando para o ventilador de teto.

Fechei os olhos.

— Credo, essas paredes cor-de-rosa fazem tudo parecer tão claro aqui dentro.

— Vamos ver se você ainda está com febre. Você não parece tão quente quanto ontem à noite — disse Gannon, colocando o termômetro na minha boca, o que me fez abrir os olhos novamente.

Palmer sorriu.

— Ainda bem que decidi passar aqui ontem à noite. Mamãe disse que você estava se sentindo mal e que mandou comida pelo Gannon. Ofereci dormir por aqui, já que eles iam chegar tarde, e encontrei vocês dois aconchegados dormindo. Impedi mamãe de vir verificar vocês quando chegaram em casa. Papai fingiu que não estava feliz por Gannon ainda estar aqui, mas mamãe parecia pronta para pular de alegria. Aposto que ela está prestes a contratar um avião para anunciar por toda Seaside que vocês voltaram a ficar juntos.

Soltei um gemido, e Gannon riu.

— Mamãe queria subir aqui hoje de manhã também, mas eu menti e disse que já tinha dado uma olhadinha em você... e que estava dormindo tranquila nos braços do Gannon, então...

Palmer interrompeu quando Gannon passou a mão pelo cabelo. *Senhor, por que isso era tão sexy?*

— Eu me lembrei daquela vez que seu pai me pegou aqui e me perseguiu com uma espingarda na mão — ele disse.

Palmer e Gannon riram, mas eu apenas esperei o termômetro apitar. Quando finalmente fez o bip, Gannon o tirou da minha boca.

— Ainda uma febre leve, mas baixa. Exatos 37,7.

Apoiei a cabeça no ombro dele.

— Argh. Ainda me sinto um lixo.

— Talvez um banho ajude — sugeriu Palmer. — Tenho certeza de que Gannon não se importaria de te ajudar com isso.

Ele sorriu.

— Palmer tem razão, Addie. Você precisa comer, e um banho pode fazer milagres.

— Sim, você está fedendo — Palmer caçoou. — Dá para sentir daqui.

Lancei um olhar mortal para minha irmã, depois me virei para Gannon.

— Eu estou fedendo?

Ele ergueu uma sobrancelha, e eu rapidamente levantei o braço para cheirar. Oh, céus, sim, eu precisava de um banho. Droga.

— Não estou com... hmm... fome.

Agora eu estava preocupada com o fato de Gannon ter me abraçado quase a noite inteira enquanto eu estava fedendo... sei lá... como um gambá.

Gannon segurou minha mão.

— Você precisa comer, Addie. Vai ajudar. Tem que curar a febre com uma boa refeição. Mas quer tomar banho antes? Eu posso ajudar.

Palmer ergueu as mãos, me impedindo de responder.

— É aqui que eu me retiro. Divirtam-se, vocês dois!

Quão injusto era isso? Eu ia ficar nua e molhada com Gannon, mas me sentia mal demais para sequer pensar em sexo.

Abri a boca para dizer 'não' ao Gannon, mas o que saiu foi:

— Talvez um banho seja exatamente o que eu preciso. Você não se importa de me ajudar?

Os olhos dele escureceram, e eu o observei engolir em seco.

— Parece que seu pai vai acabar me expulsando desta casa de novo.

CAPÍTULO 9

Gannon

Ela está doente.
Ela está doente.
Ela não está bem.
Ela está com febre.

Eu repetia isso como um mantra enquanto ajudava Adelaide a ir até o banheiro dela.

— Faz tanto tempo que não me sinto tão mal assim — murmurou Adelaide, apoiando-se no balcão.

— Você precisa que eu te ajude a tirar a roupa? — perguntei, tentando manter a voz firme e calma. As bochechas de Adelaide, normalmente coradas, estavam pálidas, e ela parecia exausta. Eu sabia que ela não estava pensando nisso de forma sexual.

Diferente de mim. Droga, eu só conseguia pensar em todas as maneiras de trazer de volta a cor àquelas bochechas.

— Você se importa? — ela perguntou. — Estou me sentindo tão fraca.

— O banho vai ajudar, depois a gente arranja algo pra você comer.

Adelaide assentiu e me deixou tirar sua camiseta. Ela não estava usando sutiã, e minhas pernas quase cederam ao vê-la.

— Meu Deus — murmurei, largando a camiseta no chão e tentando não olhar para os seios perfeitos.

— Me desculpe, Gannon. Você não precisa...

Sua voz sumiu quando eu me abaixei para puxar seu short até os tornozelos.

— Segure-se no balcão enquanto eu te ajudo aqui.

Ela obedeceu, e chegou a vez de tirar a calcinha. Quando olhei para cima, nossos olhares se encontraram. Adelaide mordeu o lábio, e eu quase caí de costas. Eu ainda estava só de cueca boxer, e sabia que ela podia ver minha ereção.

Com as mãos trêmulas, baixei sua calcinha.

Enquanto ela se livrava das peças amontoadas nos tornozelos, as bochechas de Adelaide ganharam o tom mais lindo de rosa. Eu me levantei e segurei o rosto dela entre as mãos.

— Você é tão linda, Adelaide.

Ela engoliu em seco.

— Eu ganhei uns quilinhos ao longo dos anos, mas eu... eu...

— Perfeita — afirmei antes de inclinar meu rosto para roçar os lábios aos dela. Ela levantou a mão e pressionou meu peito, o suficiente para me fazer parar. — Você não quer que eu te beije?

Os dedos dela se cravaram no meu peito enquanto ela fechava os olhos.

— Quero mais do que tudo, mas estou doente, Gannon. Se você me beijar, vai acabar pegando essa gripe.

Deslizei meu polegar suavemente pela bochecha suave.

— Eu não fico doente, lembra?

Ela deu um sorriso tímido.

— Não consigo nem te dizer quantas vezes sonhei com você, Addie.

— Sério? — perguntou ela, com as sobrancelhas arqueadas. — Mas você namorou outras mulheres.

Assenti.

— Namorei. Assim como você saiu com outros caras. Mas nenhuma delas chegou perto de você. Sempre tive esperança de que você voltasse para Seaside.

— E aqui estou. Doente.

Eu ri.

— Deixe-me regular a água. Você precisa de ajuda no banho?

Ela respirou fundo antes de soltar o ar devagar.

— Por mais que eu adorasse tomar banho com você, acho que isso não sairia como nenhum de nós gostaria agora.

— Faz sentido. Você toma seu banho, e eu vou lá embaixo ver se encontro algo na geladeira dos seus pais preparar seu café da manhã.

Adelaide assentiu.

— Tudo bem, parece uma boa ideia.

Ajudei-a a entrar no chuveiro após ajustar a água para morna. Deixei uma toalha no balcão e fui para o quarto dela me vestir. Sair de perto de uma Adelaide nua e molhada foi uma das coisas mais difíceis que já fiz na vida.

Na cozinha, comecei a preparar nosso café da manhã rapidamente. A casa estava silenciosa, exceto pelo som da chuva lá fora, resultado de uma tempestade de verão que havia começado naquela manhã.

Minutos depois, o piso rangeu atrás de mim, e olhei por cima do ombro e deparei com Adelaide. Ela estava usando uma camiseta do Seaside Grill e uma calça de moletom. O cabelo molhado estava preso no topo da cabeça, e suas bochechas estavam um pouco mais coradas. Ela estava tão linda.

— Como está se sentindo depois do banho? — perguntei.

Ela deu um sorriso suave.

— Melhor. Acho que não estou mais fedendo.

Eu ri.

— Não queria mentir pra você, querida.

Acomodando-se em um dos bancos do balcão da cozinha, ela disse:

— Você sempre foi assim. É uma das coisas que mais admiro em você. Eu sei que você sempre me dirá a verdade.

Coloquei o bacon em um guardanapo para filtrar o óleo e comecei a fazer os ovos.

— Ainda gosta deles fritos?

— Sim.

O silêncio se instalou antes que Adelaide pigarreasse.

— Gannon, acho que a gente deveria conversar.

Olhei para ela.

— Sobre o quê?

Os cantos da boca dela tremeram.

— Ah, não sei. Sobre você ter dormido comigo ontem à noite. Sobre nós dois confessando que nos amamos. Você me vendo nua e eu tentando não pular em cima de você para fazer o que eu quiser.

Meu coração acelerou um pouco, e eu me virei para observá-la.

— Fazer o que quiser comigo, hein? Gosto da ideia.

Ela inclinou a cabeça e me lançou um olhar.

— Falando sério, Gannon. A gente simplesmente retoma de onde parou?

Inclinei-me para frente.

— Por que não? Nunca parei de te amar, Addie, e acho que nunca vou parar. O fato de termos saído com outras pessoas não significa nada. Isso é passado. Estou pronto para focar no futuro.

Ela dispensou meu comentário com um gesto.

— Não me importo com os amantes do passado... ou seja lá como você queira chamá-los. Nunca me senti assim com ninguém além de você. Só... você acha que deveríamos ir devagar ou...

Virei os ovos na frigideira e voltei a me concentrar nela.

— Adelaide, não fizemos nada ontem à noite. Você estava doente, me pediu pra ficar, e eu fiquei. Eu te abracei enquanto você dormia. Sim, eu tirei a sua roupa e tive que lutar contra alguns impulsos quando te vi nua, mas somos dois adultos que têm um passado juntos. Por que não deveríamos retomar exatamente de onde paramos? Se eu não tivesse entrado na Marinha, talvez nunca tivéssemos terminado. Vivemos nossas vidas e sempre dissemos que veríamos para onde nossos caminhos nos levariam. Eles nos trouxeram de volta para cá. Para Seaside. Para nós dois.

As bochechas dela coraram levemente.

— Tive um sonho bem vívido com você ontem à noite.

Meu coração deu um pequeno salto estranho no peito.

— É mesmo? Espero que tenhamos nos divertido nele.

— Ah, nos divertimos. E muito.

Balancei a cabeça e pisquei para ela.

Depois de alguns instantes, ela suspirou.

— Estou preocupada com meu pai, com o quanto ele e minha mãe trabalham no Grill. Ele é um dos principais motivos de eu estar em casa. Mas eu também sentia a sua falta, Gannon. Sentia falta do seu sorriso, do toque das suas mãos em mim. Sentia falta da maneira como você me beija e como fazemos amor. Tentei não comparar todos os caras com quem saí com você, mas foi impossível. Finalmente, tive que admitir que precisava voltar para casa para ver o que poderia acontecer. Não apenas entre nós, mas com a minha vida também. Sinto-me tão perdida agora.

Isso me pegou de surpresa. Se havia algo que eu sabia sobre Adelaide, era que ela sempre tinha um plano. Tudo organizado. Sua faculdade, onde ela moraria e trabalharia. Então ouvir dela que estava perdida era algo inesperado.

— Perdida? Você não gostava do seu trabalho?

Adelaide suspirou.

— Gostava. Mas sentia que estava faltando alguma coisa. Não me entenda mal, não me arrependo das minhas decisões. Honestamente, não. Mas nos últimos anos, senti que não estava onde deveria estar. E agora que estou de volta a Seaside, sinto que parte daquele vazio se foi. Pelo menos quando estou com você.

Eu queria puxá-la para os meus braços e dizer que sentia o mesmo.

Ela pigarreou e continuou:

— Mas aqui, na cozinha dos meus pais, não faço ideia do que devo fazer a seguir.

— E o hospital? Você não quer voltar para a enfermagem?

Ela balançou a cabeça lentamente.

— Acho que não. E é por isso que me sinto tão perdida. Talvez trabalhar fora do cuidado direto com pacientes seja o que eu queira. Mas será que sentirei falta disso? Não sei o que fazer.

Ela fechou os olhos, respirou fundo e soltou o ar antes de continuar:

— Eu tinha essa ideia de que, ao sair de Boston, encontraria algo na área da saúde e deixaria o cuidado com pacientes. Agora estou me perguntando se é isso mesmo que quero. Mas sei que não quero mais trabalhar com parto e maternidade. Amei trabalhar nessa área, mas acho que preciso de uma mudança.

Caminhei até ela e beijei sua testa.

— A primeira coisa que você precisa fazer é parar de se estressar, Addie. Respire fundo e perceba que você não precisa ter tudo resolvido agora. Sei que essa não é a sua personalidade e que você gosta de ter um plano, mas talvez, só desta vez, você possa deixar o destino te guiar.

O olhar dela encontrou o meu, e ela sorriu.

— Até agora estou gostando de onde o destino está me levando.

Eu a beijei suavemente nos lábios.

— Eu também. Deixe-me preparar seu café da manhã... e então tenho uma ideia.

— Ah, é? — perguntou ela, inclinando a cabeça. — Qual é a sua ideia?

— Encontrarmos um bom filme na TV, e você descansa enquanto eu te faço companhia.

Um sorriso lento se espalhou pelo rosto dela.

— Gosto dessa ideia.

— Preciso ir até minha casa tomar banho e trocar de roupa. Talvez você possa tirar uma soneca enquanto isso.

Ela assentiu.

— Você pode fazer um favor e comprar um negócio pra mim na farmácia?

— Claro.

O silêncio confortável preencheu a cozinha enquanto eu terminava de preparar o café da manhã.

— Aqui está — disse eu, quando terminei. — Ovos como você gosta, torradas com geleia de morango e suco de laranja.

Adelaide começou a comer rapidamente. Embora ainda estivesse doente, seu apetite parecia ter melhorado esta manhã. Eu a observei por um momento antes de me concentrar na minha comida. O som da porta da frente se abrindo e fechando chamou nossa atenção.

Braxton entrou – e parou ao nos ver sentados juntos na grande ilha central da cozinha. Um olhar de surpresa cruzou seu rosto, mas logo foi substituído por um sorriso.

— Gannon. Vi seu Jeep estacionado lá fora. O que está fazendo aqui? — Ele passou por mim e me deu um tapa nas costas.

— Espera, você também tem um Jeep? — Adelaide perguntou com um sorriso.

Assenti.

— Sim.

— Que engraçado — disse ela, antes de comer mais um bocado.

Foquei em Brax e disse:

— Sua mãe pediu para eu passar aqui ontem e trazer comida para Addie, já que ela estava doente.

Braxton estava servindo um copo de suco de laranja, mas parou e lançou um olhar entre nós dois.

— Certo. Mas isso não explica por que você está aqui tão cedo pela manhã.

Adelaide e eu trocamos um olhar.

— Eu pedi pra ele ficar ontem à noite — ela admitiu. — Eu estava me sentindo péssima e não queria ficar sozinha.

— Como você está se sentindo hoje? — Braxton perguntou.

Adelaide deu de ombros.

— Um pouco melhor. Tomei um banho enquanto Gannon fazia o café da manhã.

Braxton olhou de um para o outro e riu.

— Tenho certeza de que foi só isso mesmo.

Ela lançou um olhar fulminante para o irmão.

— Não aconteceu nada, Brax. E, além disso, mamãe e papai estavam aqui ontem à noite. Que nojo.

— Bem, eu *vi* você nua — acrescentei.

Adelaide me lançou um olhar de reprovação enquanto o irmão assobiava.

— Já transei várias vezes com mamãe e papai em casa — ele disse. — Você aprende a ser silencioso.

Adelaide e eu o encaramos antes de ele continuar falando:

— Isso significa o que estou pensando? Vocês estão juntos de novo?

O olhar de Adelaide encontrou o meu, e ambos sorrimos.

— Vamos sair para um encontro quando Addie se sentir melhor, então, sim, estamos juntos de novo.

As sobrancelhas de Braxton se ergueram.

— Um encontro, hein? Quero ver quanto tempo vai levar para a coluna de fofocas pegar essa informação.

Adelaide franziu o cenho para o irmão, e eu soltei uma risada.

— Eles já deram uma cutucada — eu disse —, então duvido que ele ou ela escrevam sobre nós de novo.

— Melhor pensar duas vezes sobre isso — disse Sutton, entrando na cozinha. Eu nem tinha ouvido ela chegar.

— O que você está fazendo aqui? — Adelaide perguntou.

— Palmer mandou uma mensagem dizendo que Gannon passou a noite aqui e que você estava doente. Vim ver se você precisava de alguma coisa e se o boato era verdade.

Revirando os olhos, Adelaide respondeu:

— Boato? Como se a Palmer fosse mentir sobre isso.

Um sorriso sinistro apareceu no rosto de Sutton quando ela colocou o *The Seaside* Chronicle sobre o balcão da cozinha.

— Estou falando *deste* boato.

Adelaide olhou para o jornal, que estava aberto na coluna de fofocas. Talvez esperando que ele saltasse e a mordesse. Quando ela não fez menção de pegá-lo para ler, eu o fiz.

THE SEASIDE CHRONICLES

14 de julho de 2022

Atado em nós

Seasiders,

Boatos no cais dizem que Gannon Wilson foi visto entrando sorrateiramente na casa dos Bradley na noite passada e que seu Jeep ainda estava lá no momento da impressão desta manhã. Claramente, houve um

> Pequeno encontro clandestino enquanto Keegan e Barbara estavam em casa. Parece que Gannon e Adelaide são adultos que não se importam em passar a noite juntos sob o teto dos pais dela.
>
> Só podemos imaginar se isso significa que Gannon e Adelaide estão reacendendo seu amor perdido há muito tempo.
>
> Parece que Gannon perdoou Adelaide e está disposto a lhe dar outra chance, ou pelo menos é isso que ouvi de uma gaivota... ou duas. Estamos certamente torcendo pelos antigos pombinhos. Todos vimos o histórico de Gannon nos últimos anos, então é justo dizer que ele, provavelmente, estava esperando pelo retorno de Adelaide.
>
> Todos estaremos à espera, como as ondas, para ver onde isso vai dar.
>
> Ventos favoráveis e mares tranquilos!

— Mas que porra é essa? — Olhei para Sutton, que tentava conter o riso.

— O que diz? — Adelaide perguntou.

Virando o olhar para ela, inspirei fundo e comecei a ler o artigo.

— 'Sorrateiramente'! — Adelaide exclamou. — Você tocou a campainha e entrou pela porta da frente!

Braxton acrescentou:

— Sem contar que seu carro está estacionado bem na frente. Difícil chamar isso de furtivo.

Adelaide soltou um rosnado baixo antes de dizer:

— Continue.

Então, logo interrompeu novamente:

— 'Encontro clandestino'! Não aconteceu nada!

— Pare de interrompê-lo, ou nunca vamos conseguir ouvir tudo — Braxton disse.

Terminei de ler e olhei para Adelaide. O canto da sua boca estava ligeiramente inclinado para cima.

— Pelo jeito, você acha isso engraçado — comentei.

Ela balançou a cabeça e soltou uma risadinha.

— Nossa, eles realmente pegaram pesado com você neste aqui. Talvez seja uma ex-paquera sua.

— Rá! — Sutton exclamou. — Duvido muito. Você não viu as mulheres com quem ele namorou. Acho que nenhuma delas conseguiria escrever algo assim.

Braxton caiu na gargalhada enquanto eu lançava um olhar irritado para Sutton.

— Como é que é?

Ela deu de ombros.

— Vamos aos fatos, Gannon. Todos sabemos que você namorava mulheres com quem sabia que nunca, jamais, iria se casar.

— Isso não é... — comecei a dizer, mas percebi que Sutton estava cem por cento certa.

— Isso não é o quê? — Adelaide perguntou, diversão dançando em seus lindos olhos cinzentos. Eles me lembravam o céu antes de uma tempestade chegar. Não muito escuros, mas também não completamente azuis. Um cinza marmorizado belíssimo.

Esfreguei a nuca.

— É uma avaliação justa do meu histórico de encontros.

Sutton comemorou com um soco no ar e bateu na mão de Braxton quando ele a levantou para um *high five*.

— Não vou mais te chamar de meu melhor amigo — apontei para Braxton. — Brody é meu novo melhor amigo.

— Ele não pode ser seu melhor amigo — Braxton disse. — Ele é seu irmão, então não conta.

— Então... Chip é meu novo melhor amigo.

Braxton soltou uma gargalhada enquanto Sutton e Adelaide riam.

— De qualquer forma — Sutton afirmou —, parece que quem quer que escreva a coluna de fofocas encontrou um novo casal como alvo.

— Bem-vinda de volta, mana! — Braxton me deu um tapa nas costas e deu um beijo na testa de Adelaide antes de sair da cozinha.

Addie e eu trocamos um olhar e suspiramos ao mesmo tempo. Ficou claro que quem quer fosse o autor da coluna do jornal estava *bastante* interessado em nós dois.

CAPÍTULO 10

Adelaide

Eu me olhei no espelho de corpo inteiro, virando de um lado para o outro.

— Não importa de quantos ângulos você se olhe, essa roupa não vai ficar melhor.

Encontrei o olhar de Palmer no reflexo do espelho e pude ver um leve sorriso ali.

— Então o que você está tentando dizer é que não gostou da minha roupa — respondi.

Ela deu de ombros.

— Quero dizer, se você fosse a uma reunião de pais e mestres, talvez ficasse bem. Mas, até onde sei, você não é mãe.

Olhei para o vestido novamente e gemi. Ela estava certa. O vestido de estampa floral na altura do joelho exalava a vibe de 'mãe com três filhos'. Até o meu cabelo, preso em um coque impecável no topo da cabeça, dava o ar de alguém pronta para ir à igreja. Definitivamente, não parecia alguém que estava prestes a sair para um encontro com o homem por quem se apaixonou aos 10 anos de idade.

Suspirei e me sentei na beirada da cama.

— Quando saí de Boston, joguei fora um tanto de roupas, porque só queria enfiar minhas coisas logo no carro e voltar para casa. Ou doei ou vendi todo o resto.

Palmer sentou-se ao meu lado.

— Para onde o Gannon vai te levar?

— Eu não sei. Ele disse que me mandaria uma mensagem quando saísse do turno hoje.

— Então por que você está experimentando roupas se nem sabe o que vai fazer?

— Eu sugeri boliche, mas o Seaside Bowling está fechado enquanto refazem o piso. Acho que provavelmente vamos sair para jantar.

Palmer riu.

— Estamos falando do Gannon, Addie. Você lembra o que ele fez no seu aniversário de 18 anos?

Sorri ao ser inundada pela lembrança. Gannon me levou a Portland, onde nos inscrevemos em uma aula para aprender a fazer massa fresca. Ele também arranjou uma mesa romântica no terraço do prédio, e levamos as massas que fizemos para comer lá em cima. À luz de velas, sob as estrelas, só nós dois... Era uma das minhas melhores recordações. Depois do jantar, fomos para um hotel antes de voltar para Seaside no dia seguinte.

— Alguém está perdida em uma lembrança das boas, a julgar pelo sorriso no rosto.

Meu rosto esquentou, e cobri as bochechas com as mãos enquanto dava uma risadinha.

— Foi um bom aniversário.

Palmer ergueu uma sobrancelha.

— Deve ter sido mesmo, para você corar desse jeito.

Caí de costas na cama e soltei um gemido frustrado.

— Por que isso parece tão estranho, Palmer?

Imitando meu movimento, Palmer se deitou na cama ao meu lado enquanto ambas encarávamos para o teto do meu antigo quarto de infância. Meus pais não mudaram nada aqui dentro. Mamãe claramente vinha uma vez por semana para tirar o pó, mas tudo estava do mesmo jeito que deixei quando saí aos 18 anos.

— Primeira coisa — Palmer disse —, você precisa sair da casa da mamãe e do papai. *Isso* é estranho.

Eu ri.

— Eu, morando em casa aos 31?

— Sim.

Sentando-se, ela se virou e olhou para mim.

— Tenho um quarto extra. Por que você não se muda pra lá até encontrar um lugar só seu?

— Sério? Você não se importaria? — perguntei, também me sentando.

— Claro que não! Seria divertido. Poderíamos fazer noite de filmes, Spa em casa...

Meu sorriso desapareceu um pouco.

— Você teria que me deixar ajudar com o aluguel e as contas.
— Por mim, tudo bem.
— E quanto aos encontros? Você não está saindo com ninguém? — perguntei.

Ela suspirou.

— Estou desistindo de homens por enquanto. Acho que vou arrumar um gato. Você se importaria se eu tivesse um gato?

— Ah, claro que não — respondi, rindo e batendo no ombro dela. — Mas você vai ser conhecida como a louca dos gatos.

— Melhor isso do que lidar com homens mentirosos e traidores.

Okay, eu esperava ouvir isso da Sutton. Mas essa foi uma afirmação forte demais para minha irmãzinha. O que aconteceu enquanto eu estava em Boston?

— Nossa. De onde está vindo tudo isso?

Respirando fundo, Palmer exalou.

— Estou tão cansada de caras que não são quem dizem ser.

Franzi o cenho em confusão.

— O que isso significa?

— Sabe como é... O cara que começa parecendo perfeito em todos os sentidos. Ele é gentil, educado, se importa com seus sentimentos. É simpático com seus pais e traz flores para sua mãe. Abre a porta do carro pra você. Mas, depois que te conquista, a verdade aparece e ele não é nada disso. Às vezes, acho que os caras dizem o que queremos ouvir só para conseguir o que querem.

Pisquei algumas vezes, deixando as palavras cheias raivosas da minha irmã assentarem.

— Parece que você não teve muita sorte com homens ultimamente.

Ela bufou.

— Pode-se dizer que sim. Não que todos sejam ruins, longe disso. Só que ainda não encontrei o príncipe. Apenas muitos sapos.

Sorri suavemente e segurei a mão dela.

— Você diz isso agora, mas, às vezes, a gente precisa beijar muitos sapos antes de encontrar o príncipe. Confie em mim. Eu encontrei meu príncipe, mas precisei beijar muitos sapos antes de perceber que precisava voltar para ele. Você só tem 27 anos, Palmer. É muito cedo para desistir dos homens.

Ela assentiu devagar antes de me perguntar:

— E se o Gannon estivesse namorando alguém?

Eu refleti por um momento.

— Acho que teria que lidar com isso.

— Sabe, todas as mulheres com quem ele namorou não duraram muito. Todas eram o oposto de você. Quero dizer, não foram muitas. Só duas passaram de alguns meses.

Eu não vou mentir – fiquei aliviada que Gannon não tenha tido nenhum relacionamento sério. Eu saí com Joey por um tempo, indo e voltando, mas nunca foi como era com Gannon. Joey e eu nos divertíamos juntos, o sexo era bom, embora nada digno de nota, e eu gostava de ter um parceiro de viagem. Eu gostava dele, mas nunca estive apaixonada.

— Na outra noite, quando Gannon ficou comigo e eu estava doente... foi tão certo estar nos braços dele. Como se o tempo não tivesse passado entre nós.

— Você ainda o ama?

Senti minhas bochechas esquentarem novamente.

— Amo. Nunca deixei de amá-lo e, para ser sincera, sempre soube que voltaria para ele. Nunca esperei que ele me esperasse, assim como ele nunca esperou que eu o esperasse. Acho que era para ficarmos separados por um tempo. Para crescermos à nossa própria maneira e aprendermos a viver uma vida sem o outro. Isso faz sentido?

Palmer assentiu.

— Faz total sentido. É difícil viver em uma cidade pequena. Conheço a maioria dos caras daqui desde o jardim de infância. Metade deles ou está casada ou acabou saindo da cidade. A outra metade só tem... idiotas. O último cara que namorei me disse que não podia estar com alguém que não tinha a vida em ordem. O que diabos isso significa? Eu gosto da minha vida. Gosto de não ter um emprego típico que eu odeie. Qual é o problema disso?

Segurei a mão dela.

— Não há nada de errado nisso, Palmer. Se você está feliz, é isso que importa. E se um cara não consegue ver a mulher incrível que você é, então, ele que se dane.

Ela assentiu.

— Isso mesmo. Eles que se danem!

Palmer sempre foi a despreocupada da família. Ela amava aventuras praticamente desde que aprendeu a andar. Não foi surpresa ela nunca ter escolhido uma carreira e se mantido nela.

Desde pequena, eu sabia que minha paixão era a enfermagem. Sutton sonhava em ter uma loja desde que tinha idade suficiente para escolher suas próprias roupas e usar maquiagem. A paixão de Braxton sempre foi a pesca. Meus pais claramente assumiram que o caminho de Palmer a levaria ao restaurante. Que talvez um dia ela assumisse o Seaside Grill. Mas não parecia ser o caso. Ah, claro, ela trabalhou lá no ensino médio, como todos nós, mas Palmer não gostava de fazer apenas uma coisa. Ela teve uma infinidade de empregos: cuidar de cachorros, trabalhar como recepcionista em uma clínica veterinária, passear com cães... Até criou seu próprio negócio de limpeza de cocô de animais, o que eu nunca entendi, embora sempre a apoiasse.

Ela também cuidava da casa dos meus pais e ainda trabalhava no restaurante de vez em quando, quando eles precisavam de ajuda. Ela nitidamente ganhava o suficiente para se sustentar. Palmer alugava uma casa de dois quartos e dois banheiros perto da praia e, pelo que eu podia ver, parecia sempre estar feliz.

— Mamãe ainda pega no seu pé por não ser mais focada no restaurante? — perguntei.

Palmer soltou um longo suspiro.

— Cerca de uma vez por semana. É sempre: "Palmer, quando você vai parar com essas bobagens e conseguir um emprego de verdade, com dinheiro de verdade e responsabilidades de verdade?" Eu ignoro ou digo que estou perfeitamente feliz. O que eu estou.

Minha irmã encontrou meu olhar. Eu não vi nada em seus olhos que sugerisse que ela não estava sendo honesta.

— Eu estou feliz, Addie. Eu amo a minha vida. Amo que todo dia seja algo diferente. Vou fazer isso pelo resto dos meus dias? — Deu de ombros. — Talvez. Ou talvez um dia algo aconteça e vire minha vida de cabeça para baixo.

— Ou alguém — acrescentei, em tom de brincadeira.

Ela bufou.

— A menos que seja alguém novo na cidade.

Eu ri e balancei a cabeça.

— Ei, você nunca terminou de me contar sobre Brody e Sutton. Ainda tem algo acontecendo entre eles?

— Bem que eu queria saber. Toda vez que menciono o nome dele, Sutton ou muda de assunto ou diz que ele é apenas um amigo ajudando. Um lado meu acha que talvez ela tenha medo de admitir seus sentimentos. Ela os manteve guardados por tanto tempo.

De volta ao lar

Assenti.

— Não a culpo. O relacionamento dela inteiro com Jack foi tóxico. Pode levar um tempo até ela se abrir para alguém de novo.

Palmer me encarou como se quisesse dizer algo, mas fechou a boca com firmeza.

Estreitei os olhos para ela.

— O que você sabe que não está me contando, Palmer?

Ela sorriu timidamente.

— Nada. É só um palpite. Mas, se eu fosse apostar, diria que Sutton nunca esqueceu aquela noite que passou na praia com Brody. Nós duas sabemos que ela não ficou nem um pouco bolada com o divórcio. Quero dizer, foi meio chato por um tempo, mas sei que ela está feliz que Jack está fora da vida dela. Então por que, às vezes, parece que há tanta tristeza nos olhos dela? Será que é por causa do Brody?

Inclinei a cabeça, assimilando suas palavras.

— Eu não sei, mas você está certa sobre ela parecer triste às vezes. Vou tentar sondar Sutton e fazer minhas próprias perguntas.

Palmer levantou-se para ir embora.

— Boa sorte. Ela é mais fechada do que o Forte Knox.

Pisquei para ela.

— Eu sempre gostei de um bom desafio.

Uma batida leve na porta do meu quarto me fez olhar por cima do ombro.

— Entre!

Minha mãe entrou e parou, sorrindo enquanto me observava.

— Oi, mãe. Está tudo bem? Por que você não está no restaurante?

Ela me olhou de cima a baixo antes de responder:

— Encontro?

Assenti, me virei para o espelho e depois para ela.

— Sim. Gannon mandou uma mensagem dizendo para eu me vestir casualmente. — Estendendo os braços, perguntei: — Isso é casual? Talvez eu devesse usar uma camiseta em vez de uma blusa.

Minha mãe se aproximou e segurou minhas mãos, apertando-as.

— Você está linda.

— Você tem que dizer isso, já que é minha mãe.

Ela revirou os olhos.

— Isso não é verdade.

Seu olhar se focou ao meu, e meu coração quase parou. Havia lágrimas nos olhos dela.

— Mãe, o que está acontecendo?

— Nada — ela respondeu, secando os olhos.

Eu rapidamente a fiz se sentar na cama.

— Mãe, fale comigo.

Ela fungou e soltou uma risada.

— Estou tão feliz por ter você de volta em casa. Desculpe. Não sei por que isso me deixa tão emotiva.

Sorrindo, coloquei o braço em volta dela e a puxei para perto.

— Eu estou feliz por estar de volta. Embora Palmer tenha me oferecido para eu morar com ela, e acho que vou aceitar.

— Você vai? Mas seu pai e eu adoramos tê-la aqui em casa.

— Eu sei que sim, e eu adoro estar aqui. Mas tenho 31 anos, mãe, e não posso continuar morando com vocês. Vou encontrar um lugar só meu, mas como Palmer ofereceu, parece uma boa ideia por enquanto.

— É uma ótima ideia — ela concordou. — Mas acabei de ter você de volta, e agora você vai me deixar de novo.

Eu a abracei mais apertado.

— Não estou deixando você, só vou estar a dez minutos de distância. Isso é muito melhor do que Boston.

Ela riu.

— Com certeza, é. Então, você e Gannon?

Minhas bochechas esquentaram, e eu a soltei ao me levantar para conferir meu visual novamente no espelho inteiriço.

— Quando terminamos, dissemos que deixaríamos o futuro em aberto.

Os olhos dela encontraram os meus.

— Bem, qualquer pessoa pode ver que vocês dois ainda estão muito apaixonados.

— Nunca deixei de amá-lo, para ser honesta. Vê-lo novamente, tê-lo aqui quando eu não estava me sentindo bem, tudo parecia tão certo.

Levantando-se, ela disse com um tom seco:

— Sim, eu li sobre isso.
— Nada aconteceu. Eu estava muito doente para sequer pensar nisso. Ela me deu um sorriso caloroso.
— Como você disse, você tem 31 anos. E não é como se eu achasse que você ainda é virgem.
— Mãe! — exclamei, soltando uma risada.
— O quê?
Ela piscou enquanto saía do meu quarto.
— Vou dizer uma coisa: estou começando a achar que você é minha única esperança de netos.

Meu estômago se retorceu, mesmo enquanto meu coração batia mais forte com a ideia de ter filhos com Gannon. Eu costumava sonhar com isso quando namorávamos antes. Fazia anos que não tinha esses pensamentos, e eu tinha que admitir, a ideia me deixava ao mesmo tempo empolgada e assustada.

— Isso não é verdade! — gritei conforme ela saía do quarto.

O lance era que provavelmente era verdade. Braxton já havia se declarado um solteirão convicto sem desejo de se casar. Sutton provavelmente não iria se envolver com alguém tão cedo, e Palmer jurou ficar longe de homens... e já havia me enviado uma foto do gatinho que adotou no abrigo local. Tudo o que o texto dizia era: "Olha nosso novo colega de quarto!"

A campainha tocou lá embaixo, e eu me olhei mais uma vez no espelho. Decidi usar jeans e uma blusa preta sem mangas, que era presa na parte da frente e solta atrás. Um cinto preto simples e sapatilhas completavam o visual. Prendi o cabelo em um rabo de cavalo baixo e apliquei uma maquiagem leve: rímel, blush e um batom rosa-claro.

Ouvi vozes abafadas e peguei minha bolsa antes de descer. Assim que cheguei ao último degrau, ouvi minha mãe conversando com Gannon.

— Eu senti falta de vê-lo à nossa porta, vindo buscar Adelaide.

Ele riu baixinho.

— Eu também senti falta disso.

Eu pigarreei, e ambos se viraram para me olhar. Meu coração disparou quando o rosto de Gannon se iluminou ao me ver. Nossos olhares se encontraram, e ambos sorrimos.

— Aí está ela.

Mamãe me lançou um sorriso largo. Eu conseguia ver claramente no rosto dela – ela estava mais do que animada que Gannon e eu estávamos saindo em um encontro. Ela sempre o adorou e, às vezes, parecia mais chateada com o nosso término do que eu. Claro que não era verdade; eu fiquei devastada quando decidimos seguir caminhos diferentes.

Gannon se aproximou de mim. Inclinando-se, ele me deu um beijo na bochecha e, depois, sussurrou no meu ouvido:

— Está perfeita. Você está linda.

— Obrigada — sussurrei de volta enquanto nos encarávamos.

— Para onde vocês vão? — minha mãe perguntou, rompendo a magia o momento.

— Vou levar Adelaide para um piquenique — respondeu Gannon.

— Um piquenique, é? — perguntei, sorrindo de orelha a orelha.

Ele piscou.

— Sim, um piquenique.

— Preciso pegar um agasalho ou moletom? Será que vai esfriar?

— Pode pegar.

Curiosa, subi correndo para buscar um moletom.

— É melhor eu voltar para o restaurante. Divirtam-se! — mamãe disse por cima do ombro enquanto caminhava em direção à porta. Parando, ela se virou para nos encarar. — Devo esperar você em casa esta noite?

— Mãe! — exclamei, conforme Gannon ria.

— O que foi? — ela perguntou, dando de ombros. — Prefiro ouvir de você do que ler no *The Seaside Chronicle*.

— Eu te aviso — respondi, uma onda de constrangimento tomando conta do meu corpo. Mesmo sendo adulta, a ideia de minha mãe saber que eu possivelmente teria relações sexuais naquela noite não era algo que me agradava. Decidi que era hora de me mudar para a casa de Palmer o mais rápido possível.

— Divirtam-se, crianças!

Quando a porta se fechou, Gannon soltou outra risada.

— Sua mãe nunca teve problema em dizer o que pensa.

— Não, ela não tem. Quanto mais cedo eu me mudar, melhor. Pronto para ir?

Gannon olhou para mim e franziu a testa antes de fazer um gesto para eu passar na frente dele.

— Você vai se mudar?

Assenti, caminhando em direção à porta.

— Sim. Palmer disse que posso morar com ela, já que ela tem um quarto e um banheiro sobrando. Depois da última coluna de fofocas, achei melhor ter meu próprio lugar. Mas, por enquanto, morar com Palmer é perfeito. Ela jurou ficar longe de homens e dedicou sua vida a criar gatos.

— Sorri. — Então, não preciso me preocupar em ouvir minha irmã mais nova transando no quarto ao lado.

Gannon riu ao abrir a porta do carro para mim.

— Você sabe que é mais do que bem-vinda a se mudar para a minha casa.

Eu me virei rapidamente para encará-lo.

— Nem saímos no nosso primeiro encontro, e você já está me pedindo para morar com você?

Ele piscou.

— Bem, eu já te conheço. Sei do que você gosta e não gosta... a menos que as coisas tenham mudado muito nos últimos oito anos.

Balancei a cabeça.

— Não mudaram.

— Eu já te vi nua, você já me viu nu. Não sei o que mais precisamos discutir.

Rindo, dei um empurrãozinho leve em seu ombro.

— Vamos pelo menos sair algumas vezes antes. Você consegue imaginar o que o jornal diria se o autor descobrisse que fomos morar juntos depois de um encontro?

Gannon sorriu de lado.

— Ainda estou tentando descobrir o que você fez para que terminássemos o namoro. Deve ser uma leitura interessante.

Revirei os olhos, suspirei e entrei no carro.

— Cala a boca e me leva logo para esse piquenique. Estou faminta!

— Seu desejo é uma ordem, querida.

Observei Gannon contornar o Jeep e se acomodar ao volante. Meu coração acelerou enquanto eu tentava adivinhar para onde ele poderia estar me levando para o piquenique. Gannon sempre foi romântico, e eu me perguntava se isso havia mudado. Olhando pela janela, logo me perdi em pensamentos.

Quantas mulheres Gannon teria conquistado ao longo dos anos? Será que ele também as levava para piqueniques? Viagens especiais? Será que ele pensava em alguma delas depois que acabava?

— Ei, parece que você está pensando bastante aí. Está franzindo a testa.

Eu me forcei a parar de pensar. Não importava o que Gannon tivesse feito com aquelas outras mulheres. Eu também havia namorado, viajado com outros homens. Havia tido relações. Mas nenhum deles me fez sentir o que Gannon fazia.

— Estou tentando descobrir o que vou fazer com minha vida desde que deixei meu emprego, me mudei de volta para a casa dos meus pais e, provavelmente, vou trabalhar no restaurante por enquanto.

Gannon pegou minha mão e deu um aperto reconfortante.

— Você vai resolver tudo, Addie. Não se estresse com isso.

Dei um sorriso suave.

— Acho que posso até ajudar a Palmer com o negócio de limpar cocô de cachorro.

Isso fez Gannon inclinar a cabeça para trás de tanto rir.

— Para onde estamos indo? — perguntei, olhando pela janela e percebendo que ele estava indo para a marina.

— Para o nosso piquenique.

Depois de olhar para ele e de volta para a marina, comecei a rir.

— Onde exatamente?

— No meu barco.

Ofeguei.

— Você tem um barco agora?

Ele assentiu.

— Tenho, sim.

Depois de estacionar e pegar uma grande cesta do banco de trás, ele estendeu a mão para mim e começamos a caminhar em direção ao cais. Eu estava radiante de empolgação para ver o tipo de barco que ele havia comprado. Ele sempre sonhou em ter o seu próprio, e eu estava muito feliz por ele.

— Que emocionante. Há quanto tempo você tem esse barco? — perguntei.

— Alguns meses. Tive que economizar um pouco para comprar o que eu queria.

Sorri de lado.

— Então por isso que você estava fazendo tantas horas extras. Para comprar um barco, não um anel.

Gannon balançou a cabeça.

— Maldita coluna de fofocas. Não, eu estava trabalhando tanto para fazer a transição de piloto adjunto para pleno, o que, felizmente, consegui.

Eu parei abruptamente e me virei para ele.

— Gannon! Que notícia incrível! Parabéns! Estou tão orgulhosa de você. — Antes que pudesse me conter, eu o abracei.

É claro que Gannon não deixaria as coisas apenas em um abraço. Ele imediatamente capturou minha boca com a dele, me dando um beijo que fez meus dedos dos pés se curvarem.

Como eu havia sentido falta dos beijos de Gannon. Meu Deus, eles me transformavam em gelatina.

— Estou feliz por poder celebrar isso com você — ele disse ao encostar a testa à minha. — Sempre senti sua falta, mas nem eu sabia o quanto até te ver novamente, Addie.

Fechei os olhos e respirei fundo, absorvendo tanto o cheiro do oceano quanto o aroma fresco e limpo de Gannon, que sempre me lembrava de estar em um penhasco sentindo o ar fresco do mar.

Dando um passo para trás, Gannon fez um gesto com a cabeça indicando que eu deveria segui-lo.

— Venha, estou ansioso para navegar.

— Lidere o caminho.

À medida que caminhávamos por um dos píeres, eu observava os barcos ao nosso redor. Alguns eram pequenos barcos de baía, outros, grandes iates. Todos faziam meu coração disparar de excitação. Apesar de temer o oceano – e eu definitivamente o temia –, havia algo libertador em estar em um barco e navegar pela água. Navegar era relaxante e uma das coisas que eu mais gostava de fazer. Mas entrar na água? De jeito nenhum. Só aceitava nadar em piscina.

Gannon parou em frente a um iate lindo que me deixou sem fôlego. Certamente, esse não era dele...

Ele seguiu pelo cais lateral e então estendeu a mão para me ajudar a subir.

— Espera... Gannon, isso não é um barco. É um iate. Um iate deslumbrante! Ele é seu?

Ele olhou para o barco e depois para mim.

— É todo meu. Vamos, vou te mostrar tudo antes de sairmos.

Eu tinha certeza de que estava boquiaberta pelo choque. Subi pela prancha e pisei no deque principal.

— Puta merda... — sussurrei, olhando ao redor.

— Ele pertencia a um amigo do meu pai, e ele me vendeu por um ótimo preço. Ainda foi caro, mas valeu a pena.

Dei uma volta completa para assimilar tudo. O deque era de madeira de teca e estava em condições impecáveis. Havia uma grande mesa que acomodava seis pessoas na parte traseira, também feita de teca, mas tingida de uma cor mais escura.

— A parte de trás deste barco é mais bonita, e bem maior, devo acrescentar, do que meu apartamento em Boston!

Gannon sorriu.

— Ele incluiu todos os móveis, então não precisei comprar nada. Ele nunca usou os colchões também, o que foi mais uma vantagem. Eles ainda estavam embalados em plástico.

— Ele nunca usou o barco?

— Comprou logo antes de descobrir que a esposa estava com câncer. Ele saiu algumas vezes, mas nunca chegou a dormir aqui.

Assenti, respondendo:

— Que triste.

Havia uma pequena geladeira no deque e grandes portas de vidro deslizantes que levavam ao salão principal. Um sofá e uma poltrona de couro marrom ocupavam a maior parte da área de um lado. Uma grande TV estava pendurada na parede, e, do outro lado do sofá, havia uma poltrona reclinável na qual eu facilmente me imaginava aconchegada lendo um bom livro. Ao lado, havia um espaço de armazenamento e um grande armário de bebidas com um carrinho de bar.

Nós adentramos o iate e eu prendi a respiração ao ver a cozinha.

— Mais uma vez, isto é melhor do que meu apartamento em Boston. Olhe para essas bancadas...e fornos duplos? Você poderia morar aqui!

Gannon riu.

— Já passei uma ou duas noites aqui. Nada como dormir com o balanço do mar.

Ao lado da cozinha, havia uma mesa de madeira maciça que combinava com o painel de carvalho em todo o espaço. Acima da mesa, outra TV de tela grande. Através da cozinha estava a passarela, com assentos para algumas pessoas observarem enquanto o capitão pilotava o barco.

— Quantas cabines? — perguntei.

— Quatro, e três banheiros. E pode acomodar até oito pessoas, com dois tripulantes, se necessário.

Balancei a cabeça lentamente. Esse iate devia ter custado uma fortuna para Gannon. Eu sabia que ele ganhava bem como piloto prático, mas um iate? Uau.

— Deixa eu te mostrar a suíte principal.

Eu o segui até o primeiro quarto, levando a mão à boca ao ver a cama enorme à minha frente. Mais madeira escura e bonita preenchia o espaço, com persianas azul-marinho cobrindo as janelas que percorriam o comprimento do quarto.

— Deve ser lindo à noite — comentei.

— É — ele respondeu com a voz baixa de um jeito que fez meu interior estremecer. Meus olhos pousaram novamente na cama, e não pude evitar imaginar-me deitada nela com Gannon. Afastei rapidamente esses pensamentos e me virei para ele.

— O banheiro?

Ele piscou.

— Você vai gostar. É por aqui.

E ele tinha razão. Eu adorei. Tinha as mesmas bancadas de granito, além de pias duplas e um enorme chuveiro.

Oh, Adelaide, não deixe sua mente ir por esse caminho também.

— Esse chuveiro é impressionante — comentei, espiando o interior. Quando me virei, fiquei cara a cara com Gannon.

— É mesmo. Acho que cabem duas pessoas confortavelmente. Talvez precisemos testar isso.

Meu corpo inteiro esquentou quando ele leu minha mente, e me forcei a soltar uma risadinha.

— É mesmo?

Ele assentiu e, em seguida, me mostrou as outras três cabines. Uma tinha duas camas de solteiro que podiam ser transformadas em uma de casal, se necessário. O banheiro ao lado era igualmente bonito, embora não tão grandioso quanto o principal. A próxima cabine era uma imagem espelhada da segunda.

— A última cabine fica no andar de baixo e tem uma lavadora e secadora lado a lado. É destinada aos dois tripulantes.

— É tudo tão lindo, Gannon. Se fosse meu, eu sairia com esse iate o tempo todo.

Ele assentiu.

— Eu tento sair sempre que posso. Brody e eu costumamos fazer isso quando nossas folgas coincidem. Braxton vai também, se não tiver nenhuma excursão planejada.

— Deve ser um ótimo barco para festas.

Com um leve dar de ombros, ele disse:

— Não sei. Eu só trouxe meus pais, Brody e Brax até agora.

Tentei não demonstrar a alegria que senti ao saber que ele não havia trazido outra mulher aqui com ele.

— E agora eu — comentei, com um sorriso provocante.

Ele sorriu e me puxou para perto.

— Agora você. E planejo fazer muitas coisas com você neste barco que não posso fazer com Brody ou Brax.

Ergui uma sobrancelha.

— É mesmo? Que tipo de coisas?

Inclinando-se, ele encostou a boca perto do meu ouvido e sussurrou:

— Para começar, quero fazer amor com você em cada uma dessas superfícies.

Um arrepio percorreu meu corpo, e eu precisei segurar os braços dele para me equilibrar.

— Eu... eu gosto da ideia.

Ele riu baixinho.

— Fico feliz em saber disso.

Segurando minha mão, ele nos conduziu em direção à popa do barco.

— O último lugar para te mostrar é o convés.

Assim que pisamos no deque da popa, soube que tinha encontrado meu lugar favorito. Um banco em forma de "U" ocupava boa parte do espaço, com uma pequena mesa de um lado e um grande cooler do outro.

— Gannon, é maravilhosa. Mal posso esperar para navegar com você.

— Então, não vamos perder mais tempo. Vamos lá.

Com um pulinho, bati palmas de tanta empolgação. Este já era um primeiro encontro maravilhoso.

CAPÍTULO 11

Gannon

Estar com Adelaide no meu barco era um sonho que se tornava realidade. Ela havia crescido passeando no barco dos pais, então eu sabia que podia confiar nela para me ajudar a guiar a embarcação enquanto eu o pilotava do convés superior. Assim que estávamos na baía, Adelaide subiu e se juntou a mim.

Nós ancoramos o iate, e ela decidiu que queria comer no deque para aproveitar o sol e a brisa fresca. Passamos todo o almoço atualizando um ao outro sobre nossas vidas nos últimos anos. Foi bom ficar ali sentado e conversando com ela. Era como se nada tivesse mudado, mas ao mesmo tempo, tantas coisas agora eram diferentes.

Depois que terminamos o almoço, limpamos tudo e nos acomodamos no convés para simplesmente desfrutar da companhia um do outro.

Com a cabeça inclinada para trás, deixando o sol tocar seu rosto, Adelaide suspirou.

— Meu Deus, eu senti tanta falta disso. Não há nada mais relaxante do que curtir o balanço das ondas e sentir o sol no corpo. Além disso, você ganha bastante vitamina D.

Senti meu corpo aquecer enquanto meu olhar a percorria, desde o rosto, passando pelo pescoço esguio e seguindo ao longo de seu corpo. Eu queria enterrar meu rosto na curva de seu pescoço, respirar seu perfume e beijar sua pele até cobrir cada centímetro dela.

— Se você está com calor usando esse jeans, fique à vontade para tirá-lo.

Ela levantou a cabeça e me lançou um sorriso sexy.

— Você está sugerindo que devemos inaugurar seu barco?

Ah, sim. Agora meu pau estava pronto para a ação.

— Quero dizer, se você estiver disposta, eu também estou.

Ela se sentou e olhou ao redor.

— Aqui? Agora? Não é meio público demais fazermos isso bem aqui ao ar livre?

— Quem disse que seria aqui fora?

Ela riu.

— Você é muito safado, senhor Wilson.

— Foi você quem começou.

— Eu? — ela exclamou. — Foi você que me mandou tirar o jeans.

Eu me levantei.

— Que tal navegarmos um pouco mais antes de voltar à marina para continuar essa conversa?

Adelaide mordeu o lábio.

— Tudo bem. Precisa de ajuda?

— Não, relaxe. Vou preparar tudo em um instante.

Navegamos por um tempo e assistimos ao pôr do sol juntos antes de voltarmos para a marina. Adelaide me ajudou a atracar o barco, e então entramos na cabine principal, onde peguei uma garrafa de vinho do armário de bebidas.

— Quer que eu pegue as taças do carrinho de bar? — Adelaide perguntou. — Elas parecem caras.

Eu ri.

— Podem até ser, mas não faço ideia. Elas vieram com o barco, e eu as uso o tempo todo.

Depois de pegar duas taças, Adelaide se sentou no sofá ao meu lado. Abri o vinho e servi a nós dois.

— Me conta como foi a vida na Marinha — ela pediu.

Respirei fundo e soltei o ar.

— Foi uma loucura. Divertida. Estressante. Difícil. Aprendi muito, e estou feliz por ter servido. A única coisa realmente negativa foi que me afastou de você.

Ela puxou as pernas para cima, descansou o queixo sobre os joelhos e tomou um gole do vinho.

— Sim, essa parte foi horrível. Você acha que teríamos continuado juntos? Quero dizer, se você tivesse ido para uma faculdade normal em vez de entrar para a Marinha?

Pensei por um momento e balancei a cabeça.

— Eu gosto de pensar que sim, mas provavelmente um de nós teria desistido de seus sonhos. Acho que por isso nunca deixei de te amar. Você me permitiu seguir os meus.

— E você fez o mesmo por mim.

— Se um de nós tivesse desistido, acho que acabaríamos ficando chateados um com o outro. Vi tantos amigos se casarem cedo e a maioria já está divorciada. Quero dizer, nunca perdi a esperança para nós dois, mas houve momentos em que desejei desesperadamente que você estivesse aqui, ou que eu estivesse em Boston.

Ela sorriu.

— Eu também. Tentei não comparar todos os caras que namorei com você, mas foi impossível.

— Eu também.

— Você namorou caras?

Revirei os olhos.

— Rá-rá.

O sorriso dela se desfez, e seu olhar escureceu com desejo.

— Você está nervoso? Eu estou... e não sei por quê.

Engoli o nó na garganta – porque eu também estava nervoso –, tirei a taça de sua mão e coloquei ao lado da minha na mesa. Eu a puxei para mim até que ela estivesse sentada de frente no meu colo, e, em seguida, segurei seu rosto entre as mãos.

— Estou nervoso.

Ela riu, então fechou os olhos e gemeu quando ergui um pouco o quadril para que sentisse a dureza em minha calça pressionada contra o seu centro.

— Deveríamos inaugurar o sofá primeiro? — ela sussurrou.

— Acho essa ideia excelente.

Adelaide começou a desabotoar a camisa, mas rapidamente afastei suas mãos e assumi o controle. Sua camisa se abriu, revelando um sutiã preto de renda que imediatamente me deixou com água na boca.

Arrastei a blusa sem mangas pelos seus ombros e a larguei no chão. Adelaide sorriu quando abri o fecho do sutiã às costas dela, em um movimento rápido.

— Vejo que você ainda é bom nisso — ela sussurrou.

Dei uma piscadela.

— Pratiquei bastante com uma garota que namorei no ensino médio.

Seus olhos se arregalaram.

— Sério?

Deixei o sutiã escorregar por seus braços, e Adelaide o jogou em cima da camisa. Encarando-a, umedeci os lábios com a língua. Eu queria tanto saboreá-la que mal podia me conter.

— Me toque, Gannon.

Sem hesitar, espalmei seus seios e abocanhei um deles, usando o polegar para brincar com o outro. Suguei o mamilo com força, e Adelaide prendeu a respiração, entremeando os dedos pelo meu cabelo.

— Ah, Gannon... Como senti saudade de você.

Mudando minha atenção para o outro mamilo, mordi levemente e fui recompensado com Adelaide puxando meu cabelo.

— Eu te quero tanto — disparei. — Desde o momento em que te vi na porta da minha casa.

Ela pressionou o corpo contra o meu e sussurrou:

— Sim.

Em seguida, comecei a desabotoar a calça jeans de Addie. Ela saiu de cima de mim, ficando de pé, com um olhar de desejo no rosto enquanto baixava a calça devagar, revelando uma calcinha de renda que combinava com o sutiã.

Observei cada centímetro dela. Adelaide tinha um corpo incrível no ensino médio, mas a mulher diante de mim agora era ainda mais deslumbrante. Suas formas esguias de antes agora eram curvas tonificadas, e meus dedos ansiavam por tocá-la em todos os lugares.

— Sua vez — ela disse, com os dedos enganchados no cós da calcinha.

Rapidamente, tirei a camiseta pela cabeça, descartei os tênis, o short e a cueca boxer.

— Bem, vejo que algumas coisas mudaram — Adelaide comentou, enlaçando o meu pescoço. — E fico feliz que outras não tenham mudado.

Não consegui reprimir o sorriso antes de capturar sua boca com a minha. Seus dedos se enroscaram no meu cabelo novamente, e ambos gememos à medida que eu aprofundava o beijo.

Eu me afastei um pouco e encontrei seu olhar.

— Preciso pegar um preservativo.

Sua mão rapidamente segurou a minha.

— Não, eu quero sentir você.

Eu tinha certeza de que meus olhos estavam arregalados. Nunca tinha feito sexo sem proteção, e, por mais que amasse Adelaide, ainda não estava pronto para correr o risco de engravidá-la.

Ela notou a preocupação no meu rosto, pois acrescentou rapidamente:

— Estou tomando anticoncepcional.

— Ah, graças a Deus! — Eu a peguei no colo e desci os degraus em direção à cabine principal. Não faria isso no sofá, não na nossa primeira vez juntos novamente.

— Ai! — ela exclamou quando sua cabeça bateu na parede.

— Desculpa! Desculpa por isso. Cuidado — falei, rindo e manobrando pelos corredores estreitos.

Quando finalmente chegamos à cama, nós dois estávamos gargalhando. Coloquei Adelaide com gentileza no colchão e a observei rastejar pela cama. Ela havia soltado o cabelo, que agora se espalhava pelo travesseiro branco, fazendo-a parecer uma deusa.

— Senti tanto a sua falta, Addie — sussurrei, subindo na cama e beijando sua perna.

— E eu senti a sua. Ai, minha nossa... Não pare.

— Nunca — murmurei antes de abrir ainda mais suas pernas e me deliciar entre elas.

Adelaide arqueou as costas e agarrou os lençóis.

— Gannon! Não vou aguentar.

Espalmei sua bunda e a puxei ainda mais para mim. Assim que seu corpo começou a tremer, soube que ela estava prestes a gozar.

— Gannon! Sim! Aaaah, estou gozando! — Ela segurou minha cabeça contra o seu centro, gritando meu nome em êxtase.

Quando me afastou para longe e declarou que não aguentava mais, subi pelo corpo dela e me posicionei em sua entrada molhada.

— Tenho sonhado com isso por tanto tempo.

Ela sorriu e se abriu para mim, permitindo que eu entrasse. Ela era tão apertada que quase cheguei ao clímax naquele instante.

Com a cabeça aninhada em seu pescoço, tentei me concentrar em não gozar na mesma hora.

— Você é tão... tão apertada... Addie.

Ela envolveu as pernas ao redor dos meus quadris, puxando-me ainda mais fundo.

— Faz um tempo que não faço sexo.

A última coisa que eu queria pensar agora era em outro homem com ela. Tudo em que eu queria me concentrar era na sensação incrível em tê-la contra mim, e como nossos corpos unidos em um só formavam uma bela visão.

Aumentei o ritmo, e Adelaide acompanhou meus movimentos. Eu queria ir devagar, mas estava perdendo a capacidade de pensar com clareza.

— Mais forte, Gannon. Por favor. Eu preciso de muito mais de você!

Aquilo foi o meu limite. Saí e arremeti com mais força, fazendo Adelaide prender a respiração.

— Eu te machuquei? — perguntei.

Ela envolveu os braços ao redor do meu pescoço e gritou:

— Não! Não pare. Por favor, não pare!

Acelerei o ritmo e a intensidade, e quando senti Adelaide alcançar o orgasmo novamente, eu gozei junto.

Nunca na minha vida o sexo tinha sido tão incrível. Nem mesmo antes, com a própria Adelaide. Seria por que não havia nenhuma barreira entre nós? Ou porque fazia tanto tempo? Ou simplesmente porque eu finalmente estava fazendo amor com a mulher que sempre esteve nos meus sonhos por tantos anos?

Tentando aliviar meu peso sobre o dela, nós dois nos esforçávamos para recuperar o fôlego.

— Isso foi... incrível — ela disse, seus olhos encontrando os meus.

— Tem certeza de que não quer morar comigo? Poderíamos fazer isso sempre que quiséssemos.

Ela riu.

— Por mais tentador que seja, acho melhor morar com a Palmer por enquanto.

Recostei minha testa à dela.

— Você é muito sem-graça, Addie. Pense em toda a fofoca que poderíamos gerar.

— Eu estou pensando nisso! Não tem nem um mês que voltei à cidade e já publicaram duas vezes sobre mim no jornal.

Eu ri e me virei, trazendo-a comigo para que ela ficasse deitada diretamente sobre o meu corpo.

Adelaide apoiou o queixo na parte de trás da mão.

— Eu não me lembro do sexo com você sendo tão incrível assim — ela ronronou, passando os dedos suavemente pelo meu peito.

— Tenho certeza de que foi por causa da ausência do preservativo.

Ela assentiu.

— Nunca fiz isso antes, só para você saber.

— Nem eu.

Afastei uma mecha de cabelo solta de seu rosto e a prendi atrás da orelha.

— Eu te amo, Addie.

Seus olhos pareceram brilhar antes que ela se inclinasse e me beijasse suavemente nos lábios.

— Eu também te amo.

— Acho que nosso primeiro encontro foi um sucesso. O que você acha?

Ela se ergueu e me montou, as ondas suaves do cabelo caindo em torno de seu rosto e ombros.

— Acho que você tem razão. Comida boa, um lindo passeio ao pôr do sol em um iate deslumbrante. Sexo incrível nesse barco. Estou dando nota máxima, com certeza.

— Nota máxima. Cara, a pressão está alta para o segundo encontro.

Adelaide riu.

— Que tal se eu planejar o segundo encontro para tirar um pouco da pressão?

Coloquei as mãos em seus quadris.

— Gosto da ideia. Agora, está pronta para a segunda rodada?

Suas sobrancelhas se ergueram.

— A questão é: *você* está pronto?

Empurrar meu membro duro contra o corpo quente dela foi minha única resposta.

Adelaide se ergueu, posicionou-se e baixou o corpo bem devagar.

— Vou levar isso como um sim.

— Você está assobiando? — Trish perguntou alguns dias depois, enfiando a cabeça no escritório que eu dividia com outros dois pilotos. Nenhum deles estava de plantão hoje, então eu tinha o espaço só para mim.

— Estou — respondi.

— E qual o motivo para essa demonstração repentina de felicidade?

Virando a cadeira para encará-la, notei seu olhar semicerrado e ri.

— Você faz parecer como se eu nunca estivesse feliz, Trish. Estou sempre de bom humor.

— Eu não diria que você está sempre de bom humor, mas, na maior parte do tempo, é um cara feliz. No entanto, hoje é diferente. Hoje, você está mais do que feliz.

Chip se aproximou.

— Ele ficou com a ex-namorada do ensino médio.

Lancei a Chip um olhar reprovador antes de me concentrar novamente em Trish.

— Eu saí em um encontro com Adelaide Bradley.

Um largo sorriso surgiu em seu rosto.

— Adoro um romance de segunda chance!

Franzi o cenho.

— Um romance de segunda chance?

Ela assentiu.

— Sim. Dois amantes que foram separados por alguma razão trágica. Então, finalmente encontram o caminho de volta um para o outro e se apaixonam loucamente de novo. Meu tipo favorito de romance. Quem terminou com quem?

Eu a encarei, piscando algumas vezes antes de pigarrear.

— Hmm, não houve nenhum tipo de final trágico. Ambos concordamos mutuamente em terminar, já que eu estava entrando na Marinha e ela ia para a faculdade.

Foi a vez de Trish me encarar.

— Espera... Vocês terminaram amigavelmente? Não houve uma cena trágica de término?

Levantei as mãos.

— Desculpa. Não teve nada disso nesse, hmm, romance.

— Chato, não é? — Chip comentou ao se sentar na cadeira ao lado da minha mesa. — Precisamos revisar essas coisas.

Ele tinha uma lista de navios que deveriam chegar e que eu iria pilotar pela baía até o porto.

— Então, você e Adelaide estão juntos de novo? — Trish perguntou, e era nítido que ela não tinha a menor intenção de deixar o assunto de lado.

Sorrindo, respondi:

— Estamos oficialmente juntos de novo.

— Ei, como você sabe que Trish não é a autora das fofocas? — Chip lançou-lhe um olhar intenso.

Soltando uma gargalhada, Trish disse:

De volta ao lar   113

— Qual é, eu nunca saio deste escritório. E quando saio, é para ir para casa, tomar banho e depois maratonar séries ou ler um livro. Eu não poderia me importar menos com quem está fazendo o quê com quem.

Dei uma risada.

— Bom saber.

Ela se inclinou um pouco e sorriu.

— Mas, você tem alguma ideia de quem pode ser? Estou morrendo de vontade de saber. Parece que essa pessoa tem olhos em todos os lugares.

Chip bufou enquanto eu balançava a cabeça.

— Desculpa, não faço ideia. Mas espero que logo parem de falar de mim e da Adelaide e escolham outra pessoa sortuda como alvo.

Trish e Chip riram antes de ela dizer:

— Você está de brincadeira? Sua historinha de amor é a coisa mais empolgante que aconteceu em Seaside há um tempo. Embora eu ache que talvez seja um pouco entediante, então, quem quer que seja o autor, deveria adicionar um pouco de drama.

— Entediante? — Olhei para Chip, que deu de ombros. — Certo. Vamos trabalhar, pode ser?

— Talvez o que você precise seja uma boa briga bem no centro da cidade. Ah, tipo... em frente ao restaurante dos pais dela — sugeriu Trish.

Chip assentiu.

— Isso mesmo, parece bom. Talvez ela até possa te dar um tapa?

— Um tapa?

— Com certeza.

— Sim! — Trish bateu palmas. — E não um tapa leve. Diga a ela para realmente colocar força no braço e fazer contato com a mão cheia!

Passei a mão pelo rosto e gemi.

— Não vamos ter uma briga falsa ou qualquer coisa assim. Trish, você não tem algum trabalho para fazer?

Ela torceu os lábios e endireitou os ombros.

— Tudo bem. Não diga que não tentei ajudar.

Eu a observei se afastar antes de me virar para Chip.

— Como diabos você sabia que eu fiquei com a Adelaide?

Sem me encarar, ele pegou o jornal local e o deslizou na minha direção. Peguei o jornal e comecei a ler em voz alta.

> # THE SEASIDE CHRONICLE
>
> *21 de julho de 2022*
>
> ## A maré subiu
>
> Seasiders,
>
> Uma pequena gaivota lá na marina me contou que Adelaide Bradley foi vista embarcando no iate luxuoso de Gannon Wilson para um passeio no mar. Parece que eles passaram a maior parte do dia ancorados e só voltaram depois do pôr do sol, embora nenhum dos dois tenha aparecido até a manhã seguinte.
>
> Parece que fazer as pazes não é difícil para esses dois. Será que nosso antigo rei e rainha do baile de formatura estão, possivelmente, juntos novamente? Vamos ter que manter nossos ouvidos atentos na areia.
>
> Ventos favoráveis e mares tranquilos!

Larguei o jornal no meu colo e suspirei audivelmente.

CAPÍTULO 12

Adelaide

Quase amassei o jornal enquanto estava lendo.

— Você só pode estar brincando! Quem é essa pessoa e como diabos ela sabe tudo o que eu faço?

— Linha direta de informações — sussurrou Sutton.

Harlee se inclinou para frente e disse baixinho:

— Addie, fala baixo. Ela, ou ele, pode estar aqui agora!

Olhei rapidamente ao redor do restaurante dos meus pais, observando as cabines e mesas lotadas. Harlee estava certa – o autor da coluna de fofocas podia ser qualquer uma dessas pessoas.

— Como ela...

— Ou ele — corrigiu Harlee com uma piscadela.

Revirei os olhos.

— Certo, ou ele. Como eles sabem que passei a noite no barco do Gannon?

Sutton suspirou e colocou sua xícara de café na mesa.

— Estou dizendo, quem quer que seja o autor, tem espiões por toda parte. Sempre que ela... ou ele... diz que uma pequena gaivota contou algo, é uma pista que foi dada. Eles têm pessoas observando e depois ligando para essa linha direta que Harlee mencionou.

Harlee e eu encaramos minha irmã por alguns segundos antes de eu balançar a cabeça e olhar novamente para o artigo.

— Mas por que eu e Gannon?

— Vocês são notícia fresquinha — declarou Harlee, pegando o garfo e mordendo um pedaço de melão.

Sutton concordou com um aceno de cabeça.

— As coisas têm estado tranquilas em Seaside. Juro, a última coisa emocionante que aconteceu foi o filho do Tom Miller ser pego com a filha do prefeito.

Abri a boca em choque.

— O quê?

— Ah, sim, eu tinha esquecido disso — disse Harlee, com uma risada.

— E antes foi o divórcio da Sutton e do Jack. A coluna teve muito a dizer sobre o assunto.

Sutton revirou os olhos.

— Nem me fale. Mas vou dizer, acho que o autor é uma mulher. Ela realmente ficou do meu lado na maioria das vezes.

Harlee pigarreou e acrescentou:

— Não se esqueça do que disseram sobre a sua loja.

Afundando no assento, a expressão de Sutton mudou de casual para irritada.

— O que disseram? — perguntei, colocando meu sanduíche de peru e queijo suíço de volta no prato.

— É mesmo. Eles deram sua opinião, não foi? — Sutton resmungou.

Harlee riu.

— Pode fingir que ficou brava, mas admita: aquele artigo te inspirou a fazer mudanças positivas na loja, e no final, você ficou feliz com o resultado.

— O que disseram? — insisti.

Suspirando, Sutton explicou:

— Disseram que minha loja atendia a pessoas mais velhas e que seria bom eu me conectar com minha deusa recém-libertada na escolha das roupas que eu vendia.

Tentei segurar o riso.

— Sua deusa recém-libertada?

— Isso aí — respondeu Sutton. — E depois de ler isso e me sentir uma mulher de 28 anos presa na mente de uma senhora de 70, passei um dia péssimo, mas percebi que eles estavam certos. Eu estava sendo muito conservadora em só comprar peças para uma geração mais velha. Então, fiz algumas mudanças... e ainda tenho outras para fazer. Como uma nova linha de lingerie que ajudei a desenhar com uma antiga amiga da faculdade, que agora é uma grande estilista em Nova York. Tenho vendido algumas das roupas dela na loja, e as vendas estão indo bem. Até algumas das minhas clientes mais velhas gostaram.

— Sutton! Que novidade incrível. Por que não mencionou antes? — perguntei.

Ela deu de ombros.

— Estou esperando os esboços finais dos *designs*. Assim que eu aprovar e tivermos a mercadoria, farei um anúncio. Mas o ponto é: eles estavam certos. Eu estava evitando riscos porque sabia que o Jack não aprovaria opções de roupas mais ousadas na loja.

— Ele era um idiota. Não sei por que você sequer se casou com ele, Sutton — comentei, dando uma mordida no meu sanduíche. Minha irmã me deu um sorriso fraco e depois olhou pela janela, como se uma lembrança tivesse voltado. Ela fechou os olhos e suspirou antes de parecer agitar a cabeça para afastar o pensamento.

— Digamos apenas que eu achava que estava fazendo a coisa certa — ela admitiu. — Nunca daríamos certo, mas eu não conseguia admitir isso na época. Jack sabia que eu não estava completamente apaixonada por ele, e acho que ele sabia o que estava fazendo quando me convenceu a casar com ele.

Estendi a mão pro cima da mesa e coloquei a minha sobre a dela.

— Você o amou em algum momento, Sutton. Não é culpa sua que as coisas não tenham dado certo.

Ela deu de ombros.

— De certa forma, foi, sim. Casei com ele sabendo que eu estava...

Ela parou de falar na hora.

— Estava o quê? — perguntei.

Sutton me deu um sorriso suave e retirou a mão da minha.

— Está tudo no passado e não importa mais.

Ela voltou a comer, nitidamente encerrando aquela parte da conversa. Por sorte, Harlee parecia saber exatamente como mudar de assunto.

— Agora tudo o que falta é colocar uns brinquedos eróticos na loja — ela disse, dando uma mordida no sanduíche.

Sutton quase engasgou, e eu concordei com a cabeça.

Olhando ao redor do restaurante para se certificar de que ninguém tinha ouvido, Sutton se concentrou em Harlee.

— Meu Deus. Você não disse isso.

Harlee piscou para minha irmã e olhou para mim.

— Olha, estou cansada de ter que comprar meu namorado a pilhas, também conhecido como BOB, online. Seria bom tê-los disponíveis na cidade. E acho que você ficaria surpresa com as mulheres que comprariam. Sei que minha mãe compraria.

— A sua... mãe? E como você sabe disso? — Sutton perguntou.

Harlee exibiu um sorriso radiante.

— Eu a viciei depois de levá-la a uma festa de brinquedos eróticos há alguns anos. No começo achei que fosse por causa do vinho que ela bebeu, mas rapidamente ficou claro que minha mãe gosta de um bom BOB e se diverte no quarto com meu pai. Embora, se eu pensar muito nisso, fico com vontade de vomitar.

Olhei para Harlee e comecei a rir descontroladamente. Sutton gargalhou em seguida. E não nos importamos que metade do restaurante estivesse nos olhando como se tivéssemos perdido a cabeça.

— Talvez você pudesse ter uma sala secreta na loja para clientes que preferem comprar essas coisas em privado — sugeri, enxugando as lágrimas do rosto e respirando fundo. Fazia tempo que eu não ria tanto.

Sutton pausou por um momento antes de olhar para mim e Harlee.

— Sabe, isso não é uma má ideia. Ter uma área reservada para pessoas comprarem coisas mais sensuais é uma ótima ideia, na verdade. Notei que minhas clientes mais velhas também querem se vestir de forma sexy, mas se tiver alguém na loja, elas tendem a evitar esse tipo de roupa.

Harlee começou a pular na cadeira.

— Ah, por favor, me deixe ajudar com isso! Por favor? Eu poderia ser tipo uma *personal shopper* delas.

Virando-se para Harlee, Sutton sorriu.

— Espera, você está falando sério? Eu preciso de ajuda na loja e ia colocar um anúncio no jornal para contratar alguém por meio-período. Adoraria que você trabalhasse comigo.

— Espera — eu disse, levantando as mãos. — Como você sabe que eu não quero trabalhar na loja?

Sutton olhou para mim com uma expressão séria.

— Você quer trabalhar lá? Achei que não tivesse interesse em varejo, Addie. Desculpa.

Dei de ombros.

— Quero dizer, eu não quero trabalhar lá, mas teria sido legal ser convidada.

Sutton jogou o guardanapo em mim.

— Ah, eu realmente queria pular essa mesa e te dar um tapa, Adelaide Bradley.

Harlee e eu rimos juntas.

— Okay, voltando ao trabalho — Harlee declarou. — Estou totalmente interessada, Sutton.

— E o jornal? — perguntei. — Seu pai não vai se importar se você arranjar outro trabalho?

Harlee acenou com a mão, dispensando minha preocupação.

— Eu posso lidar facilmente com os dois. Já tenho o marketing do jornal sob controle. Adoraria assumir algo novo! Posso ajudar a divulgar as novas mudanças na loja, Sutton. Afinal, é nisso que sou formada.

Sutton abriu um sorriso radiante.

— Meu Deus, será que estou realmente pensando em vender — ela abaixou a voz —... vibradores na minha loja?

Nossa mãe escolheu aquele momento para se aproximar da mesa. Ela parou, olhou para Sutton, depois para mim e Harlee. Abriu a boca para dizer algo, fechou e se virou para ir embora.

— Talvez mamãe possa ser uma das suas primeiras clientes — brinquei, cobrindo a boca para não rir novamente.

Sutton fez uma careta.

Harlee apontou para mim.

— Pense nisso, Addie, isso pode ser exatamente o que você precisa para tirar o colunista de fofocas do seu pé.

Sutton acenou freneticamente com as mãos.

— Ah, não, não, não, não! Eu não quero que escrevam sobre mim de novo naquela coluna.

Harlee pegou a mão de Sutton e deu um aperto.

— Você sabe o que dizem por aí: não existe publicidade ruim.

Sutton franziu o lábio e fechou os olhos, balançando a cabeça lentamente.

— Eu vou me arrepender disso, eu sei.

— Arrepender de quê?

Levantei os olhos e vi Brody parado ali. Ele segurava uma sacola para viagem e um copo de café nas mãos.

Sutton se endireitou na cadeira. Antes que Harlee ou eu pudéssemos dizer algo, ela respondeu:

— Nada! Estávamos falando sobre a loja e algumas... mudanças que vou fazer.

Brody ergueu as sobrancelhas, curioso.

— Sério?

Harlee sorriu de forma maliciosa, pigarreou e perguntou:

— Brody, o que você acha de uma mulher possuir um brinquedo de prazer pessoal?

— Meu Deus... — Sutton sussurrou enquanto começava a deslizar no assento, praticamente rastejando para debaixo da mesa.

— Um brinquedo de prazer pessoal? Tipo um vibrador? — ele perguntou.

— Sim, Brody, um vibrador — Harlee respondeu, com um sorriso.

— Também conhecido como dildo, pulsador, bastão de selfie, coelho vibrante, banana elétrica, bastão de diversão, ferramenta de prazer, amigo que vibra, *orgasmatron*...

— Puta merda. Quantos nomes diferentes existem para um vibrador, e por que você sabe todos eles? — perguntei a Harlee.

Brody ficou parado com uma expressão atordoada enquanto Sutton cobria o rosto com as mãos.

— *Orgasmatron?* — Brody perguntou.

— Foi nessa palavra que você prestou atenção? — perguntei.

— O quê? — Ele deu de ombros. — Tem a palavra 'orgasmo' nela. Obviamente vou reparar nisso.

— Ah, Deus — Sutton murmurou. — Podemos mudar de assunto? Por favor.

Harlee balançou a cabeça.

— Na verdade, estou curiosa para ouvir a resposta do Brody.

Ele franziu o cenho.

— Qual era a pergunta mesmo?

— O que você acha de brinquedos sexuais? — repeti.

Um sorriso largo surgiu no rosto dele. Sua demora em responder deve ter deixado Sutton curiosa, porque ela lentamente afastou as mãos do rosto. Ele olhou diretamente para ela.

— Eu acho que são ótimos. Tanto para uso pessoal quanto com um parceiro.

Vi as bochechas da minha irmã ficarem vermelhas enquanto ela desviava o olhar de Brody e passava a encarar sua salada de frutas.

Harlee e eu trocamos olhares antes de Brody continuar:

— Preciso voltar ao trabalho. Aproveitem o dia, meninas.

Com isso, ele se virou e saiu do restaurante. Observei Sutton manter o olhar nas costas dele até que não pudesse mais vê-lo. Quando ela se virou de volta para a mesa, nossos olhares se encontraram.

Inclinei a cabeça e perguntei:

— Sutton, tem algo acontecendo entre você e Brody?

— O q-quê? — ela gaguejou, sua voz falhando um pouco. — Não. Somos amigos, e ele tem me ajudado com algumas coisas na loja.

— Que tipo de coisas? — Harlee perguntou com uma voz suave e sedutora.

Sutton a empurrou.

— Para... Não é nada disso. Somos apenas amigos.

Eu ri, mas me perguntei se Palmer estava certa. Havia algo mais acontecendo entre Brody e Sutton. Pelo jeito que Harlee olhou para minha irmã, sabia que ela também estava se perguntando o mesmo.

— É melhor eu voltar para a loja — Sutton disse. — Harlee, estou totalmente falando sério sobre isso, se você quiser conversar mais sobre trabalhar na Coastal Chic comigo.

Harlee limpou a boca e colocou o guardanapo sobre o prato vazio.

— Vou passar lá mais tarde. Primeiro, preciso ir ao jornal para conferir algumas coisas, depois passo na loja à tarde.

— Combinado — Sutton disse ao se levantar. Mas, antes de sair, ela se virou para mim. — Vejo você no jantar de família no domingo?

Assenti.

— Se não me vir antes.

O restaurante fechava aos domingos, e meus pais sempre faziam questão de planejar um grande jantar de domingo. Era uma das coisas que eu mais sentia falta de não estar em casa, em Seaside.

— Até mais, gente — Sutton disse antes de sair do restaurante.

Virando-me para Harlee, perguntei:

— Você acha mesmo que a Sutton vai vender brinquedos sexuais na loja?

Ela sorriu.

— Acho que sim. Tenho a sensação de que existe um lado da Sutton Bradley que ainda não conhecemos. Ela vai manter isso discreto no início, mas eventualmente as pessoas vão ficar sabendo. O que você acha que seus pais vão pensar?

Dei de ombros.

— Acho que minha mãe vai ficar de boa com isso. Meu pai... bom, ele pode ter outro ataque cardíaco.

— Ainda bem que você voltou então — Harlee disse, com uma piscadela. — Olha, preciso correr. Foi bom bater um papinho aqui, mas ainda quero os detalhes sobre o seu piquenique e a noite com o Gannon. Vamos sair para beber alguma coisa em breve?

Dei uma risada.

— Seria ótimo. Me manda uma mensagem com o melhor dia pra você, já que minha agenda está completamente livre.

— Pode deixar — Harlee respondeu, pegando a bolsa. — Até mais!

Depois que elas saíram, eu me levantei e comecei a limpar a mesa. Ron, o novo ajudante que minha mãe havia contratado, veio correndo para ajudar.

— Eu cuido disso, Adelaide.

— Que nada — eu disse. — Deixa comigo. Você pode limpar as outras mesas.

Ele me deu uma olhada que dizia que não tinha certeza se devia me obedecer ou não. Quando olhou para a cozinha e viu minha mãe e meu pai ocupados, cedeu e me deixou limpar a mesa.

Depois de terminar de limpar e perguntar ao pessoal da frente se precisavam de alguma ajuda, fui até a cozinha. Minha mãe estava fazendo uma torta, enquanto meu pai grelhava um hambúrguer. Não demorou muito para minha mãe tocar no assunto da coluna de fofocas.

— Vi que você e Gannon apareceram de novo.

Revirei os olhos.

— Pois é. Parece que conseguimos a atenção de quem quer que seja o autor.

Ela bufou.

— Bom, eu, por exemplo, não gosto nem um pouco de ver a vida particular da minha filha estampada para todo mundo ler.

— Você? — retruquei, com uma risada. — O que acha que eu e Gannon estamos sentindo?

Mamãe parou de misturar os ingredientes para olhar para mim.

— Bom, espero que logo eles encontrem outra pessoa de quem falar e deixem vocês dois em paz para que possam... — Sua voz se perdeu.

— Para que possam o quê? — meu pai perguntou.

— Eu ia dizer reacender o romance, mas parece que já passou dessa fase e virou uma chama total. — Minha mãe me deu uma piscadela.

Meu pai gemeu, e eu ri.

— Vocês precisam de ajuda antes de eu ir embora? — perguntei. — Hoje vou me mudar para a casa da Palmer.

— Não, acho que está tudo sob controle — ela respondeu. — As duas novas garçonetes estão trabalhando maravilhosamente bem. Ambas são ótimas com os clientes, e a Ruby também está aqui.

De volta ao lar

Olhei em direção ao salão e sorri. Eu adorava ver aquele tanto de gente sentado para comer. Mas, quando voltei a olhar para meus pais, meu sorriso começou a desvanecer.

Ambos pareciam tão cansados. Eles abriram o Seaside Grill há quase trinta e cinco anos. Eu poderia contar nos dedos de uma mão quantas vezes fecharam o restaurante para tirar férias em família. Algumas vezes, quando eu era mais nova, eles chegaram a ir para algum lugar por uma semana e deixaram o restaurante nas mãos competentes da irmã da minha mãe ou da Ruby. Quando a tia Mary decidiu se mudar para Nova York para abrir seu próprio restaurante, minha mãe e meu pai pararam de tirar férias. Pelo menos férias longas. Eles nem sequer iam me visitar em Boston. A desculpa era sempre que estavam ocupados demais para deixar o restaurante.

Houve momentos em que eu odiava este lugar durante a infância, porque ele tirava meus pais de mim. Eu sabia que Sutton, Palmer e Braxton também sentiam o mesmo. Mas, pelo menos, eles nunca faltaram aos nossos eventos escolares. Peças, festas, qualquer tipo de evento – eles sempre garantiam que pelo menos um deles estivesse presente. Mas nunca podíamos tirar férias na Disney ou em qualquer lugar do tipo. Nunca havia tempo suficiente. Eles tentaram, tenho que lhes dar crédito por isso. Mas o restaurante era a vida deles.

Fiz uma anotação mental para conversar com meus irmãos sobre contratarmos mais pessoas para ajudar meus pais, além de sugerir que tirassem férias. Também queria perguntar se eles precisavam de ajuda extra enquanto eu ainda não estava trabalhando.

— Fico feliz que as coisas estejam indo bem — comentei, voltando minha atenção para eles. Ambos já estavam novamente ocupados: minha mãe com as mãos na massa e meu pai virando o hambúrguer na grelha. — Certo, acho que vou indo. Não estarei por lá quando vocês voltarem para casa hoje à noite. Querem que eu leve algo para o jantar mais tarde?

Caminhando até ela, dei-lhe um beijo na bochecha.

— Não precisa. Vamos comer aqui.

Assenti, respirei fundo e segui em direção à porta dos fundos.

— Amo vocês.

— Também te amamos — responderam em uníssono.

Palmer e eu demos um passo para trás e analisamos meu novo quarto.

— Parece tão aconchegante — eu disse, com um sorriso.

Fiquei agradavelmente surpresa com o tamanho do quarto extra na casa de Palmer. Sua casa, que antes era uma cocheira, pertencia a um dos cidadãos mais influentes de Seaside, dono de uma bem-sucedida frota marítima. Os antigos proprietários a reformaram, transformando-a em uma casa de dois quartos, situada em um terreno com pouco mais de quatro mil metros quadrados com vista para o litoral. Palmer até tinha um caminho privativo para a praia. A casa principal ficava um pouco acima da entrada compartilhada, mas isso não incomodava Palmer. Segundo ela, o fato de manterem a entrada limpa durante o inverno já valia a pena dividir o espaço.

Meu novo quarto era pintado de azul-bebê e decorado com móveis brancos e com estilo praiano que Palmer havia comprado em uma venda de garagem no verão passado. Dava para perceber que minha irmã era uma 'viciada em Target', porque quase tudo na casa dela vinha de lá, incluindo minha nova roupa de cama e toalhas.

— Se você não gostar de alguma coisa, pode mudar — disse ela.

Virei-me para minha irmã caçula. Ela usava um macacão jeans curto, uma camiseta amarela com a frase 'Eu Cato Cocô' e o cabelo preso em duas marias-chiquinhas. Ela estava adorável, especialmente porque tinha acabado de voltar de um trabalho onde fazia exatamente o que sua camiseta anunciava: recolhendo cocô de pets.

— Está brincando? Eu adorei tudo, Palmer — eu disse. — Sua casa é tão charmosa.

Nesse momento, um pequeno gato preto e branco pulou na minha cama, deu três voltas e se deitou no cobertor ao pé da cama.

— Whiskey, essa não é a sua cama.

Eu ri e balancei a cabeça.

— Está tudo bem, deixa ela aí.

— *Ele*. Meu Deus, Addie, quantas vezes vou ter que dizer que o gato é macho?

Ergui as mãos em sinal de rendição.

— Desculpa! Eu adoro gatos e não me importo que ele fique aqui.

Palmer riu.

— Espere até os pelos dele começarem a grudar nas suas roupas. Aí você vai se importar. — Ela, de repente, ofegou. — Droga, preciso ir à casa dos Walters para levar o cachorro deles para passear. Você estará em casa para o jantar hoje?

— Sim. Gannon está trabalhando, e não planejamos jantar juntos hoje. Então, a menos que ele consiga vir, seremos só nós duas.

— Estava pensando em fazer pizzas caseiras. Você ainda gosta dos mesmos recheios?

Uma lembrança minha e dos meus três irmãos, todos em pé em cadeiras ao redor da ilha da cozinha enquanto mamãe nos deixava montar nossas pizzas, me atingiu em cheio. Era uma das minhas lembranças favoritas, e foi nesse dia que decidi que gostava de abacaxi como cobertura, depois que Palmer acidentalmente colocou na minha fatia. Palmer e eu ainda comíamos nossa pizza do mesmo jeito, ou pelo menos era o que eu achava.

— Pepperoni, cogumelos, pimentões amarelos e abacaxi.

Palmer colocou as mãos no peito e me lançou um sorriso bobo.

— Aquece meu coração saber que você ainda come sua pizza assim.

— Sutton e Brax ainda torcem o nariz para isso? — perguntei enquanto fechava minha mala e a deslizava para debaixo da cama.

Com uma expressão de tristeza fingida, Palmer respondeu:

— Sim! Você acredita nisso? Não sei o que há de errado com aqueles dois.

— Péssimo gosto para comida.

Ela concordou com a cabeça.

— Okay, preciso ir. Quais são seus planos para o resto do dia?

Dei de ombros.

— Acho que preciso pensar mais seriamente em arrumar um emprego.

Palmer sorriu para mim.

— Você vai encontrar alguma coisa, Addie.

Soltei um longo suspiro e assenti.

— Eu sei. Certo, vai logo. Te amo.

— Também te amo! Até mais tarde.

Quando a casa ficou silenciosa, fui para a sala de estar, peguei um livro e me acomodei no sofá. Não demorou muito para que Whiskey me seguisse e se enroscasse ao meu lado.

Passei a mão pelas costas macias, deixando o movimento repetitivo lentamente me relaxar. Havia algo a ser dito sobre ter um animal aconchegado ao seu lado.

— Só nós dois, amigo. Devo ficar aqui lendo um livro ou sair para procurar emprego?

Ele me olhou, bocejou e soltou um pequeno miado antes de começar a ajeitar o cobertor sob o meu corpo.

— Então, vamos ler.

CAPÍTULO 13

Gannon

— O navio é todo seu, Capitão — falei, saindo pela passarela para descer e desembarcar. Foi uma luta conseguir subir ali com ventos de 40 nós, mas consegui fazê-lo com segurança, graças ao capitão me oferecendo um bom abrigo. Agora o barco estava atracado e pronto para descarregar sua mercadoria.

Caminhei até o prédio da administração portuária e vi que Chip já tinha voltado e estava tomando uma xícara de café. Eu não conseguiria fazer meu trabalho corretamente sem Chip e suas habilidades incríveis em operar o barco-piloto.

— Bom trabalho lá fora, Chip.

Ele ergueu a xícara e sorriu.

— Digo o mesmo pra você. Aqueles ventos estão se intensificando.

Virei-me e olhei pela enorme janela de vidro que dava para o porto e a baía.

— Sim. Tenho a sensação de que este verão será de ventanias. Já enfrentamos duas grandes tempestades.

Chip soltou um suspiro.

— Vamos torcer para que nenhum furacão decida nos visitar.

— Deus te ouça.

Depois de alguns momentos de silêncio, Chip perguntou:

— Como estão as coisas com você e Adelaide?

Sorri.

— Estão indo bem. Ela se mudou para a casa da irmã mais nova por enquanto.

Chip sorriu.

— A Palmer ainda faz todos aqueles trabalhos malucos?

Rindo, assenti.

— Acredito que sim. Vi ela alguns dias atrás andando com uns dez cães. Não sei como ela mantém todos sob controle daquele jeito.

— Ela obviamente gosta de animais. E de ter um monte de empregos diferentes.

Eu me virei para observá-lo com mais atenção.

— Cara... você gosta da Palmer?

Seus olhos se arregalaram.

— Eu? De jeito nenhum. Quero dizer, acho que ela é uma garota legal... ou melhor, mulher... senhora... sei lá. Não, não gosto dela desse jeito. Ela só é interessante, e não uma pessoa comum e típica. O Rich namorou com ela por um tempo.

— Rich Marshall? Quando?

Rich fez parte do time de futebol comigo e Chip no colégio. Nunca gostei muito dele e fiquei surpreso que Palmer tivesse namorado alguém como ele. A menos que ele tivesse mudado, o que eu achava difícil de acreditar.

— Foi logo antes de você sair da Marinha e voltar para Seaside. Eles namoraram por um bom tempo. Ele ia pedir ela em casamento.

— Não brinca — disparei, agora focado na história. — O que aconteceu?

Chip olhou para o nada, como se estivesse imerso em pensamentos.

— Sabe, não me lembro exatamente. Sei que ele saiu de Seaside pouco depois de eles terminarem. Foi a Palmer quem terminou.

— Hmm, interessante.

Assentindo, Chip respondeu:

— Ela está melhor sem ele, se quer saber. O cara parecia ter mudado, mas ainda tinha algo nele que não me agradava.

— Como a Palmer lidou com o término?

Dando de ombros novamente, Chip balançou a cabeça.

— Não faço ideia. Nós não frequentamos os mesmos círculos. Nós nos cumprimentamos e tudo mais quando nos vemos, mas é só isso. Eu gosto dela, ela é uma garota meiga. Mas tem um gosto péssimo para homens.

Trish enfiou a cabeça para dentro.

— O chefe quer uma reunião com todos os pilotos hoje à noite, às seis.

— Hoje à noite? — repeti.

— Sim. Parece que há um furacão se formando, e as previsões iniciais dizem que ele está subindo pela costa.

Chip e eu nos entreolhamos.

Soltando um gemido, ele disse:

— Droga. A gente azarou tudo.

Se havia uma coisa que eu sabia sobre pilotos de barco, era que eles acreditavam em todas essas superstições. Diga a palavra errada ou faça algo diferente, e você estaria rogando praga em si mesmo e no seu barco. Chip não era diferente. O pai dele era dono das balsas que levavam pessoas do continente para a Ilha do Farol, onde sua família ainda cuidava do farol e da própria ilha. Sua família inteira vinha de uma longa linhagem de marinheiros e capitães de navio.

— Não azaramos nada.

Chip me lançou um olhar que dizia que eu tinha perdido o juízo.

— Azaramos, sim, e você sabe disso, Gannon.

— Trish, ainda estamos confirmados para a partida do SS Atlantic? — perguntei, esperando mudar de assunto antes que Chip começasse a listar todas as vezes que ele havia dito ou feito algo que, segundo ele, levou a uma sequência de azar.

— Sim — respondeu ela. — Está tudo pronto para a partida. Tome cuidado ao desembarcar com esses ventos.

Dei um sorriso.

— Eu sempre tomo.

Duas horas depois, eu estava descendo a escada de corda do SS Atlantic, após manobrá-lo para fora da baía e rumo ao mar.

— Droga — murmurei, enquanto o navio balançava de um lado para o outro à medida que eu tentava entrar no barco-piloto. O marinheiro no convés estava preso e pronto para me ajudar quando fiz o movimento da escada para o barco.

Assim que pisei no convés, soltei um suspiro. Era meu trabalho garantir uma passagem segura para esses navios, e eu levava isso a sério, mas também adorava a adrenalina que sentia com o processo.

— Bom trabalho — Chip disse conforme começava a voltar para o litoral. — Parece que a névoa está chegando.

— Estou feliz que nosso turno está quase acabando.

— Trish disse que o SS Franklin pediu para você ir de helicóptero para o embarque.

— Por quê? — perguntei, me acomodando na cadeira ao lado de Chip.

— Não sei.

Suspirei.

— Será que é um capitão novo e ele está um pouco nervoso com a gente chegando perto dele?

— Pode ser. O tempo amanhã deve melhorar, então talvez você consiga só fazer o embarque.

— E a previsão para quando ele tiver que sair novamente?

Chip balançou a cabeça.

— Não sei. Parece que o clima não está se ajeitando.

Passei a mão pelo cabelo. Estava se tornando frequente que pilotos embarcassem nos navios de helicóptero, inclusive eu, porém eu gostava do jeito tradicional. Havia algo especial em segurar a corda e subir com as ondas batendo na superfície da água.

— Acho que vamos nos preocupar com isso quando for necessário — eu disse.

Levantei a mão para bater na porta da frente, sorrindo quando ela se abriu e fui recebido com um enorme sorriso no rosto de Adelaide. Ela tinha me enviado uma mensagem perguntando se eu queria me juntar a ela e Palmer para o jantar, e eu disse que adoraria.

— Oi, como foi o trabalho? — ela perguntou, levantando-se na ponta dos pés para me dar um beijo rápido nos lábios antes de fazer um gesto para que eu entrasse.

— Foi bom. Ondas grandes lá fora, então foi divertido.

Pude ver a preocupação no rosto dela.

— Nenhum problema para entrar e sair, né?

— Não — respondi antes de envolvê-la em meus braços e dar um beijo de verdade.

— Ah, me poupe. Vocês precisam mesmo fazer isso? — Palmer reclamou ao entrar na sala de estar.

Adelaide e eu interrompemos o beijo, e ela se afastou para encarar sua irmã mais nova.

— Só porque você desistiu dos homens para ficar com gatos não significa que todas nós fizemos isso, Palmer.

— Que história é essa de você virar uma mulher dos gatos? — caçoei, entregando a garrafa de vinho que eu havia trazido para Adelaide. Ela a levantou para Palmer ver.

— Ah, isso vai combinar perfeitamente com nossas pizzas caseiras — Palmer disse.

Deixei escapar um gemido.

As garotas me encararam.

— O que foi? — perguntaram ao mesmo tempo.

— Pelo amor de Deus, me digam que fizeram uma pizza normal.

Adelaide ergueu as sobrancelhas.

— Uma pizza normal como...?

Olhei de uma para a outra.

— Pepperoni, queijo, molho vermelho.

Elas trocaram um olhar e então Adelaide sorriu para mim.

— Fizemos uma pizza normal, sim. E adicionamos pimentão amarelo, cogumelos e abacaxi.

Fingindo ânsia de vômito, respondi:

— Vou tomar só a taça de vinho.

Palmer me deu um tapa no ombro.

— Rá-rá. Você sabe que ama nossa pizza. Por que não admite logo?

Eu segui as duas até a cozinha, olhando ao redor da casa de Palmer. Era bonita. Pequena, mas perfeita para ela. Ela havia decorado com cores neutras. Havia algumas pinturas penduradas nas paredes. Algumas com flores, outras com paisagens, incluindo algumas da praia e de um pôr do sol ou dois.

— Uau, essas pinturas são lindas, Palmer — comentei quando todos estávamos na cozinha.

— Obrigada — ela respondeu, com um sorriso largo. — Fui eu que pintei.

Virei a cabeça rapidamente e a encarei.

— Você pinta?

Ela e Adelaide riram.

— Palmer pinta desde que me lembro — Addie confirmou.

— Como eu nunca soube disso? — Peguei o prato que Adelaide me entregou. — Não me lembro de ter visto você pintar.

Ela deu de ombros, tentando minimizar.

— É um hobby, só isso.

— Você deveria ver isso também — Adelaide disse, enquanto caminhava até a prateleira e pegava algo. — Olha essa árvore de vidro de praia que ela fez.

— Uau! — Olhei mais de perto para a peça. — Palmer, isso é deslumbrante. Você vende isso em algum lugar?

Adelaide lançou um olhar para a irmã, que dizia 'não falei?'.

— Não, ela não vende, mas eu disse que deveria. Tenho certeza de que Sutton colocaria isso na loja dela se soubesse que Palmer fez. São lindas.

Palmer acenou com a mão, dispensando nossos elogios.

— Bobagem. Essas são coisas que faço só como hobby, e eu adoro. Se eu começasse a vender minha arte, pareceria mais como trabalho.

Adelaide suspirou.

— Acho que você tem medo de se arriscar.

Palmer ignorou a irmã e serviu três taças de vinho enquanto Adelaide colocava duas fatias de pizza em cada prato.

— Desculpe pelo atraso — eu disse. — Tive uma reunião de última hora depois do trabalho. Parece que podemos ter um furacão vindo para cá.

Um olhar de preocupação cruzou o semblante de Adelaide, e saber que ela estava preocupada comigo fez meu peito apertar. A última coisa que eu queria era que ela se preocupasse comigo.

— Quando? — ela perguntou.

— Daqui a cerca de uma semana, a menos que algo mude e ele volte para o Atlântico.

Palmer começou a sair da cozinha com sua pizza e vinho.

— Vamos comer na sala de estar.

Adelaide e eu a seguimos. Assim que nos sentamos, Addie começou a fazer perguntas novamente.

— O que acontece com os navios durante uma tempestade?

Terminei de mastigar antes de responder:

— Bem, ou eles permanecem em alto-mar e enfrentam a tempestade, ou entram no porto.

— Ouvi dizer que as ondas estavam loucas hoje — Palmer comentou.

— Sim — concordei com um aceno. — Estavam bem intensas.

— Então, se os navios entram durante a tempestade, você ainda os pilota? — Addie perguntou. — E você pousaria neles com um helicóptero?

Eu podia detectar a preocupação na voz dela. Se fôssemos ter um relacionamento, ela teria que aprender a confiar em mim. Meu trabalho era perigoso, e eu nunca minimizaria isso para ela.

— Não, se o vento estiver ruim. Não se preocupe. — Segurei sua mão e dei um aperto suave. — Eu sempre sou cuidadoso.

Ela sorriu, mas o sorriso não chegou aos olhos. Eu sabia que Adelaide estava ciente dos riscos de uma tempestade, e eu entendia totalmente que meu trabalho era perigoso. De forma alguma eu a culparia por se preocupar. Eu só precisava garantir que ela confiasse que eu sabia o que estava fazendo. Que eu sempre executava a praticagem com segurança... que todos nós fazíamos isso.

Palmer deve ter reparado no estado de espírito da irmã, porque colocou o braço em volta dela.

— Lembra o que mamãe sempre dizia para nós sobre preocupação? Por que se preocupar quando você pode rezar?

Adelaide puxou a irmã para um abraço.

— Senti tanto a sua falta, Palmer.

— Também senti a sua, e estou muito feliz que você está de volta. Falando nisso... soube hoje que o Dr. James está procurando contratar um gerente administrativo antes de se aposentar. O novo médico que está comprando a clínica dele é quem vai realmente fazer a contratação. Aparentemente, ele gostaria muito que o gerente também fosse enfermeiro, se possível.

— O Dr. James vai se aposentar? Por quê? — perguntei.

Palmer me lançou um olhar confuso.

— Quando foi a última vez que você o viu, Gannon?

Dei de ombros.

— Cara, acho que no ensino médio.

— Bem, ele está com uns 70 anos agora e, segundo a esposa dele, precisa parar de trabalhar para que finalmente possam viajar e aproveitar a vida.

— Eu amo isso — disse Adelaide. — Que maravilhoso passar o resto da vida viajando e conhecendo todos os lugares da sua lista de desejos.

Palmer bufou.

— Pois eu digo para ir aos lugares da sua lista agora, enquanto você é jovem e pode realmente aproveitá-los.

Levantei minha taça de vinho.

— Um brinde a isso.

— Mas por que o novo médico quer um gerente administrativo e uma enfermeira extra? — Adelaide perguntou.

— Não tenho certeza — Palmer respondeu enquanto se levantava e começava a recolher nossos pratos. — Tudo o que sei é que ele está procurando contratar alguém. Quero dizer, é clínica geral e tudo mais, mas achei que você poderia se interessar.

Os olhos de Adelaide brilharam conforme ela assentia.

— Estou muito interessada.

— É só meio-período por enquanto, até o novo médico chegar à cidade, o que acho que acontecerá no outono.

Adelaide dispensou essa parte com um gesto.

— Eu ficaria bem com isso. Tenho bastante dinheiro guardado, então não estou muito preocupada em trabalhar só meio-período.

Capturei o olhar de Adelaide.

— Você deveria ir falar com o Dr. James.

Sorrindo, ela respondeu:

— Acho que vou mesmo. Não custa nada tentar.

Palmer soltou um gritinho animado em apoio a Addie e foi para a cozinha.

— Precisa de ajuda, Palmer? — Adelaide perguntou.

— Não. Vocês deveriam ir para o deque nos fundos. Está lindo lá fora, e a lua vai subir em breve. Está cheia hoje à noite.

Adelaide e eu trocamos olhares e nos levantamos.

— Você não precisa ir embora cedo, precisa? — ela perguntou.

— Não. — Segurei sua mão. — Tenho três dias de folga.

— Três dias! Bem, já que não estou trabalhando agora, deveríamos levar seu barco de novo para passear.

Assim que saímos para o deque, puxei-a para os meus braços.

— Ou você poderia arrumar uma mala para ficar na minha casa por alguns dias.

Adelaide olhou para mim com o sorriso mais meig/ no rosto.

— Eu acabei de me mudar e agora você quer que eu saia antes mesmo de passar minha primeira noite aqui?

— Sim — respondi, roçando meu nariz no dela. — Não consigo parar de pensar no outro dia, e quero mais de você. Se pudesse, te manteria nua na minha cama pelos próximos dias.

Ela envolveu meus ombros com os braços e se esticou na ponta dos pés para me dar um beijo suave.

— Gosto dessa ideia. Vou arrumar uma mala e avisar a Palmer que estou saindo.

— Ela vai ficar chateada por eu estar te roubando na sua primeira noite aqui?

— Tenho certeza de que ela vai entender.
— Entender o quê? — Palmer perguntou ao sair para o deque.
De repente, Adelaide pareceu menos segura de como sua irmã reagiria.
— Bem, eu sei que é nossa primeira noite como colegas de casa e tudo...
Palmer inclinou a cabeça para trás e riu.
— Ai, meu Deus! Você está me abandonando pelo piloto de barcos bonitão? Como pôde?
As duas irmãs sorriram e se abraçaram. Nenhuma disse uma palavra, mas algo nitidamente se passou entre elas antes de Adelaide se virar e entrar na casa.
Palmer me lançou um sorriso largo.
— Ela está tão apaixonada por você agora quanto estava naquela época.
— Eu sinto o mesmo. Para ser honesto, nunca parei de amá-la. Estou feliz que ela voltou para casa.
— Eu também — Palmer disse, me abraçando rapidamente. — Não machuque ela, Gannon.
Recuei um passo, surpreso por ela sequer *pensar* que eu seria capaz disso.
— Eu nunca a machucaria, Palmer. Nem em um milhão de anos.

CAPÍTULO 14

Adelaide

Assim que a porta da casa de Gannon se fechou, ele me pressionou contra a superfície de madeira. Sua boca cobriu a minha, e logo nos perdemos no beijo.

— Você está com roupas demais — ele disse contra os meus lábios antes de me beijar mais uma vez.

Nós dois trabalhamos freneticamente para tirar as roupas um do outro enquanto Gannon nos guiava até o sofá.

— Eu te quero — arfei, puxando a camisa dele por cima da cabeça.

— Eu sou seu, Addie.

Meu coração disparou no peito com suas palavras. *Eu sou seu, Addie.* Ah, como eu amava ouvir isso novamente. Todos aqueles anos, fingindo que não havia um vazio no meu coração, tinham acabado. Gannon era meu, e eu era dele. Nada nunca mudaria isso.

Já tínhamos tirado todas as roupas um do outro, e Gannon se sentou no sofá e me puxou para o seu colo. Seus dedos encontraram minha entrada, e eu quase explodi quando ele os deslizou dentro de mim.

— Isso mesmo, querida.

— Gannon — suspirei quando ele acelerou os movimentos. — Eu quero você dentro de mim. Por favor.

Ele retirou os dedos, e eu me sentei nele, tomando-o completamente. Nós dois gememos de prazer. Selando minha boca na dele, comecei a me mover bem devagar para cima e para baixo. Gannon segurou meu quadril com as mãos e apertou.

— Sim... — sibilei ao sentir um de seus dedos pressionando meu traseiro. Nenhum homem jamais tinha me tocado ali além de Gannon. — Mais!

— Levanta um pouquinho — ele comandou, e eu obedeci. Ele

deslizou um dedo suavemente em meu traseiro, e então me penetrou. Ele movia o dedo devagar enquanto eu acelerava o ritmo. A sensação era tão boa que eu sabia que não demoraria muito para chegar ao clímax.

— Gannon, estou quase lá. Ai, minha nossa...

— Isso mesmo, querida, goza pra mim. Não vou aguentar muito mais, Addie.

Com um leve ajuste no meu quadril, eu me perdi em um orgasmo avassalador. Gannon também se entregou, gemendo enquanto seus dedos se entrelaçavam no meu cabelo e ele puxava minha boca para a dele, me beijando com tanta paixão que pensei que meu orgasmo tivesse se intensificado só por causa disso.

Afastando minha boca, encostei a testa à dele, respirando fundo.

— Isso. Foi. Incrível — Gannon ofegou entre as próprias inspirações.

— Eu senti tanta saudade disso. De você. Da conexão.

Ele riu.

— E do sexo incrível.

Rindo, afastei-me um pouco e encontrei seu olhar.

— E do sexo incrível.

— Eu odiava a ideia de outros homens te tocando, fazendo amor com você.

Passei meu dedo pela lateral do rosto dele antes de entremear os dedos em seu cabelo.

— Nunca foi assim com mais ninguém, Gannon. Nunca. Houve momentos em que eu fechava os olhos e fingia... bem... fingia que era você dentro de mim. Me sinto tão culpada por dizer isso, mas é verdade.

Ele me deu um sorriso suave.

— Estou tão feliz que você voltou para Seaside. Nunca vou te deixar ir, Adelaide. Espero que saiba disso. Eu pretendo me casar com você, ter filhos e viver uma vida muito longa ao seu lado.

Gannon ainda estava dentro de mim enquanto estávamos sentados no sofá, os dois suados e respirando com dificuldade. Eu queria nunca ter que sair dali.

— Eu gosto muito desse plano, Sr. Wilson.

Ele me abraçou mais apertado.

— Que tal tomarmos um banho, colocarmos roupas confortáveis e assistirmos a um filme?

— Você já viu os novos *Jumanjis*? Eu amo esses filmes.

As sobrancelhas de Gannon se franziram.

— Novos *Jumanjis*?

Ofeguei e coloquei a mão no peito dele, empurrando-o para trás para encará-lo.

— Meu Deus, me diga que não é verdade. Você nunca viu? The Rock? Kevin Hart? Jack Black? Karen Gillan?

— Não foi ela que interpretou a Nebulosa em Guardiões da Galáxia?

— Em quê? — perguntei, confusa.

Uma expressão de choque dominou o rosto bonito de Gannon.

— Você nunca assistiu a Guardiões da Galáxia?

— Não.

Ele balançou a cabeça em descrença.

— E você nunca assistiu *Jumanji*? — retruquei.

Ficamos nos encarando por alguns segundos antes de ambos começarmos a rir.

— Vamos lá — Gannon disse, dando um tapa na minha bunda. — Vamos tomar banho, e depois assistimos a Guardiões.

— Ah, não. — Levantei-me devagar dele, sentindo imediatamente falta do calor que ele me proporcionava. — Vamos tomar banho e assistir a *Jumanji*.

Ele suspirou e se levantou.

— Vamos decidir no cara ou coroa.

Antes que eu pudesse responder, ele me pegou no colo e me levou até o banheiro. Ligou o chuveiro e esperou a água esquentar antes de segurar minha mão e me guiar para dentro.

— Que tal isso... — disse ele, com um sorriso torto. — Você me deixa ensaboar você e fazer o que eu quiser, e depois assistimos ao que você escolher.

Eu ri.

— Acabamos de fazer amor, Gannon. Não tem como... — A sensação do seu membro duro pressionado contra meu estômago me fez olhar para baixo. Levantei a cabeça rapidamente e o encarei. — Como?

Ele começou a distribuir beijos suaves pelo meu ombro, subindo lentamente pelo meu pescoço até sua boca alcançar a minha orelha.

— Eu senti a sua falta *de verdade*.

Depois de um sexo alucinante no chuveiro, nós nos vestimos e fomos para a cozinha. Gannon declarou que precisávamos fazer lanches se íamos assistir a um filme. Concordei porque, depois de dois orgasmos incríveis, estava faminta.

Gannon colocou uma tigela de pipoca na mesa de centro, ao lado do prato de legumes cortados e pasta de grão-de-bico que eu preparei.

— Certo, *Jumanji* então — ele declarou, sentando-se ao meu lado e puxando um cobertor para nos cobrir.

Gannon e eu passamos quase a noite toda assistindo a filmes. Eu não ria tanto fazia muito tempo. Quando não consegui mais manter os olhos abertos, ele me pegou no colo e me levou para o quarto. Na cama, ele me puxou para perto e me manteve aquecida em seus braços. Senti o coração dele bater, e isso acalmou meu corpo, me deixando profundamente relaxada.

Eu poderia me acostumar a estar em seus braços todas as noites.

Quando sua respiração desacelerou e pensei que ele estivesse dormindo, virei-me e apenas o observei.

— Eu te amo — sussurrei, baixinho.

Gannon respirou fundo e exalou.

— Eu também te amo.

Sorrindo, me aninhei mais a ele e adormeci.

— Acho que nunca me diverti tanto na vida!

Gannon estendeu a mão para me ajudar a sair do kart.

— Isso não pode ser verdade. Nós fazíamos muitas coisas divertidas quando namorávamos.

Rindo, respondi:

— A gente nunca arremessou machados ou pilotou karts. Embora eu ainda esteja na dúvida sobre a caça ao tesouro na praia.

Com aquele sorriso torto e a covinha que sempre me deixava mole, Gannon deu de ombros.

— Não vai me dizer que não se divertiu fazendo aquela caça ao tesouro.

— Gannon, nossos adversários tinham menos de 10 anos.

Seus olhos se estreitaram.

— Nem pense em dizer que foi por isso que ganhamos.

— Foi exatamente por isso que ganhamos!

— Sei lá, aquilo era difícil pra caramba.

Ele colocou a mão na parte inferior das minhas costas e me guiou até o Jeep.

— Vamos lá, vamos voltar para minha casa. Precisamos trocar de roupa para o jantar.

— O que vamos cozinhar? — perguntei enquanto Gannon abria a porta do carro e segurava minha mão até eu entrar.

— Não vamos cozinhar nada. Vou te levar para jantar fora.

Ergui as sobrancelhas.

— Ah, é mesmo?

— Sim, tem um lugar novo que abriu lá no píer. Tem uma vista incrível da baía, e ouvi dizer que a comida é fantástica.

Ele fechou a porta e correu para se acomodar ao volante. Era um lindo dia de início de agosto em Seaside, um pouco quente, mas nada exagerado. A noite estava perfeita para ficar sentado em um deque com a brisa fresca do oceano soprando.

— É casual ou preciso passar na casa da Palmer para pegar algo? — perguntei.

— Acho que é casual chique. Eles não deixam você entrar se estiver de jeans ou short.

Assenti.

— Okay, você se importa de dar uma passadinha na casa da Palmer?

— Claro que não. — Gannon segurou minha mão e beijou o dorso. Meu estômago deu um salto, e sorri para ele. Parecia que eu estava sorrindo muito desde que voltei para Seaside.

Quinze minutos depois, Gannon parou na casa da Palmer. Eu pulei para fora do carro e corri para dentro.

— Uau, qual é a pressa? — Palmer perguntou ao sair da cozinha e me ver correndo para o meu quarto.

— Preciso de um vestido bacana e saltos para usar no jantar com o Gannon.

Ela se encostou no batente da porta do meu quarto.

— Tudo bem. Onde ele vai te levar?

Peguei um vestido amarelo-claro e joguei na cama.

— Hmm... em algum lugar novo no píer.

Palmer arfou.

— Meu Deus. Ele vai te levar ao *Pete's Place*?

Parei minha busca frenética por vestidos de verão e me virei para olhar para ela.

— Você já foi lá?

— Hmm, não. Quero dizer, sim. Eu fiz um tour antes de abrirem, mas nunca comi lá. Todo mundo quer comer lá. É um restaurante lindo com uma vista incrível. Como ele conseguiu reservas? Ouvi dizer que está lotado por pelo menos um mês.

Inclinei a cabeça.

— Por quê? O que tem de tão especial?

— A comida, a vista, o ambiente. O fato de ser o restaurante mais chique de Seaside... desculpa, mãe e pai.

Virando-me para olhar para os vestidos de verão na cama, suspirei.

— Então, não é casual chique, né?

— Acho que é, mas você definitivamente quer caprichar um pouco mais. Tenho o vestido perfeito pra você. Pegue um par de saltos bege e me encontre no meu quarto.

Segui as instruções da minha irmã mais nova, peguei meu par favorito de saltos e corri para o quarto dela. Parei abruptamente quando vi o vestido que Palmer segurava.

— Meu Deus. Esse vestido é deslumbrante, Palmer.

Ela sorriu enquanto olhava do vestido para mim.

— Custou uma pequena fortuna, e eu nunca tive a chance de usá-lo.

Balancei a cabeça.

— Eu não posso ser a primeira a usá-lo.

— Pode, sim — ela disse, segurando o vestido contra o meu corpo. Ele tinha flores e folhas bordadas em um tom verde-maçã. O comprimento ia até o meio da canela, e o tecido parecia macio e confortável.

— Tá, esse corte em V vai mostrar um pouco de decote — ela disse. — Sugiro não usar sutiã.

Assenti e peguei o vestido.

— Okay.

— A melhor parte é que ele tem bolsos.

Dei um sorriso.

— Adoro vestidos com bolsos.

— Verdade? Certifique-se de tirar uma foto e me enviar. Além disso, lembra como você costumava prender o cabelo enrolando diferentes mechas umas nas outras?

— Sim.

— Faça isso. Vai ficar um arraso com esse vestido.

Eu pulei de entusiasmo como uma colegial antes de me virar e sair do quarto da Palmer.

— Me sinto péssima por usar isso antes de você.

— Não se sinta. Fico feliz que alguém esteja usando. O pobrezinho estava preso no meu armário há quase um ano. Não é culpa dele que todos os homens sejam uns idiotas e eu nunca mais queira ter nada a ver com nenhum deles.

Parando na porta da frente, olhei para minha irmã.

— Por que você não me conta de verdade o que sente, Palmer?

Ela riu.

— Divirta-se! Tire muitas fotos. Ah, e mal posso esperar para contar à Sutton. Ela vai ficar mordida de ciúmes!

Quando cheguei ao carro, Gannon estava encostado nele, me esperando. Ele assobiou e sorriu, e eu não pude deixar de rir. Fazia muito tempo que eu não me sentia tão animada para um encontro.

— Pegou tudo? — ele perguntou, segurando a porta aberta para mim.

— Sim! Palmer me emprestou um vestido, está na minha bolsa.

Gannon deu a volta até o lado do motorista, entrou no carro e deu a partida.

— Ela disse que fez um tour pelo restaurante antes de abrir. E também disse que a lista de espera para uma reserva é de meses. Como você conseguiu uma para esta noite?

Gannon olhou para mim e piscou.

— Tenho meus métodos.

— Ah, é mesmo?

Ele assentiu.

— Sim. Acontece que o dono do restaurante é o Pete Wilson.

— Eu deveria conhecê-lo? — O nome não me era familiar.

Gannon riu.

— Talvez eu devesse dizer de novo: o dono é Pete *Wilson*.

Arregalei os olhos.

— Seu primo de Boston?

— Ele mesmo.

— Foi assim que você conseguiu a reserva?

— Foi exatamente assim. Não faz mal ser parente do cara que é dono do restaurante mais badalado da cidade.

— Não deixe meus pais ouvirem você dizer isso.

Gannon riu.

Eu sorri para ele.

— Nossa, espera até eu contar pra Palmer que você é parente do dono.

CAPÍTULO 15

Gannon

Olhei para o relógio e gritei:

— Precisamos sair em quinze minutos, Addie.

— Tá bom, estou quase pronta! — ela respondeu do banheiro.

Meu telefone vibrou, e eu o peguei para ver Trish me ligando.

— Oi, Trish, o que houve?

— Desculpa incomodar no seu dia de folga, mas parece que aquele furacão vai subir pela costa leste. Eles achavam que ele ia virar na altura das Carolinas, mas não parece ser o caso.

— Já é confirmado que é um furacão?

— Sim. Talvez categoria um, possivelmente dois. Se tivermos sorte, porém, as águas mais frias vão rebaixá-lo para uma tempestade tropical. Ainda é uma notícia ruim, mas seria melhor do que um furacão.

— Droga — murmurei. — Imagino que querem todo mundo de prontidão.

— Sim. Você está escalado para o dia em que ele deve atingir a costa. Já temos alguns navios cargueiros que disseram que não conseguem ancorar e enfrentar a tempestade, então o Tim queria que você se preparasse mentalmente para embarcar em alguns navios durante o temporal.

— Não será a primeira vez, nem a última, imagino.

Ela suspirou.

— Bom, era só isso que eu precisava dizer.

— Okay, Trish. Até logo.

Desliguei e passei a mão pelo rosto. *Porra.*

— Quem era?

Ao me virar para responder a Adelaide... eu congelei. Abri a boca para falar, mas demorei um pouco. Tudo que consegui fazer foi admirar a visão deslumbrante à minha frente.

— Puta merda... Você está linda, Addie.

Ela sorriu e girou levemente. O vestido verde girou ao redor das pernas dela antes de assentar novamente. Observei o decote, depois baixei o olhar até a cintura marcada que destacava a silhueta. O vestido ia até o meio das panturrilhas, e eu não sabia por que aquele pequeno pedaço de perna exposta parecia tão incrivelmente sexy.

— Meu Deus — sussurrei, indo em sua direção. Ela olhou para mim com aqueles olhos cinza brilhando de alegria. Era nítido que havia conseguido a reação que esperava. — Você é realmente a mulher mais linda que eu já vi.

As bochechas dela ficaram coradas, e ela sorriu antes de olhar para si mesma.

— Você está me deixando corada.

— E isso te deixa ainda mais linda, se é que isso é possível.

O cabelo dela estava preso como no nosso baile de formatura do ensino médio. A maquiagem estava tão natural que mal dava para notar que ela estava usando alguma coisa. O batom rosa suave combinava com o tom rosado nas bochechas.

Cobri um lado de seu rosto com a minha mão e me inclinei para beijar sua testa, para não estragar o batom.

— Sou o cara mais sortudo de Seaside. Na verdade, do mundo inteiro.

— Você sabe mesmo como fazer uma mulher se sentir especial, Sr. Wilson. E devo acrescentar, você está muito elegante nesse terno preto.

— Só estou dizendo a verdade. E obrigado. E, para responder sua pergunta, era a Trish ao telefone. Ela trabalha na administração portuária e basicamente mantém os navios entrando e saindo e o escritório funcionando.

Adelaide ergueu as sobrancelhas.

— Está tudo bem?

— Sim, está tudo bem. Ela só queria me lembrar de algo para quando eu voltar ao trabalho. Pronta para ir?

Adelaide estreitou os olhos, como se soubesse que eu não estava contando tudo. Prometi a mim mesmo que contaria tudo depois. Não queria estragar nossa noite. Sorri, e ela retribuiu o sorriso enquanto pegava a bolsa e um cardigã branco, parecendo deixar suas dúvidas de lado.

— Estou superpronta para ir — ela respondeu.

O celular dela vibrou, e ela conferiu o visor rapidamente. Revirando os olhos, disse:

— Palmer quer que tiremos uma selfie.
Rindo, peguei o celular dela e o estendi.
— Um, dois, três.
Depois de tirar a foto, devolvi o celular. Ela olhou para a imagem, sorriu novamente e a enviou para Palmer.
— Okay, vamos lá!

— Como está tudo? — nossa garçonete perguntou, olhando de Adelaide para mim.
— Tudo está delicioso. Nunca comi frutos do mar tão incríveis! — ela disse.
— Está realmente incrível — acrescentei.
Assim que a garçonete se afastou, Adelaide colocou o garfo na mesa e limpou a boca.
— O Pete é o chef?
— Sim, ele é.
— Uau, isso é incrível. Onde ele aprendeu a cozinhar assim?
— Em uma pequena cidade litorânea na Itália.
Os olhos dela se arregalaram de surpresa.
— Itália? Impressionante! Isso explica a influência mediterrânea.
— Ele morou lá por cinco anos, foi *sous chef* de um *chef* renomado. Ele adorou e, sinceramente, não queria ir embora.
— Não dá para culpá-lo. A Itália está na minha lista de sonhos.
Eu ri.
— Bom, de acordo com sua irmã, você deveria estar realizando esses sonhos enquanto ainda é jovem.
— Isso é verdade. Talvez um dia.
— E que tal para uma lua de mel?
Ela congelou.
— Uma... lua de mel?
Assenti.
— Sim.
Sua boca se abriu, depois fechou, depois abriu novamente.

— Acho que a Itália seria um lugar lindo para uma lua de mel.

— Eu também acho.

Adelaide me encarou, e tive que me segurar para não sorrir. Eu queria pedi-la em casamento mais do que qualquer coisa. Estava completamente pronto para seguir com nossas vidas. Já havíamos perdido muito tempo. Poderia pedi-la em casamento tão cedo? Precisaria refletir sobre isso.

Pigarreando, Adelaide pegou sua taça de vinho e quase a esvaziou.

— Mais vinho? — perguntei.

Ela apenas assentiu, e servi outra taça do vinho que havíamos pedido.

— Por que você me perguntou isso? — ela finalmente disse.

Dei de ombros.

— Estava curioso. Como eu disse, um dia planejo pedir você em casamento, e quero saber onde você gostaria de ir na lua de mel.

Seus olhos brilharam, e adorei ver mais cor tingir suas bochechas.

— Eu soube aos 18 anos que queria me casar com você — admiti. — Quando te abraço, sei que quero me casar com você. Quando faço amor com você, tenho certeza absoluta de que quero que você seja minha esposa.

Lágrimas começaram a brotar nos olhos dela.

— Sinto que minhas emoções ficaram em espera por anos. Agora que você voltou, quero tornar você minha, Addie. Quero me casar, ter filhos, envelhecer juntos.

Ela fungou e enxugou as lágrimas.

— Eu quero tudo isso também, Gannon. Sempre sonhei em me casar com você.

Era como se meu coração fosse explodir no peito. Ficamos nos encarando até alguém pigarrear, rompendo o transe. Olhei para cima e vi Pete parado ali, com um sorriso travesso.

— Devo pedir uma garrafa de champanhe para a mesa?

Adelaide e eu começamos a rir. Eu fiquei de pé e estendi a mão para o meu primo.

— É bom te ver, Pete. — Com um piscar de olhos rápido para Addie, emendei: — O champanhe ainda não. Mas espero que em breve.

Ambos nos viramos para encarar Adelaide, que nitidamente tinha um brilho nos olhos lindos.

— Eu, por exemplo, espero que, quando você fizer o grande pedido, considere fazê-lo aqui — Pete salientou.

Eu sorri, mas não disse nada.

— Está apreciando o jantar? — ele perguntou a Adelaide.

— Meu Deus, está maravilhoso. O *cioppino* simplesmente derrete na boca. E o espaguete com mariscos e alho... são de morrer.

— Ah, o *cioppino* — ele disse. — Foi, na verdade, um dos primeiros pratos que aprendi a fazer na Itália. Tornou-se uma das minhas especialidades.

Ela sorriu.

— Bom, por favor, não pare de fazê-lo. Está delicioso.

Pete fez um gesto para que eu me sentasse novamente.

— Por favor, sente-se e aproveite. O que achou da comida, Gannon?

— Como sempre, estava incrível.

— Gannon mencionou o tempo que passou na Itália? — Pete perguntou a Adelaide.

Ela ergueu a sobrancelha.

— Ele esteve na Itália?

Pete riu.

— Sim, ele foi me visitar quando estava de folga na Marinha.

— Estávamos atracados no Mar Mediterrâneo — eu disse —, então era óbvio que eu visitaria meu primo favorito.

— Primo favorito, hein? — Pete riu. — Se está tentando conseguir o jantar por conta da casa, vai precisar de mais do que isso.

Eu sorri.

— Nem pensaria em pedir algo do tipo.

Pete me deu um tapa nas costas.

— Ainda bem que já cuidei disso então, não é?

— Oh, Pete, você não precisava fazer isso — Adelaide o repreendeu. Ela piscou para mim, depois se concentrou novamente no meu primo. — Por favor. O Gannon é mais do que capaz de pagar.

Pete e eu rimos.

— Gosto dela — ele disse. — Não estrague tudo, Gannon.

— Pode confiar, não vou estragar. E obrigado pelo jantar.

Ele inclinou a cabeça.

— Foi um prazer. Aproveitem o restante da refeição.

Pete fez um sinal para alguém acender os aquecedores. Apesar de ser agosto, estava um pouco frio com a brisa vinda do oceano.

— Está no clima para sobremesa? — perguntei.

Adelaide contemplou o mar. O sol já havia se posto, e a lua brilhava, lançando uma luz branca sobre as ondas. Suspirando, ela se virou para mim.

— Acho que o tipo de sobremesa que estou querendo só posso conseguir com você.

Meu corpo reagiu imediatamente, e precisei me conter para continuar sentado. O que eu realmente queria era me levantar e arrastá-la para fora do restaurante.

— Acho que posso dar o que você quer.

Ela me lançou um sorriso provocante.

— Tem certeza?

Recostei-me à cadeira.

— Você está questionando minhas habilidades?

Com um suspiro fingido, ela respondeu:

— Nunca. Só estou me perguntando se você está à altura do desafio. Estou me sentindo aventureira.

Meu corpo começou a suar, apesar da noite fria.

— Puta merda, Addie. Está tentando me fazer te pegar aqui mesmo nesta mesa?

Ela fez um biquinho.

— Se fizéssemos isso, seu primo nunca nos deixaria voltar. E eu realmente quero voltar.

Peguei minha carteira, tirei algumas notas e as deixei de gorjeta para a garçonete.

— Vamos, estamos saindo. Vou mandar uma mensagem para o Pete agradecendo novamente pelo jantar. Agora, preciso te levar para casa.

Adelaide se levantou, pegou a bolsa e deixou que eu a guiasse pelo restaurante até o meu Jeep. Surpreendentemente, não fui parado por excesso de velocidade no caminho de volta.

Assim que entramos em casa, Adelaide levantou a mão para me impedir de me aproximar.

— O que quer que faça, não rasgue este vestido ou a Palmer vai me matar.

— Não sou um selvagem, Addie.

Ela piscou.

— Ainda não é.

CAPÍTULO 16

Adelaide

Na manhã seguinte, empurrei uma caixa para cima de uma prateleira e me virei para olhar a janela com tábuas. Meu coração estava pesado, e tentei com todas as minhas forças não me preocupar com Gannon. Eu confiava nele e sabia que ele tomaria todas as precauções necessárias, mas ainda sentia um aperto no peito toda vez que pensava nele enfrentando a tempestade.

Todos nós viemos até a Coastal Chic para ajudar Sutton a se preparar para o furacão que deveria chegar no dia seguinte. Brody, Gannon e Braxton já haviam colocado as persianas contra tempestade nas janelas e agora estavam na casa dos meus pais, ajudando a proteger o local e a erguer tudo do chão, caso houvesse enchente.

Palmer, Harlee e eu havíamos entupido nossos carros com o máximo de roupas da loja que conseguimos carregar e agora estávamos ajudando Sutton a colocar o restante das mercadorias nas prateleiras mais altas.

— Quão ruim você acha que vai ser? — Sutton perguntou.

— Não sei — respondi, dando de ombros. — Eu só estive em Boston *durante* um furacão, e lá alagou bastante.

Harlee suspirou.

— Pelo menos estão dizendo que será apenas categoria um, talvez até rebaixado para uma tempestade tropical.

— É — murmurei, colocando alguns itens em uma caixa sem pensar muito.

— Ei. Ele vai ficar bem — Sutton afirmou.

Tentei ao máximo sorrir e agir como se não estivesse preocupada, mas, por dentro, eu estava aterrorizada. Eu tinha ido à administração portuária com Gannon ontem e ouvi Trish discutindo sobre todos os navios que planejavam enfrentar a tempestade e os que precisavam entrar para descarregar suas cargas. Isso significava que Gannon, Chip e Josh, junto com outro piloto, iriam se revezar trazendo os navios para o porto.

— Addie, olhe para mim. — Harlee segurou minhas mãos e as apertou. — Gannon já fez isso antes. Ele e Chip são bons no que fazem. Eles tomam todas as precauções. Ele vai ficar bem.

Tive que me esforçar para engolir o nó na garganta enquanto lágrimas ardiam no fundo dos meus olhos.

— Minha mente me diz que ele vai ficar bem. É meu coração que está me torturando. Eu acabei de tê-lo de volta, Harlee. Ele me disse que quer se casar comigo. Não posso perdê-lo de novo. Eu não vou sobreviver desta vez.

Ela me puxou para os seus braços, e eu perdi a batalha contra as lágrimas.

— Shhhh... está tudo bem, Addie. Não chore, querida.

De repente, senti mais braços ao meu redor e percebi que minhas irmãs também estavam me abraçando.

Minhas lágrimas se transformaram em soluços. Uma parte minha se perguntou se eu estava finalmente liberando minhas emoções depois de tanto tempo após o término. Nunca havia me permitido chorar naquela época. Pelo menos, não um choro completo. Tinha sido algo mútuo. Nós dois havíamos concordado com aquilo, mesmo que meu coração tivesse sido arrancado do meu peito. Eu tinha me sentido assim por muito tempo. Talvez até o momento em que Gannon abriu sua porta há um mês. Agora havia a chance de perdê-lo novamente.

Afastei-me e olhei para minhas irmãs e minha melhor amiga.

— Estou tentando muito não ter medo.

Sutton colocou a mão na minha bochecha.

— Está tudo bem ter medo, Addie. Apenas lembre-se de todos os anos de experiência que Gannon tem com navios. Esta não é a primeira vez que ele enfrenta um furacão.

— Será a primeira vez que ele tenta subir em outro navio durante um furacão — argumentei.

Harlee balançou a cabeça.

— Você se esqueceu das tempestades que podemos ter aqui, Addie. Ventos tão fortes quanto os de um furacão. Gannon já faz isso há alguns anos; ele tem experiência e não fará nada que coloque a si mesmo ou outras pessoas em perigo. Você precisa confiar nele e confiar que Josh e Chip cuidarão dele.

Assenti.

— Eu confio. E sei que ele já fez isso antes. Só que...

Minhas palavras desvaneceram, e as três simplesmente ficaram ali, pacientemente esperando que eu terminasse.

— É só que… finalmente o tenho de volta na minha vida. Ele estava falando sobre se casar comigo durante o jantar outro dia.

— O destino trouxe vocês dois de volta um para o outro. Ele não vai separar vocês novamente — Palmer afirmou, colocando o braço em volta dos meus ombros. — Ele não é tão cruel assim.

Assenti e enxuguei as lágrimas. Não iria contar a elas que, mais cedo, tinha pesquisado no Google sobre acidentes com pilotos de portos. Não levou nem um minuto para eu parar de ler e fechar o navegador.

Sutton esfregou minhas costas.

— Respire fundo algumas vezes.

Fiz como ela instruiu e me senti um pouco melhor.

Harlee se levantou.

— Vamos terminar isso e depois ir para minha casa. Na verdade, por que vocês não arrumam uma mala e fazemos uma festa do pijama lá hoje à noite?

Palmer parecia preocupada.

— E o Whiskey? Não posso deixá-lo sozinho em casa.

— Leva ele — Harlee respondeu. — Ele vai adorar a Lou Lou. Mas leva comida pra ele, porque Lou Lou está em uma dieta especial para a bexiga.

Um sorriso largo surgiu no rosto de Palmer.

— Whiskey vai ter sua primeira festa do pijama!

Sutton riu e balançou a cabeça.

— Uma festa do pijama parece incrível. Mas você sabe que podemos ficar presas na sua casa quando a tempestade chegar, certo? Devemos parar no mercado e pegar mais comida?

Harlee parecia ofendida por Sutton sugerir que precisávamos de mais comida.

— Eu tenho comida e bebida de sobra.

— Pode contar comigo! Gannon foi chamado mais cedo, então ele estará no porto esta noite. Você tem algum Valium? Talvez eu precise — brinquei e soltei uma risada sem graça.

Harlee me lançou um olhar solidário antes de todas voltarmos a garantir que a loja estivesse segura. Nenhuma de nós disse mais nada até a hora de trancar e sair.

Dando uma última olhada na loja, Sutton se virou para nós.

— Agora está nas mãos de Deus.

— Com certeza — Harlee respondeu, passando o braço em volta de Sutton enquanto caminhavam para o estacionamento.

Palmer segurou meu cotovelo para me deter.

— Sabe, se você pedisse ao Gannon, tenho certeza de que ele deixaria você ficar no escritório da administração portuária esta noite.

— Ele já disse que eu poderia. Mas acho que não conseguiria assistir ele saindo na tempestade, sabendo o que vai fazer.

Ela assentiu.

— Entendo. Eu provavelmente sentiria o mesmo. Vamos manter sua mente ocupada, prometo.

Tentei agradecer, mas tudo o que consegui foi dar um pequeno sorriso. Se eu fosse me casar com Gannon algum dia, isso era algo com que eu precisaria me acostumar. Tinha que continuar me lembrando disso.

O vento uivava do lado de fora das janelas da casa da Harlee enquanto eu estava de pé, observando a chuva cair em cortinas grossas. O furacão havia sido rebaixado para uma tempestade tropical à medida que se movia mais para o Atlântico, mas ainda era uma ventania impressionante. Brody tinha ligado dizendo que a inundação não estava tão ruim até o momento, já que Seaside tinha diques para ajudar a proteger a área do centro. Ele passou pela Coastal Chic e tudo estava em ordem, o que trouxe um alívio enorme para Sutton. Ela havia agradecido a Brody repetidamente por verificar a loja e tranquilizá-la.

— Você teve notícias do Gannon? — Sutton perguntou, me entregando um copo d'água.

— Não, já faz algumas horas. Acho que ele não me deu o cronograma de propósito. Mas o Chip tem me mandado mensagens.

Ela sorriu.

— Homem esperto.

Meu celular vibrou. Era outra mensagem do Chip.

> Chip: Estamos indo, aviso você quando ele estiver a bordo com segurança.

Minhas mãos tremiam enquanto eu respondia.

> **Eu:** Obrigada, Chip. Você é incrível por me manter informada. Por favor, cuide dele.

> **Chip:** Sem problemas, vamos cuidar. Hoje temos dois marinheiros para ajudar.

> **Eu:** Como está aí fora?

> **Chip:** Acho que você realmente não quer saber...

Senti as lágrimas ameaçarem aparecer novamente, mas as reprimi.

— Quem era? — Sutton perguntou.

Tossi para clarear a garganta.

— Era o Chip. Ele disse que o Gannon está a caminho de um navio. Acho que eles têm dois marinheiros para ajudar a embarcar.

— Isso é bom.

Assenti, dando um sorriso forçado.

— Sim.

Ficamos em silêncio por alguns instantes antes de Sutton decidir assistir a um filme com Harlee e Palmer.

Cinco minutos depois, a energia acabou.

— Eu tenho velas na cozinha! — Harlee gritou.

Com agilidade, liguei a lanterna do meu celular e respondi:

— Eu cuido deste lado da casa.

Tínhamos nos preparado e deixado lanternas ou velas em todos os cômodos. Podia não haver muitos furacões por aqui, mas ainda tínhamos muitas tempestades que derrubavam a energia.

Depois de iluminar os cômodos principais com luz de velas ou lanternas, todas nos reunimos na sala e nos encaramos nervosamente.

Um barulho repentino e alto do lado de fora fez todas nós gritarmos.

Meu telefone tocou segundos depois. Olhei para a tela e vi que era minha mãe.

— Mãe? Vocês ainda têm energia? — perguntei.

— Sim. Tentei ligar para Palmer e Sutton. Vocês ainda estão juntas na casa da Harlee, não é?

— Sim, estamos todas aqui.

Ouvi minha mãe avisar meu pai que estávamos juntas antes de voltar ao telefone.

— Pelo menos os celulares ainda estão funcionando. Dê notícias de vez em quando para nos manter informados.

— Pode deixar, eu prometo — respondi, olhando para Sutton e Palmer. As duas estavam sentadas no sofá agora. Palmer estava com as pernas cruzadas sob si mesma, me observando, enquanto Sutton lia algo no celular. — O Brax está aí, né?

— Sim, querida, ele está aqui. Está tudo sob controle. Vocês têm carregadores portáteis para os celulares?

Não pude deixar de rir.

— Mãe, essa não é a primeira tempestade que enfrentamos.

Ela suspirou aliviada.

— Eu sei, mas é difícil quando meus bebês não estão comigo.

— Está tudo bem, mãe. Dê um beijo no pai e no Brax por todas nós.

— Pode deixar. Nos falamos em breve.

Encerrando a chamada, soltei um longo suspiro. Seria um dia e noite longos se a energia não voltasse.

— Alguém quer uma barrinha de proteína? — Harlee perguntou.

Palmer se levantou e foi para a cozinha.

— Talvez devêssemos tomar o sorvete do freezer. Sabe, caso a energia não volte tão cedo. Seria uma pena vê-lo derreter.

Todas rimos, porque não havia chance de derreter tão rápido, a menos que deixássemos a porta do freezer aberta. Mas rir era bom, aliviava um pouco a pressão no meu peito. Eu nunca tinha lidado com ansiedade e preocupação assim antes, exceto quando meu pai teve o ataque cardíaco. O estresse das últimas vinte e quatro horas estava começando a cobrar seu preço.

— Eu pego as tigelas, você pega a calda de chocolate — Sutton disse para Harlee.

— Estou indo!

Eu as segui e observei enquanto as três preparavam quatro tigelas de sorvete... mas algo me atraiu para as janelas.

Embora fossem apenas três da tarde, já estava escuro lá fora. As nuvens pareciam tão ameaçadoras que um calafrio percorreu meu corpo. Harlee tinha uma bela vista para a baía, e meus olhos foram direto para a água.

Naquele momento, uma dor aguda atingiu meu peito, e eu arfei tentando respirar.

— Addie, o que houve? — Sutton perguntou, correndo até mim.

Meu corpo inteiro ficou gelado, e um calafrio subiu e desceu pela minha coluna.

— Aconteceu alguma coisa — sussurrei.

— O quê? — Sutton perguntou, confusa, enquanto se virava para olhar pela janela. — O que você quer dizer com 'aconteceu alguma coisa'? O que você viu?

Eu me virei e corri de volta para a sala, onde havia deixado meu celular na mesa de centro.

Peguei o telefone e abri as mensagens, enviando uma mensagem para Chip.

> Eu: Ele conseguiu embarcar com segurança?

Eu fiquei encarando o telefone, implorando mentalmente por uma resposta. Dois minutos inteiros se passaram até que senti alguém colocar a mão no meu ombro.

— Addie, venha tomar seu sorvete — Sutton disse. — Chip disse que avisaria quando Gannon embarcasse. Ele provavelmente está tentando se manter emparelhado ao lado do barco e não consegue responder ainda.

Desvencilhando-me dela, eu me virei bruscamente.

— Tem algo errado, Sutton. Eu sinto isso!

Ela olhou para mim como se eu tivesse perdido o juízo. Quando começou a falar, balancei a cabeça violentamente.

— E nem pense em me dizer que preciso me acalmar! Estou dizendo que algo aconteceu. Alguma coisa está... eu... ele está...

Sutton rapidamente me puxou para seus braços e sussurrou:

— Shhh... você está preocupada e assustada, mas vai ficar tudo bem.

Meu celular tocou, e o nome de Braxton apareceu na tela de bloqueio. Eu atendi rapidamente.

— A-alô...?

— Addie?

— O que aconteceu? — perguntei.

— Recebi uma ligação para ajudar em uma busca e resgate.

Minhas pernas enfraqueceram.

— De quem?

Ele pausou por uma eternidade.

— Gannon e Josh. O navio executou uma manobra brusca e fez o barco-piloto virar. Chip e Mike estão bem, mas Gannon e Josh caíram na água. Estou chegando agora no cais.

Minhas pernas cederam, e eu soltei um grito que mais se parecia ao de um animal preso em uma armadilha. Nem percebi quando Sutton pegou meu telefone e Palmer e Harlee me ajudaram a levantar e me levaram para o sofá. Lágrimas escorriam pelo meu rosto enquanto soluços abalavam meu corpo.

— Meu Deus, ele caiu! Ele caiu!

Eu não conseguia parar de repetir essas palavras. Gannon estava na água. Durante a tempestade. Sozinho.

Virei-me para olhar para Palmer e vi o medo nos olhos dela. Lentamente, balancei a cabeça.

— E se esse for o nosso destino?

— Não. Esse não é o seu destino, Adelaide, e nem pense em desistir dele, você me ouviu? Não pense assim. — Palmer segurou meu rosto e me obrigou a olhar para ela. — Addie, não desista dele. Ele vai ficar bem. Diga isso.

Eu tentei falar, mas nada saiu.

— Diga! — Palmer gritou.

— Ele... ele... v-vai ficar... b-bem.

Palmer forçou um sorriso e me puxou para um abraço.

— Ele vai ficar bem — ela sussurrou.

Olhei para onde Harlee estava, ao lado de Sutton, que ainda estava ao telefone.

— Braxton, tome cuidado, está me ouvindo? Ligue ou mande uma mensagem assim que você... hmm... encontrar... — Seus olhos encontraram os meus. — Ligue assim que souber de qualquer coisa.

Fechei os olhos e chorei ainda mais enquanto minha irmã me embalava nos braços.

CAPÍTULO 17

Gannon

— Faz tempo que não vejo algo assim tão ruim! — Josh gritou enquanto Chip manobrava habilmente o barco-piloto pelas ondas em direção ao cargueiro.

— Temos um excelente timoneiro — respondi em voz alta.

Finalmente nos aproximamos do cargueiro, e o som do metal rangendo, enquanto a água batia com força contra a lateral do navio, criava uma atmosfera sinistra ao navegar pelas ondas agitadas.

— Chegando, Gannon! — Chip avisou.

Eu já havia desembarcado de um navio naquela manhã e, pela primeira vez na minha carreira, tive que admitir que estava preocupado. Chip tinha feito um ótimo trabalho nos posicionando ao lado do cargueiro, mas eu precisei me virar na escada de corda e, literalmente, pular para o barco-piloto. Josh teve que me segurar antes que eu caísse. Não estava animado para abordar o próximo navio.

— Porra! — gritei quando uma onda balançou o navio em nossa direção. Olhei para Josh. Ele não estava preso ao barco, o que era parte do protocolo de segurança quando me ajudava a embarcar. Apontando para o arnês dele, gritei: — Você não está preso!

Ele olhou para baixo e, quando voltou a me encarar, vi o medo em seus olhos. Eu sabia o que estava para acontecer.

O cargueiro inclinou-se na direção do barco-piloto e, antes que Chip pudesse nos tirar do caminho, se chocou contra nós. Tentei me segurar na barra, mas era tarde demais. O navio se inclinou demais, e uma onda arrebentou na superfície, jogando o cargueiro contra o barco-piloto. Antes que me desse conta, eu estava na água.

Ouvi gritos. Parecia a voz de Mike, mas o rugido das ondas e o som metálico do navio abafavam tudo.

Tenho que me afastar dos barcos. Tenho que me afastar dos barcos.

Nadei o mais rápido que pude. Não podia correr o risco de ser esmagado entre eles.

Avistando Josh boiando na água, nadei desesperadamente para alcançá-lo. Parecia que ele estava segurando uma corda presa ao barco. Ele devia ter agarrado antes de cair. Nunca tinha nadado com tanta intensidade na vida, lutando contra a corrente, o vento e as ondas. Foi difícil chegar até ele, mas, quando, por fim, consegui, agarrei a mesma corda.

— Você está machucado? — gritei.

Ele negou com um aceno de cabeça.

— E você?

— Não. Por milagre, fomos jogados para longe dos barcos.

Josh assentiu.

Puta que pariu. A primeira coisa que Chip faria seria avisar. Isso significava que eles chamariam a busca e salvamento. Alguém ligaria para o Braxton, já que ele fazia parte da equipe. Eu só podia torcer para que ele não ligasse para Adelaide imediatamente ou que Chip avisasse que estávamos à vista. Mas eu conhecia Braxton. Ele provavelmente ligaria para Adelaide para garantir que ela não ficasse sabendo por outra pessoa.

Alguém jogou um salva-vidas, e ele caiu bem atrás de nós. Eu gritei para Josh:

— Segure no meu casaco!

Josh segurou em mim enquanto eu enrolava a corda no meu braço. Provavelmente não era a decisão mais inteligente, mas o que eu menos queria era ser arrastado pela corrente para longe do barco.

Quando alcancei o salva-vidas, eu o coloquei em Josh e comecei a puxar a corda para sinalizar a Mike ou Chip que estávamos seguros.

O que aconteceu em seguida foi um borrão. As ondas nos golpeavam, jogando água salgada em nossos rostos. Entrou tanta água na minha boca que achei que fosse vomitar. Josh gritava para puxarem a corda, e, quando, por fim, senti que estávamos sendo puxados de volta ao barco, agradeci silenciosamente.

De repente, Mike nos puxou para dentro do barco e Chip começou a voltar para o porto.

— O navio! — gritei. — Preciso embarcar nele.

— Você não vai embarcar nele — Mike respondeu. — Eles já chamaram Hank para subir a bordo. — Ele segurou meu queixo e balançou a cabeça. — Você tem um corte enorme na testa.

Eu estava prestes a argumentar, mas minha visão começou a ficar turva, e o rosto de Mike lentamente foi substituído por escuridão total.

A voz de Adelaide. Eu podia ouvi-la. Será que ela estava no barco?
— Ele está acordando — disse alguém.
Braxton?
Lutei para abrir os olhos, mas a dor era insuportável.
— Sem pressa, Gannon. Sem pressa — disse a voz mais adorável que eu já tinha ouvido.
Adelaide. Ela estava aqui comigo.
Meu primeiro pensamento ao cair na água foi que precisava chegar até o barco-piloto. Precisava conseguir. Depois, percebi que deveria ter pedido Adelaide em casamento. Por que diabos eu estava esperando? Esperei tantos anos para tê-la de volta, e agora ela era minha. Ela estava aqui em Seaside, e eu não ia perder mais nem um minuto.
Abri os olhos, e o rosto lindo dela foi a primeira coisa que vi. Então, notei Braxton parado ao lado dela e franzi o cenho.
Ele sorriu.
— Parece desapontado em me ver, Gannon.
Desviei o olhar de volta para Adelaide, e a dor quase me venceu. Minha cabeça latejava.
— Ei.
Ela balançou a cabeça devagar.
— Ei.
— Eu amo você, Addie.
Ela levou a mão ao meu rosto.
— Eu amo você, Gannon. Nunca mais faça isso.
Sorri.
— Não pretendo, mas, para ser justo, não foi culpa minha.
Ela fechou os olhos e pareceu contar até dez antes de me encarar novamente.
— Desculpe se você ficou preocupada — murmurei.

Ela cerrou os lábios e tentou segurar as lágrimas.

— Eu fiquei com medo, mas confiei que você e Chip sabiam o que fazer para ficarem seguros.

Addie fechou os olhos, e uma lágrima, depois outra, escorreu. Estendi a mão e as enxuguei, atraindo seu olhar para mim novamente.

Coloquei a mão no pescoço dela e puxei seus lábios para os meus. Quando o beijo se aprofundou, ouvi Braxton pigarrear.

— Amigo, essa aí é a minha irmã, e eu ainda estou aqui.

Adelaide soltou uma risadinha, afastando-se um pouco.

— Como você se sente?

— Como se alguém tivesse quebrado uma garrafa de cerveja na minha cabeça.

Braxton sorriu.

— Bom saber que não sou o único que já passou por isso.

Virando-se para o irmão, Adelaide disse:

— Braxton, vá embora.

Ele sorriu, alternando o olhar entre mim e Adelaide.

— Vou avisar ao médico que você está acordado.

Eu teria assentido, mas sabia que doeria muito, então fiquei em silêncio até a porta se fechar.

Tentei me sentar.

— Não — Adelaide disse, colocando a mão suavemente no meu peito para me impedir. — Não se levante. Você precisa descansar.

— Merda, minha cabeça está explodindo.

Os olhos dela vasculharam meu rosto, como se procurassem algo. Finalmente, ela perguntou:

— O que aconteceu? Tudo o que sei é que Braxton ligou e disse que recebeu um chamado de busca e resgate. Que você e Josh caíram na água. Você caiu tentando embarcar no navio?

Fechei os olhos, inspirando profundamente antes de soltar o ar devagar. Pensar nisso já doía.

— Não. As ondas estavam inacreditáveis. Chip estava ao lado do cargueiro, e eu estava me movendo para o outro lado. O navio balançava muito, e eu estava tentando calcular o momento certo. Notei que Josh não estava preso. Ele deve ter pensado que estava seguro antes de sairmos, mas não estava. Fui até ele, e foi quando o cargueiro se moveu em direção ao barco-piloto. Ele nos atingiu no ponto exato, e Josh e eu caímos na água.

Suspirei.

— Devo ter batido a cabeça em algo. Chip fez um trabalho incrível para não nos atingir, ou talvez foi pura sorte. Vi Josh e comecei a nadar até ele. Vi um salva-vidas que Mike deve ter jogado. Peguei a corda, disse a Josh para não me soltar e, de alguma forma, consegui pegar o salva-vidas. Coloquei nele e enrolei meu braço na corda. Mike deve ter sentido ou visto, e ele nos puxou de volta.

— Chip disse que você queria voltar e embarcar no cargueiro para pilotá-lo.

Dei um sorriso fraco.

— Bem, é meu trabalho.

Ela fechou os olhos, nitidamente tentando se acalmar. Devia estar apavorada.

— E a tempestade? — perguntei.

— Acabou. Há alguns alagamentos, mas nada grave. O dique cumpriu sua função, com certeza. Ainda falta energia na maior parte da cidade.

— Você está bem, querida?

Ela começou a chorar novamente.

— Honestamente, não. Quero dizer, estou muito grata por você estar bem, mas a ideia de te perder quase me destruiu. Antes mesmo de Braxton sair no barco de resgate, Chip ligou para dizer que vocês estavam seguros. Mas foram os trinta minutos mais longos da minha vida. Eu fiquei tão assustada, Gannon.

Levei a mão ao rosto dela.

— Sinto muito. Você precisa saber que foi um acidente. Eu já tinha embarcado e desembarcado de outro navio antes daquele, e nada aconteceu.

Ela assentiu e enxugou as lágrimas.

— Eu sei. Sei que você é cuidadoso, e que Chip também é, mas isso não significa que vou parar de me preocupar todos os dias em que você sair. Com ou sem tempestade.

— Você me ajuda a sentar? — perguntei.

Ela rapidamente começou a ajustar a cama, levantando-a devagar e organizando os travesseiros.

— É uma sorte minha namorada ser enfermeira.

Addie revirou os olhos, mas pude ver um pequeno sorriso brincando nos cantos da boca dela.

— Você está com sede?

— Agora que você mencionou, sim.

Adelaide pegou uma jarra e me serviu um copo d'água. Dei alguns goles pequenos e devolvi o copo.

— Obrigado.

— E comida? Você acha que consegue comer algo?

— Acho que consigo tentar, contanto que não seja nada muito pesado e, de preferência, nada de comida de hospital.

Ela deu uma risada baixinha e pegou o celular.

— Vou ver se a minha mãe pode fazer uma sopa e talvez uma salada.

— O restaurante está aberto? — perguntei.

— Ainda não. Espero que a energia volte mais tarde hoje. A parte norte de Seaside já tem luz, mas a sul ainda não.

— Como ela vai cozinhar então?

Adelaide parou de digitar e me encarou.

— É um fogão a gás, e estamos falando da minha mãe. Se precisasse, ela faria uma fogueira no quintal.

Eu ri e imediatamente parei quando a dor me lembrou do motivo de eu estar ali.

— Você deve receber mais uma dose de analgésicos em breve — disse Addie. — Você levou pontos na testa por causa do corte.

Levei a mão à testa e fiz uma careta ao tocar a área que latejava.

— Ai, isso dói.

Ela riu.

— Imagino que sim.

Baixei uma mão e olhei para a outra, notando que estava com um acesso para o soro.

— Isso é mesmo necessário?

— Era, mas agora que você está acordado, provavelmente vão tirar. Você não deve precisar ficar aqui por muito tempo. Vão querer te observar, talvez fazer alguns exames, e então você provavelmente poderá ir para casa.

— Você vai estar lá?

Ela franziu a testa.

— Estar onde?

— Comigo, na minha casa, quando eu fugir desse 'presídio'.

Um sorriso se espalhou pelo rosto dela, tão quente quanto manteiga derretida no pão.

— Claro que sim.

— Ótimo. Mesmo que você tenha se mudado para a casa da Palmer recentemente, acho que deveria se mudar para a minha.

Ela deu uma risada curta.

— Acho que estamos indo rápido demais, Sr. Wilson.

— Eu não acho. Sei que te amo e quero passar o resto da minha vida com você, Addie. Você está com dúvidas?

— Dúvidas sobre nós? — ela perguntou. — Nunca. Só acho que deveríamos desacelerar um pouco. Você passou por algo bem traumático hoje, então entendo por que me pediria para ir morar com você.

— E você não acha que deveríamos, mesmo depois de tudo isso?

Adelaide segurou minha mão e apertou levemente.

— Para ser bem honesta, meu primeiro instinto foi correr para o cartório e me casar. Achei que tinha te perdido, e isso me deixou apavorada. Quero me casar com você mais do que qualquer coisa, Gannon. Mas também sei que não convivemos muito tempo juntos, pelo menos não nos últimos anos.

— Passamos quase todo o último mês juntos.

Ela sorriu de novo.

— E tem sido incrível. Não mudaria um segundo disso. Bem, exceto a parte em que você caiu no oceano durante uma tempestade tropical.

Dei uma risada sem graça.

— Eu também gostaria de mudar essa parte.

— Vamos focar em te tirar daqui e depois levar as coisas um dia de cada vez.

Olhando pela janela, notei o céu azul-claro. Era difícil acreditar que, não muito tempo atrás, o vento estava rugindo e a chuva caía implacável.

— É louco pensar que há pouco tempo estava chovendo tanto que nem dava para ver o céu, e agora está lindo lá fora.

Adelaide acompanhou meu olhar para a janela.

— É mesmo.

— Tudo bem — murmurei, com um suspiro. — Não vamos correr para o cartório para nos casar. Mas você pelo menos pensa em se mudar para a minha casa? Quero acordar com você nos meus braços todas as manhãs.

— Que tal eu levar algumas coisas para deixar na sua casa? Para começar, pelo menos.

— Acho que é um ótimo começo. — Olhei novamente para a janela e depois de volta para ela. — Então, o que aconteceu ontem não mudou nada entre nós, certo? Você não está muito assustada com o meu trabalho?

Inclinando a cabeça para o lado, ela respirou fundo e depois soltou o ar lentamente.

— Não vou mentir e dizer que não fiquei morrendo de medo. Mas também sei que você ama o que faz. Nós nos separamos uma vez para que pudéssemos seguir nossos sonhos, e a última coisa que eu faria seria te dizer que você não pode continuar vivendo o seu. Eu odeio que você tenha um trabalho perigoso? Sim. Mas vou estar ao seu lado, não importa o que aconteça. Essa é uma promessa que sei que posso fazer e cumprir.

Um alívio percorreu todo o meu corpo ao ouvir suas palavras. Algumas mulheres com quem namorei no passado odiavam meu trabalho, e uma até me disse que, se eu quisesse ficar com ela, precisaria desistir dele. Eu não estava apaixonado por ela, então foi fácil terminar. Mas ter Adelaide de volta na minha vida era diferente; eu tinha certeza de que, se ela me pedisse para parar, eu pararia. Eu odiaria... mas ainda assim faria.

— Gannon, olhe para mim — Adelaide disse enquanto eu voltava minha atenção para ela, afastando os pensamentos que vagavam pela minha cabeça. — Eu amo tudo em você, e isso inclui o seu trabalho maluco. Nunca vou te pedir para mudar por mim, e sei que você nunca me pediria para mudar por você.

Sorri.

— Gosto muito de saber disso.

Houve uma leve batida na porta, e o médico entrou.

— Como está se sentindo hoje, Gannon? — ele perguntou, com a enfermeira atrás dele.

— Como se alguém tivesse me acertado na testa com um taco de beisebol.

O médico sorriu.

— Imagino que sim. Você conseguiu um corte bem feio. Por sorte, tínhamos um cirurgião plástico de plantão ontem à noite, então acho que sua cicatriz de batalha não vai ficar muito ruim.

— Obrigada por cuidar tão bem dele — Adelaide disse, mostrando um sorriso brilhante para ambos.

— Como está o Josh? — perguntei.

— Ele está bem — respondeu o médico. — Sem ferimentos. Nós o examinamos e o mandamos para casa não faz muito tempo.

Suspirei.

— Sortudo. E quando eu poderei ir para casa?

— Seu exame de tomografia está ótimo, e o corte parece bom esta manhã, então começaremos a dar início à sua alta. — Ele se virou para a enfermeira. — Kathleen, pode aprontar os documentos de alta e certificar-se de que ele receba as instruções sobre como manter o ferimento limpo.

— Vou cuidar bem dele — Adelaide disse, olhando para mim e piscando.
— Ela é enfermeira — anunciei com orgulho.
Kathleen olhou para Adelaide.
— Perfeito. Então isso não será novidade para você. Vou organizar tudo.
— Posso receitar alguns analgésicos, se quiser — o médico disse, começando a escrever no meu prontuário.
— Não, obrigado. Vou ficar com Tylenol ou Advil.
Ele assentiu.
— Sinta-se à vontade para alterná-los, se precisar. E, se mudar de ideia, nos avise ou entre em contato com seu médico.
— Pode deixar. Obrigado por tudo.
Depois que o médico e a enfermeira saíram, me virei para Adelaide.
— Você decidiu se vai entrar em contato com o Dr. James sobre trabalhar para ele? Ou para o novo médico, imagino?
— Eu liguei para ele, e ele disse que o novo médico chegará à cidade em algumas semanas para entrevistar os candidatos. Faz sentido, já que é ele quem vai contratar.
— Faz sentido mesmo. Como será a transição de trabalhar com parto e nascimento para atuar em uma clínica geral?
— Vai ser uma adaptação, mas tenho confiança de que consigo fazer isso.
Estendi a mão para segurar a dela.
— Eu sei que você consegue. Juntos, podemos fazer qualquer coisa.
Ela se inclinou e me beijou suavemente nos lábios.
— Concordo plenamente.

CAPÍTULO 18

Adelaide

THE SEASIDE CHRONICLE

18 de agosto de 2022

Lançado ao mar

Seasiders,

Boatos no cais dizem que Gannon Wilson e Josh Tucker se envolveram em um acidente enquanto Gannon tentava embarcar em um dos navios cargueiros durante a Tempestade Tropical Bess. Estamos felizes em informar que ambos estão bem. Uma pequena gaivota até sugeriu que Gannon pode ou não ter pedido a Adelaide para morar com ele depois disso.

As pessoas estão comentando sobre a velocidade com que os dois antigos pombinhos estão se relacionando, mas acreditamos que é seguro dizer que uma situação de vida ou morte faz uma pessoa perceber o que realmente quer... ou precisa... na vida.

Falando de outro assunto, votem no Bom Partido da Temporada deste ano! Se os votos preliminares forem um indicativo, o Sr. Brody Wilson e o Sr. Braxton Bradley estão empatados na liderança. Embora não estejamos surpresos com o Sr. Wilson, não

> PODEMOS ESQUECER COMO O SR. BRADLEY REJEITOU HARLEE TILSON NO CASAMENTO DE RICHARD E CLAIRE ROBERTS NO VERÃO PASSADO, QUANDO ELA O CONVIDOU PARA DANÇAR. A POBRE COITADA DEVE TER FICADO HUMILHADA QUANDO BRADLEY A DISPENSOU. EU, POR EXEMPLO, POSSO CONFIRMAR QUE VOTEI NO SR. WILSON. PODEMOS TODOS CONCORDAR QUE AS GAIVOTAS ESTÃO SOBREVOANDO ESSE HOMEM? ESPERAMOS QUE O SR. BRADLEY TENHA SUPERADO O HÁBITO DE SER... DEIXAREMOS VOCÊS COMPLETAREM A FRASE.
>
> VOLTANDO À NOTÍCIA PRINCIPAL, SEASIDERS. VAMOS DESEJAR AO IRMÃO DE BRODY, GANNON — QUE PODE PRECISAR SE RETIRAR DO CONCURSO JÁ QUE ESTÁ FORA DO MERCADO —, UMA RÁPIDA RECUPERAÇÃO. TENHO CERTEZA DE QUE, COM SUA ENFERMEIRA PARTICULAR, ELE LOGO ESTARÁ RECUPERADO E TRAZENDO AQUELES NAVIOS EM SEGURANÇA NOVAMENTE!
>
> VENTOS FAVORÁVEIS E MARES TRANQUILOS!

Harlee estava sentada no balcão do Seaside Grill, olhando para a última edição do *The Chronicle*. Sua boca abriu e fechou algumas vezes antes de finalmente erguer a cabeça para encarar a mim e Palmer. Nós estávamos do outro lado do balcão depois de ajudar minha mãe com algumas tarefas administrativas.

— Humilhada quando Braxton Bradley me rejeitou? — Harlee rosnou. — Que porcaria é essa? Por que ela está *me* atacando?

— Ou ele — Palmer e eu dissemos ao mesmo tempo.

Harlee estreitou os olhos para nós.

— Tanto faz. Por que ele ou ela está me atacando?

Palmer pegou o jornal.

— Quero dizer, parece que eles foram mais contra Braxton do que contra você.

Harlee piscou algumas vezes.

— Eu não me senti humilhada, porque isso nem aconteceu!

— O que aconteceu então?

Harlee arrancou o jornal da mão de Palmer, e eu tive que me esforçar para não cair na risada.

Quando finalmente me controlei, disse:

— Não foi tão ruim assim, Harlee.

Ela balançou a cabeça, mas permaneceu em silêncio.

— Você não vai nos contar o que aconteceu? — Palmer perguntou.

Com um suspiro, ela respondeu:

— Nos disseram que tínhamos que dançar juntos porque estávamos na comitiva do casamento, e eles nos parearam. Mas depois tivemos uma... pequena discussão.

— Uma discussão? — perguntei.

Ela assentiu.

— Sim. Braxton ficou irritado com algo que eu disse e virou as costas pra mim. Então, para um observador, provavelmente pareceu que ele me esnobou. Mas ele não fez isso.

Palmer e eu encaramos Harlee.

— O que você disse? — perguntei.

Revirando os olhos, ela resmungou:

— Não importa. Eu não fui esnobada!

Levantei as mãos.

— Tudo bem, tudo bem! Você não foi esnobada.

Palmer riu, mas parou rapidamente quando Harlee lançou um olhar fulminante para ela.

A campainha acima da porta tocou, e um homem com um garotinho entrou. Todas as cabeças no lugar se viraram para ver quem eram os recém-chegados.

— Quem é *aquele*? — Palmer sussurrou.

— Um anjo enviado por Deus para provar que você está errada sobre os homens de Seaside — eu disse, com uma risadinha.

Palmer me lançou um olhar irritado, depois voltou a observar o estranho. Ruby os conduziu a uma mesa no canto e começou a anotar os pedidos de bebidas.

Seaside não era exatamente uma cidade turística, principalmente porque os visitantes achavam que não tínhamos praias bonitas – o que tínhamos. Não me entenda mal, recebíamos nosso quinhão de pessoas passando por aqui, especialmente por causa do nosso centro histórico. E a Ilha do Farol era, com certeza, um ponto turístico; todos amavam a travessia de balsa. Ainda assim, apesar de sermos uma cidade portuária, demos sorte em não atrair hordas de turistas. Então, sempre que alguém novo aparecia na cidade, as pessoas naturalmente ficavam curiosas.

— Pago cinquenta dólares para me deixar atender aquela mesa — Palmer disse para Ruby enquanto ela caminhava com as bebidas.

Ruby, que estudou com minha mãe no ensino médio, olhou para ela com uma expressão confusa.

— Você não está na escala de trabalho hoje.

Palmer implorou silenciosamente, com os olhos arregalados. Finalmente, Ruby suspirou.

— Tudo bem. Ele quer uma Pepsi Diet e o garotinho quer um copo d'água e um copo pequeno de leite.

Todos observamos Palmer rapidamente preparando as bebidas. Antes de ir até a mesa deles, ela olhou para nós e piscou.

— Que comece a investigação.

Assim que minha irmã saiu do alcance, olhei para Harlee.

— Investigação, uma ova. Ela viu aquele colírio e quer descobrir se é água de nascente pura ou contaminada.

Harlee soltou uma gargalhada e rapidamente cobriu a boca.

Observamos Palmer colocar as bebidas na mesa e se abaixar para ficar na altura do garotinho. Ela riu de algo que ele disse antes de se levantar e anotar o pedido. Depois de trocar mais algumas palavras, Palmer voltou para registrar o pedido.

— E aí? O que descobriu? — Harlee perguntou em um tom baixo.

Palmer me lançou um olhar antes de se concentrar na tela do computador, digitando o pedido.

— Vocês não vão acreditar em quem é ele — disse ela.

— Quem é? — Harlee sibilou.

Depois de terminar o pedido, Palmer se virou e encostou o quadril no balcão.

— É o Dr. Mason Bryan e o filho dele, Charlie.

— Não! — Harlee e eu dissemos ao mesmo tempo.

Palmer confirmou com a cabeça.

Olhei de volta para a mesa no canto e vi Mason... ou melhor, o Dr. Bryan, colorindo com o filho.

— Tenho uma entrevista com ele amanhã. Ele parece tão jovem — comentei. — Tipo, da minha idade.

— Ele tem 35 anos, e o filho dele tem 5 — disse nossa mãe, aparecendo do nada, secando as mãos com um pano de prato.

— Como você sabe? — perguntei.

Ela piscou para mim.

— Jantei com o Dr. James e a esposa dele, Lily, ontem à noite. O Dr.

Bryan estava lá com o filho. E antes que você pergunte, não, eu não fiz perguntas; ele ofereceu a informação.

— Ele é solteiro? — Harlee perguntou.

Minha mãe piscou novamente.

— *Isso* eu perguntei. A resposta é sim. Ele se divorciou da esposa pouco depois do nascimento do filho.

— Queria saber o que aconteceu — Palmer comentou enquanto lançava outro olhar discreto para o médico atraente. O cabelo dele era loiro-claro, e ele devia ter quase 1,80m. E, pelo jeito como a camiseta e o jeans moldavam o corpo dele, ele claramente estava em boa forma.

Mamãe deu de ombros.

— Ele não entrou em detalhes, mas não se preocupem, Lily sabia.

Harlee soltou um "*pfff*".

— Claro que sabia. Ela e Kimberley sabem tudo sobre a vida de todo mundo.

Ofeguei.

— Será que a Lily é a autora da coluna de fofocas?

Mamãe riu.

— Por favor, ela vive reclamando que quem escreve a coluna nunca checa as dicas que ela envia.

— Espera, ela manda dicas? — Harlee perguntou, intrigada.

Mamãe confirmou com a cabeça.

— Manda, sim.

— Então, isso elimina ela da lista — Palmer concluiu. Virando-se para olhar novamente o médico atraente, ela perguntou: — O que a Lily disse? Por que eles se separaram?

— Ele chegou em casa mais cedo uma noite, quando estava na faculdade de medicina... acho que não estava se sentindo bem ... e pegou a esposa na cama... com o irmão dele.

Todas nós suspiramos audivelmente, e eu tinha certeza de que todos no restaurante olharam para nós, incluindo a pessoa de quem estávamos falando.

— Que horrível — comentei.

— Pobre garotinho — Palmer disse, pegando a jarra de água. — Já volto. — Antes de ir para a mesa, ela parou brevemente no final do balcão para abastecer o copo de um cliente. — Como está a refeição, Tim?

— Está incrível, como sempre. Seu pai realmente sabe fazer um bom gumbo!

Sorrindo, Palmer concordou e seguiu até sua única mesa. Ela encheu o copo de água de Charlie antes de conversar com ele.

— Para alguém que desistiu dos homens, ela está toda falante com o Dr. Bonitão — Harlee observou.

Dei um sorriso irônico para ela.

— Dr. Bonitão?

Ela assentiu.

— Olá, seus olhos não funcionam mais, Addie? Aquele cara é um gato.

— Meus olhos funcionam muito bem. Mas, para sua informação, estou completamente apaixonada e só tenho olhos para um homem.

— Fico feliz em ouvir isso. — Eu me virei e deparei com Gannon parado ali com um sorriso convencido no rosto. — E quem é esse Dr. Bonitão? — ele continuou.

Harlee e eu apontamos para a mesa onde minha irmã ainda estava de pé. Ainda bem que era a única mesa dela, porque ela estava gastando bastante tempo por lá.

— Ele vai assumir o consultório do Dr. James — minha mãe acrescentou.

Gannon olhou para a mesa e franziu o cenho.

— Ele é o novo médico? É pra ele que você talvez vá trabalhar?

Consegui detectar um pequeno traço de ciúmes na voz dele, e sorri. Eu gostava do fato de Gannon estar um pouco enciumado. Isso me fazia sentir valorizada.

— Como eu disse, só tenho olhos para uma pessoa, e essa pessoa é você.

Ele piscou para mim.

— Por que você está aqui? — perguntei. — Você não deveria estar no trabalho?

Depois de ser obrigado a ficar em casa por quase uma semana, Gannon finalmente havia sido liberado para voltar ao trabalho. O período de descanso não se deu por ordens do médico dele, mas do chefe. Disseram que Gannon já estava trabalhando horas demais e precisava de uma pausa. Eu tinha certeza de que ele ia enlouquecer em casa. Apesar de termos saído para longas caminhadas, maratonado algumas séries e passado muito, mas muito tempo na cama dele, ele ainda estava entediado até a alma. Ele estava voltando ao serviço com horários limitados.

— Estou na minha hora de almoço — ele disse —, e um passarinho me contou que você estava aqui.

— Você não quis dizer uma gaivota? — Harlee brincou.

Ele sorriu para ela.

— Aah, sim. Parece que mencionaram você hoje, não é? Mal posso esperar para ver o que Brody e Brax acharão de suas menções honrosas também.

Eu ri.

— Brody vai adorar; Brax vai ficar bravo.

Gannon inclinou a cabeça para trás e soltou uma gargalhada.

— Essa é a mais pura verdade.

— Ainda não almocei, então posso me juntar a você — eu disse, contornando o balcão.

Era hora do almoço, e o lugar estava cheio, mas ainda havia algumas mesas disponíveis. Gannon colocou a mão na parte inferior das minhas costas e nos guiou até uma mesa, longe de onde o Dr. Bryan estava sentado com o filho.

Depois que nos sentamos e fizemos nossos pedidos à Ruby, Gannon perguntou:

— Então, o novo médico é casado?

— Não. Divorciado.

O olhar dele disparou para o outro lado do restaurante.

— Parece que Palmer gosta de conversar com ele. As outras mesas vão ficar irritadas se ela continuar dedicando toda a atenção só àquela.

Eu ri.

— Ah, a Palmer não está trabalhando hoje. Ela implorou para Ruby deixá-la atender o novo médico. Mas ela não sabia quem era na época. Ela alegou que era puramente para conseguir informações sobre o novo cara na cidade.

Os olhos de Gannon brilharam com diversão.

— Porque ela desistiu dos homens, certo?

Assenti e tomei um gole da água que Ruby havia colocado na minha frente.

— Você sabe que não estou nem um pouco atraída por ele, não sabe? — perguntei, estendendo a mão para segurar a de Gannon.

— Claro que sei. Eu confio em você, Addie.

Meu coração disparou no peito.

— E eu confio em você.

— Fiz uma reserva para o jantar amanhã à noite no Pete's. Ele está insistindo para eu te levar de novo lá, e prometi que iria. Espero que esteja tudo bem, já que tinha quase certeza de que você disse que estava livre.

— Completamente livre, especialmente se isso significa voltar lá para comer outra vez.

Gannon me lançou aquele sorriso torto dele, e eu senti um calor profundo no estômago.

— Na verdade, estava pensando que, já que você não precisa trabalhar amanhã, eu poderia passar a noite na sua casa hoje — eu disse.

O rosto dele se iluminou como uma árvore de Natal.

— Eu adoraria que você ficasse.

— Acho que vou aceitar. Palmer se voluntariou para ajudar Joyce Miller na aula de música na escola de ensino fundamental, ensinando as crianças a tocar violino.

Gannon franziu a testa.

— Ela sabe tocar violino?

— Não — salientei, balançando a cabeça. — Não, ela não sabe. Mas com certeza tem praticado todas as horas do dia e da noite.

Depois de me lançar uma expressão vazia por uns bons trinta segundos, Gannon finalmente explodiu em gargalhadas.

— Só a Palmer mesmo... — brinquei, com uma risadinha.

Ele balançou a cabeça.

— Eu não sei como ela encontra tempo para fazer tudo. Quantos empregos ela tem agora, afinal?

Olhando para cima enquanto contava, eu disse:

— Hmm, quatro? Não. Espera. Estamos contando o trabalho voluntário?

— Vamos contar — ele respondeu.

— Okay, ela tem o trabalho de limpadora de cocô às terças e quintas. Ela cuida de animais e casas para as pessoas, mas esses são serviços esporádicos. Ela trabalha na clínica veterinária como recepcionista às segundas e sextas. Ela é voluntária no abrigo de animais às quartas, onde brinca com os cães, limpa os canis e ajuda na recepção quando precisam dela. E, além disso, ela passeia com cães todos os dias.

— Então são cinco empregos.

— Sem contar as aulas de música.

Gannon balançou a cabeça.

— Por que diabos ela se ofereceu para isso se não sabe tocar violino?

— Para ser justa, ela *teve* aulas por uns três anos quando era mais nova. Ela conhece o básico, o que é tudo com que a Joyce se importa. Mas agora Palmer está obcecada em reaprender. Está tendo aulas pelo YouTube.

Eu observei Gannon realmente tentando não rir, embora ele logo tenha perdido a batalha.

— Tenta morar com ela — caçoei.

— Agora entendo por que você está na minha o tempo todo.

Dei a ele um sorriso sexy.

— Estou na sua casa o tempo todo porque o sexo é bom.

Um olhar de alarme surgiu no rosto de Gannon, e ele pigarreou de leve enquanto movia a cabeça em direção a algo atrás de mim. Quando me virei e vi meu pai parado ali, quase desmaiei. Quem se importava que eu tinha 31 anos? Ninguém deveria falar sobre sua vida sexual na frente dos pais. Especialmente do pai.

Engoli em seco e me levantei rapidamente, bloqueando Gannon da visão do meu pai. Se olhares pudessem matar, Gannon estaria no chão agora.

— Pai, você precisa de alguma coisa?

Ele espiou ao meu redor para encarar Gannon, depois revirou os olhos e voltou o foco para mim.

— Eu estava vindo pedir se você pode fazer o pedido de hortifruti pra mim. Sua mãe está no meio do preparo da lasanha para o especial de amanhã.

— Sim! — disparei, um pouco entusiasmada demais, antes de baixar o tom. — Eu ficarei feliz em fazer isso. Vou cuidar disso assim que terminar de almoçar com o Gannon.

Meu pai deu um passo para o lado e olhou diretamente para Gannon novamente.

— Tudo bem. Mas certifique-se de falar mais baixo. Não precisamos que o restaurante inteiro saiba sobre a sua… ah… bem… essa parte da sua vida. Então parem de falar sobre isso.

Tive que morder a parte interna da bochecha para não rir.

— Desculpa por você ter ouvido isso, pai.

Ele finalmente desviou seu olhar mortal de Gannon.

— Ele só está vivo porque eu gosto dele.

— Eu nem disse nada… foi ela! — Gannon exclamou.

Meu pai balançou a cabeça lentamente.

— Algum dia, filho, quando você tiver uma filha, você vai entender.

Dando um tapinha no braço do meu pai, eu disse:

— Deixe a lista na mesa da mamãe, e eu cuidarei disso antes de sair.

Antes de se afastar, meu pai apontou para Gannon e falou em gaélico:

— *Gortaich I agus gheibh thu bás.*

Os olhos de Gannon se arregalaram, mesmo que ele não tivesse ideia do que meu pai tinha dito. Quando meu pai finalmente voltou para a cozinha, Gannon perguntou:

— O que ele disse para mim?

— Meu gaélico está um pouco enferrujado, mas tenho quase certeza de que foi algo como: se você me machucar, ele vai te matar.

Os olhos de Gannon dispararam em direção à cozinha, e eu vi a sombra do medo no rosto dele, como se achasse que meu pai fazia parte da máfia irlandesa ou algo assim. Tive que travar a boca para não rir.

Quando ele finalmente olhou para mim de novo, cobri a boca com a mão para esconder o sorriso.

Ele pigarreou e tentou parecer casual:

— Ah, só isso?

CAPÍTULO 19

Gannon

— Gannon, você vai se concentrar ou eu preciso encontrar outro parceiro? — Brody gritou ao lançar a bola e quase acertar meu rosto.

— Desculpa se minha cabeça está em outro lugar — respondi, jogando a bola de basquete de volta para o meu irmão.

Braxton suspirou, olhando para Chip.

— Como você trabalha com ele?

Chip riu.

— Pode ser difícil às vezes.

Revirei os olhos. Os três não estavam planejando pedir a mulher que amavam em casamento mais tarde naquela noite. Não era culpa minha estar com a cabeça em outro lugar.

— Vamos terminar o jogo para que eu possa sair daqui. Nem sei por que deixei você me convencer a fazer isso, Brody — retruquei.

Os três trocaram olhares antes de me encarar.

— Cara, o que está acontecendo com você? — Chip perguntou. — É melhor resolver isso antes de voltar ao trabalho. Você não pode se distrair assim no serviço.

Braxton pegou a bola das mãos de Brody, correu para o outro lado da quadra e arremessou na cesta.

Gemendo, Brody foi até o banco e pegou uma toalha.

— Pra mim já deu.

Eu o segui, enquanto Chip e Braxton comemoravam a vitória da maneira mais irritante possível. Pulando e batendo as mãos no ar, gritando e fazendo festa. Algumas mulheres do lado observaram e sussurraram, sorrindo conforme nos encaravam. Chip captou a atenção delas e sorriu de volta.

— Boa tarde, senhoritas — ele disse, antes de, finalmente, vir até nós. — Valeu pelo treino, rapazes, mas agora vou para os pesos. Brax, vem comigo?

Braxton olhou para Chip com uma expressão confusa.

— Você acha mesmo que eu vou treinar ao seu lado?

Chip franziu o cenho.

— Por que não?

— Ah, deixa eu ver. Porque você é todo musculoso como um maldito...

Nós nos inclinamos para ouvir como Braxton ia descrever Chip.

— Eu sou todo musculoso como o quê? — Chip perguntou, rindo.

— Eu não vou treinar com você. Você me faz parecer menos homem.

Nós três caímos na gargalhada.

— Se a carapuça serve — Chip disse, dando um tapa nas costas de Braxton.

Braxton sorriu e o empurrou.

— Vai se ferrar, Chip.

Chip era, de fato, um cara musculoso. Ele fez parte do time de luta livre no colégio e fez boxe enquanto estava na Marinha. Ele voltou para Seaside não muito antes de eu sair do serviço. Pelo que pude ver, ele curtia a vida de solteiro e nunca tinha problemas para sair com mulheres.

— Até mais, perdedores! — Chip gritou, seguindo para a sala de pesos. Uma das mulheres com quem ele flertou pegou sua bolsa, acenou para as amigas e rapidamente o seguiu.

— O filho da mãe provavelmente vai se dar bem hoje à noite — Braxton resmungou.

Brody suspirou e começou a arrumar sua bolsa de ginástica.

— Ciúmes não cai bem em você, Brax. Ou ainda está bravo com a coluna de fofocas?

Eu ri quando Braxton lançou um olhar enviesado para Brody.

— Fui tratado de forma injusta naquele maldito artigo — Braxton disse. — Ou o que quer que você queira chamar.

Brody ergueu uma sobrancelha.

— Você deu um fora na Harlee naquele casamento?

Braxton abriu a boca e depois a fechou.

— Vou levar isso como um sim.

— Vai se ferrar, Brody. Tem mais nessa história.

Eu sorri e balancei a cabeça, pegando minha bolsa.

— Sempre tem quando se trata de fofocas. Preciso ir.

Brody me deteve antes que eu pudesse sair.

— Ei, antes de você ir, o que vai fazer hoje à noite? Não temos uma noite dos parças faz tempo. Estava pensando em pedir umas pizzas, talvez jogar um pouco de pôquer.

— Sim! — Braxton exclamou, fazendo um gesto com o punho. — Cara... pizza, cerveja e pôquer. Como você pode recusar uma coisa dessas?

— Não posso hoje — respondi, sentindo meu rosto esquentar enquanto olhava para Braxton.

— Por quê? — ele e Brody perguntaram ao mesmo tempo.

— Tenho um jantar com a sua irmã hoje à noite no Pete's, lembra?

Braxton assentiu, mas Brody bufou.

— Cara, desde que a Adelaide voltou para a cidade, você tem nos deixado de lado. Estou surpreso que você tenha vindo jogar hoje.

Cocei a nuca.

— Não estou deixando vocês de lado.

Meu irmão ergueu uma sobrancelha.

— Sério? Na semana passada, quando perguntei se queria almoçar, o que você disse?

— Eu já estava almoçando com a Addie.

— E na semana anterior, quando perguntei se queria ir até Portland comigo para buscar uns materiais de solda, o que você disse?

Suspirando, respondi:

— Não podia ir porque Addie e eu tínhamos planos.

Ele assentiu.

— Eu entendo que você passou por uma experiência de quase morte, mas, cara, sou seu irmão. Também preciso de tempo com você.

Braxton riu.

— Agora quem parece ciumento? Esqueceu que ele vai pedir ela em casamento hoje à noite?

Sem olhar para Braxton, meu irmão mostrou o dedo do meio para ele.

O rosto de Brody se abriu em um sorriso largo.

— Espera, é hoje à noite? Caramba, confundi os dias.

Braxton se virou para mim.

— Você falou com meu pai, né?

Se tinha uma coisa que eu sabia, era que precisava pedir permissão ao Keegan para me casar com a filha dele. Eu namorei com a Addie por quatro anos e sabia o quão tradicionais Keegan e Barbara eram.

— Claro que falei com ele — confirmei.

Braxton assentiu.

— Ainda bem, ou ele poderia ter te matado.
— Rá-rá — respondi.
— Ela faz alguma ideia? — Brody perguntou.
— Acho que não.
Ele estendeu a mão, e nós nos cumprimentamos com um aperto.
— Estou muito feliz por vocês dois — ele disse. — Sei o quanto vocês se amam, e fico contente que Addie finalmente tenha voltado para a cidade, mesmo que ela tenha te roubado de mim.
Dei um leve soco no braço do meu irmão.
— Eu também.
— Ken e Janet sabem? — Braxton perguntou.
Balancei a cabeça.
— Cara, você não contou para a mamãe e o papai? — Brody perguntou.
— Ainda não, mas não se preocupe. Vou avisar todo mundo em breve. Estou planejando convidar nossas famílias para o restaurante hoje à noite.
Brody riu.
— Mano, só vou dizer uma coisa: é melhor garantir que a mamãe não descubra isso pela coluna de fofocas.
Foi a minha vez de rir.
— Pode confiar, quando saiu a última coluna e ela me ligou furiosa, prometi a mim mesmo que da próxima vez ela seria a primeira a saber.
Brody e Braxton riram.
Comecei a dar alguns passos em direção à saída.
— Preciso ir.
— Então, nos vemos mais tarde hoje à noite, imagino. E parabéns! — Braxton gritou.
Meu irmão me lançou um sorriso cúmplice.
— Até mais, Gannon.
Enquanto caminhava até o estacionamento, o nervosismo começou a me inundar. Eu sabia que Adelaide diria sim; realmente não sabia por que estava tão nervoso. Acelerando o passo, corri até o carro. Assim que entrei, liguei para Pete.
— Oi, Gannon.
— Como estão as coisas, Pete?
— Tudo tranquilo por aqui. E você?
— Nervoso.
Ele riu.

— Ela vai dizer sim. Está tudo pronto... e você vai ficar me devendo e muito por essa.

Sorri.

— Muito obrigado, Pete. Não vou esquecer isso.

— Sem problemas, primo. Nos falamos em breve.

Coloquei o telefone de volta na bolsa de ginástica e fui para casa tomar banho e me arrumar.

A água pingava do meu corpo quando enrolei rapidamente uma toalha na cintura e corri para atender o celular que estava tocando.

— Alô?

— Oi, sou eu.

Sorri ao ouvir a voz de Adelaide.

— Como foi o seu dia? — perguntei.

— Foi bom. A entrevista foi ótima. Ele me contratou!

— Isso é incrível, querida. Quando você começa?

— Ainda não acertamos todos os detalhes. Ele me convidou para jantar hoje à noite com ele e o Dr. James para falar mais sobre isso.

Meu coração afundou no estômago.

— Mas eu disse que tinha planos. Ele foi muito gentil e disse que tentaremos marcar outra hora. Acho que ele já ligou pra minha supervisora anterior no hospital e recebeu uma recomendação excelente. Ela disse que ele seria louco de não me contratar.

Soltei o fôlego que estava segurando.

— Isso é maravilhoso, Addie.

— Parece que serei uma mulher empregada novamente.

— Ele seria um idiota se não te contratasse.

— Você é suspeito.

Dei uma risada.

— Talvez um pouco. Ainda está tudo certo para eu te buscar por volta das seis e meia? Nossas reservas são para as sete.

— Perfeito. Te vejo mais tarde.

— Até lá. Amo você, Addie.
— Também te amo, Gannon. Tchau.
— Tchau.

Desliguei e joguei o telefone na cama, depois me virei e voltei para o banheiro. Hoje à noite, finalmente faria o que vinha sonhando desde o momento em que coloquei os olhos em Adelaide Bradley pela primeira vez.

CAPÍTULO 20

Gannon

Enxuguei as mãos na calça e respirei fundo antes de bater na porta da frente da casa de Palmer. Não fazia ideia do porquê diabos eu estava tão nervoso. Eu basicamente já tinha perguntado a ela antes, e sabia qual seria a resposta. Mas agora era pra valer.

Nem um segundo depois, a porta se abriu de repente, e Palmer me recebeu com um sorriso malicioso. Antes que eu pudesse dizer qualquer coisa, ela disparou:

— Conversei com o Brax — ela disse, agarrando meu braço e me puxando para a sala de estar. — Estou tão feliz que ele me contou, assim pude ajudar a Addie a escolher um vestido para usar.

— Ela não sabe, não é?

Palmer me lançou um olhar.

— Você acha que sou tão burra assim? Não disse uma palavra. Agora, posso ver o anel?

Rindo, balancei a cabeça.

— Não! Não vou mostrar o anel antes de fazer o pedido.

Ela fez um beicinho, mas logo sorriu.

— Resposta certa! E boa jogada ter ido falar com o papai primeiro.

— Bem, ele disse um monte de coisas em gaélico pra mim enquanto sua mãe ficava lá sorrindo, então vou fingir que eram conselhos e não ameaças de morte.

Palmer fez uma careta.

— Provavelmente eram maneiras detalhadas de como ele te destruiria se você machucasse a filha mais velha dele. Mamãe achou que ele ia acabar na cadeia depois de descobrir como Jack tratava a Sutton. Foi preciso Braxton convencê-lo do contrário, senão papai talvez tivesse sido preso por assassinato.

KELLY ELLIOTT

Fechei os olhos e suspirei.

— Obrigado, Palmer. Gostei mais da minha versão.

— Tenho certeza disso — ela murmurou. Então, se virou e gritou: — Addie! Gannon está aqui para o seu encontro!

— Minha nossa... — eu disse, com uma risada. — Acabei de ter um *déjà-vu* da época em que vinha buscar a Addie no ensino médio.

Palmer piscou para mim antes de se jogar no sofá.

— Espere até vê-la. Você vai cair pra trás.

— Oi — uma voz suave soou, me fazendo desviar o olhar de Palmer.

Minha respiração ficou presa na garganta ao vê-la. Adelaide estava ali com o sorriso mais meigo no rosto. O cabelo estava preso, e a maquiagem um pouco mais carregada que o habitual, mas, ainda assim, discreta. Meus olhos foram direto para os lábios vermelhos, e eu gemi internamente.

— Estou bem assim? — ela perguntou, estendendo os braços e girando. Minha língua parecia pesada na boca enquanto eu deixava meu olhar percorrer seu corpo.

Ela usava um vestido bege justo, sem alças, que ia até os joelhos. Ele destacava suas curvas, e minha boca chegou a salivar ao admirar os contornos de seus seios. Eu sabia, sem sombra de dúvida, que todos os homens no restaurante ficariam olhando para ela. A parte de trás do vestido era aberta, mas de maneira sutil, apenas o suficiente para revelar um vislumbre saudável de sua pele rosada. Para completar o visual, ela calçava um salto alto bege, deixando suas pernas deslumbrantes.

O que eu realmente queria era levá-la de volta ao quarto e lentamente tirar aquele vestido dela.

Tudo a seu tempo, Gannon. Tudo a seu tempo.

— Addie, você está linda — murmurei conforme me aproximava. Eu quase tinha medo de tocá-la. Ela era perfeita em todos os sentidos.

Suas bochechas ficaram levemente rosadas, e ela olhou para si mesma antes de voltar a encontrar meu olhar.

— Não está exagerado? Palmer insistiu para eu me arrumar, e acho que não é muito para o Pete's, mas...

— Está perfeito. Você está deslumbrante. Linda. Estonteante. Eu... eu te amo.

Palmer e Adelaide soltaram risadinhas suaves.

— Por que não consigo encontrar um cara como você, Gannon? — Palmer comentou, suspirando.

Adelaide lançou um sorriso à irmã e então se voltou para mim.

— Você está muito elegante esta noite, Sr. Wilson, com sua calça social e camisa de botão. Gostei da gravata.

Olhei para minha calça preta e camisa branca. Eu usava a gravata azul-petróleo que Adelaide me deu no terceiro ano do ensino médio, quando precisei de uma para uma entrevista de emprego. Eu adorava aquela maldita gravata.

— Essa é minha gravata favorita. Não tenho muitas chances de usá-la.

Ela ergueu uma sobrancelha e sorriu de canto.

Palmer pigarreou.

— Okay, sério, a tensão sexual aqui está começando a me deixar desconfortável.

Adelaide riu.

— Provavelmente devemos ir. Deixa eu pegar minha bolsa.

Palmer se levantou de um salto.

— Espera! Aqui, use minha *clutch*. Combina perfeitamente com esse vestido. Já coloquei seu documento e celular nela.

Adelaide sorriu e beijou a irmã no rosto ao pegar a bolsa.

— Aww, obrigada, Palmer. Você foi de grande ajuda.

Palmer acenou displicentemente.

— É divertido brincar de vestir.

Adelaide se virou para mim.

— Pronto?

— Estou pronto. Vejo você mais tarde, Palmer.

Ela acenou com os dedos e sorriu de forma travessa.

— De alguma forma, acho que você não vai voltar aqui esta noite depois de usar esse vestido, Addie.

O rosto de Adelaide ficou vermelho antes de ela segurar meu braço. Eu a conduzi até meu Jeep e abri a porta do passageiro. Ela entrou e me agradeceu.

Quando fechei a porta e dei a volta para o lado do motorista, Palmer gritou da porta da frente:

— Divirtam-se!

Adelaide acenou, e, assim que entrei no carro e fechei a porta, ela se virou e me deu aquele sorriso brilhante que me fazia perder o fôlego.

— Estou morrendo de fome, e tudo o que consigo pensar é naquela sopa italiana.

Soltei uma risada.

— Você não vai experimentar nada diferente no menu?

Ela me lançou um olhar que dizia, obviamente, que ela ia, enquanto dirigíamos em direção à avenida principal. Peguei um caminho mais longo, indo em direção à baía e ao *Pete's Place*, para dar tempo a todos de chegarem ao restaurante. Chip já estava lá, ajustando tudo para gravar o momento em que eu pediria Adelaide em casamento. Eu também tinha dado outra câmera para Pete e pedi que ele a escondesse em algum lugar no cais.

Quando chegamos, estacionei o carro e respirei fundo. Adelaide estava ocupada olhando para o estacionamento vazio.

— Deixa eu abrir a porta pra você, espera aí.

— Que cavalheiro esta noite.

Peguei sua mão e beijei o dorso.

— Espero ser sempre.

Ela piscou.

— Na maioria das vezes. Mas gosto quando o seu lado 'bad boy' aparece.

— Sério? Vou lembrar disso quando tirar esse vestido de você mais tarde.

Ela mordeu o lábio inferior, e eu quase gemi.

— Continue mordendo o lábio assim e vamos pular o jantar direto para a sobremesa — brinquei.

— Desculpa — murmurou, fazendo um biquinho.

Enquanto a ajudava a sair do carro, ela olhou em volta mais uma vez.

— Uau, não tem muita gente aqui esta noite.

Olhei ao redor.

— Não mesmo. Estranho.

— Ah, espero que as pessoas não percam o interesse neste lugar. Sei que é um pouco mais chique e caro que outros restaurantes em Seaside, mas eu adoro.

Coloquei a mão em suas costas e a guiei até a entrada.

— Provavelmente é só uma noite tranquila. Afinal, é quarta-feira.

Assim que entramos, Pete nos cumprimentou:

— Oi, vocês dois. Que bom que vieram.

Adelaide olhou ao redor do restaurante vazio e depois para Pete. Eu podia ver a preocupação em seus olhos, mas ela tentou manter um sorriso no rosto.

— Eu achei que vocês gostariam de se sentar no deque — ele disse. — É uma noite de agosto linda, e a temperatura está perfeita.

Adelaide assentiu quando Pete fez sinal para seguirmos à frente.

— Parece incrível, Pete. — Enquanto caminhávamos pelo restaurante, ela perguntou: — Onde estão todos?

— Ah, isso — Pete respondeu. — Alguém reservou o restaurante inteiro para um evento privado.

Adelaide parou de andar por um momento.

— O restaurante todo?

— Todo, dentro e fora — Pete respondeu.

Adelaide agarrou meu braço e tentou me deter.

— Gannon, não podemos invadir a festa de outra pessoa.

Dei uma risada e fiz sinal para que ela continuasse andando. Pete passou por nós e disse:

— Vamos, a mesa de vocês está pronta.

Quando Addie balançou a cabeça, dei um leve puxão nela.

— Confie em mim, está tudo bem.

Chegamos à porta que dava para fora, e pude ouvir Adelaide murmurando algo sobre 'privilégios e sobre não abusar disso'.

Pete saiu do caminho, revelando o deque inteiro iluminado com velas e lâmpadas retrô penduradas de ponta a ponta. Buquês de rosas cor-de-rosa estavam em todas as mesas, com o maior deles no centro do deque. Reservar um restaurante inteiro de última hora já era difícil o suficiente, mas pedir à florista local dezenas de rosas em poucos dias? Isso foi um verdadeiro milagre. Ela só concordou porque Adelaide costumava cuidar dos filhos dela, que ainda a adoravam.

Addie ficou boquiaberta ao ver tudo.

— Gannon... você fez isso?

Dei uma risada suave.

— Não eu pessoalmente. Tive um bocado de ajuda de várias pessoas.

Ela girou e me encarou, com lágrimas nos olhos.

— Você reservou o restaurante inteiro do seu primo?

— Por apenas duas horas.

— Mas... por quê?

Levantei a mão e coloquei uma mecha de cabelo que o vento tinha bagunçado atrás da orelha dela.

— Porque eu te amo, Addie, e queria que esta noite fosse especial pra você. Agora, se puder se sentar aqui, tem uma coisa que quero te mostrar.

Pete puxou a cadeira que havíamos planejado para Adelaide se sentar. Ela estava de frente para o bar externo, que tinha uma TV de tela grande montada acima.

Adelaide se sentou, e a TV foi ligada.

— Você está na TV! — ela riu.

Pete me deu um rápido aceno antes de sair discretamente. Lynn, a filha mais nova do prefeito de Seaside, era nossa garçonete naquela noite. Eu a havia pedido especificamente, já que sabia que ela estava prestes a ir para a faculdade de enfermagem. Ela se aproximou com duas taças e nos serviu champanhe.

Adelaide olhou mais de perto para as taças e levou a mão à boca para conter um soluço.

— Elas estão com nossos nomes e a data de hoje gravados.

Tudo o que pude fazer foi sorrir. Se falasse algo, começaria a chorar como um bebê.

O vídeo que Harlee me ajudou a criar começou a ser exibido. Era uma montagem da nossa vida juntos, começando aos 10 anos, quando Adelaide e eu nos conhecemos e nos tornamos melhores amigos. As fotos avançavam conforme crescíamos: o primeiro baile em que a convidei, imagens nossas na praia com os amigos no ensino médio, uma selfie no dia em que fui para a Academia e outra tirada um ano depois, quando ambos estávamos de volta a Seaside e passamos o fim de semana juntos.

Lynn entregou uma caixa de lenços para Adelaide, que secou os cantos dos olhos. Nem sabia quando começamos a segurar as mãos, mas o polegar dela acariciava minha pele, deixando um rastro de calor. Sempre foi assim. Uma conexão tão real que às vezes me tirava o fôlego.

Eu a observava enquanto ela assistia ao vídeo, com as lágrimas fluindo mais rápido. Honestamente, não sabia como tinha conseguido viver os últimos oito anos sem ela.

Quando o vídeo acabou, tirei a caixinha do anel do bolso e me ajoelhei. Adelaide levou a mão à boca enquanto tentava conter os soluços.

Pigarreei de leve, mas minha voz falhou. Tentei novamente.

— Meu amor, eu soube aos 10 anos que te amaria por toda a eternidade. Sei que sou o homem que sou hoje por sua causa. Não importa o tempo que passamos separados, porque você nunca deixou meu coração. Você sempre esteve aqui.

Coloquei a mão sobre meu coração, e ela a cobriu com a dela.

— Gannon... — ela sussurrou.

— Addie, quero passar o resto da minha vida com você. Você é a única, sempre foi a única. Meu único objetivo a partir de agora é te fazer a mulher mais feliz do mundo. Você me dá a honra de estar ao seu lado enquanto navegamos por esta vida juntos? De termos uma família e envelhecermos lado a lado? Adelaide Saoirse Bradley... você aceita se casar comigo?

Adelaide segurou meu rosto com as mãos e inclinou-se.

— Sim! Sim, para tudo isso!

Em seguida, pressionou os lábios nos meus. Levantei-me, puxei-a para meus braços e a segurei firme.

O som de aplausos ressoou. Adelaide recuou, rindo, enquanto nossas famílias surgiam de todos os lados.

— Meu Deus, você sabia! — ela disse a Palmer, quando a irmã mais nova a abraçou.

Palmer, com lágrimas escorrendo pelo rosto, assentiu.

— Braxton chegou logo depois de vocês saírem. Tive que me arrumar na velocidade da luz.

Adelaide olhou para mim.

— Foi por isso que você pegou o caminho mais longo até aqui?

Assenti.

— Eu precisava dar tempo para todos chegarem.

Adelaide riu, depois abraçou sua família e a minha, enquanto todos esperavam pacientemente sua vez para nos parabenizar. Quando Keegan chegou até mim, ele me puxou para um abraço e deu um tapa nas minhas costas.

— Sempre soube que você seria o homem com quem ela se casaria. Não poderia estar mais orgulhoso de tê-lo como meu filho.

Foi minha vez de enxugar as lágrimas. Mal conseguia falar, mas, de alguma forma, perguntei:

— Foi isso que você me disse em gaélico na semana passada?

Ele afastou a cabeça e franziu o cenho.

— Não. Estava detalhando exatamente como te mataria se você a machucasse.

Meu sorriso sumiu rapidamente.

Braxton passou pelo pai e me puxou para um abraço.

— Já estava na hora! — ele disse, batendo nas minhas costas.

Depois que todos os abraços e lágrimas cessaram, nós nos sentamos para desfrutar do jantar. Pete também se juntou a nós, assim como Harlee e Ruby.

Enquanto observava nossas duas famílias se misturarem como uma só, senti meu peito se apertar de tanto amor que pensei que poderia explodir. Peguei a mão de Adelaide e murmurei:

— Eu te amo. — Ela sorriu e se inclinou para me beijar.
— Eu te amo mais.
Balancei a cabeça de leve e sussurrei:
— Impossível.

CAPÍTULO 21

Adelaide

O anel no meu dedo era a coisa mais linda que eu já tinha visto. Mas... eu já o tinha visto antes. Dez anos atrás. Quando eu estava no quarto do Gannon e ele se ajoelhou, me pedindo em casamento.

Éramos tão jovens e, embora eu quisesse dizer sim, eu sabia – assim como Gannon – que não daria certo. Claro, seríamos felizes no início. Mas então Gannon iria embora para servir na Marinha, eu estaria em Boston, e mal nos veríamos. Não recusei o pedido na época porque duvidasse do nosso amor; eu recusei porque acreditava que, se fosse para ser, o destino nos traria de volta quando ambos estivéssemos realmente prontos. E ele trouxe.

Fechei os olhos brevemente e voltei àquele dia.

Minhas lágrimas caíam enquanto eu olhava para o lindo anel de diamante que pertenceu à avó de Gannon. Ele tinha uma esmeralda no centro, com lapidação retangular. Diamantes menores ladeavam a pedra, todos em um aro de ouro branco. Era deslumbrante, e eu queria mais do que tudo dizer sim. Mas eu sabia que não podia.

Desviando o olhar do anel, inspirei fundo e disse:

— Me pergunte de novo quando ambos estivermos prontos para isso.

As sobrancelhas de Gannon se franziram, e ele balançou a cabeça lentamente, confuso.

— O quê?

Caí de joelhos e segurei o rosto dele entre as mãos.

— Eu te amo tanto, Gannon. Não quero nada mais do que ser sua esposa... mas não podemos fazer isso só porque estamos com medo de onde a vida pode nos levar. Ambos precisamos viver nossas vidas. E, se o destino nos trouxer de volta, e você ainda quiser me pedir em casamento, então eu direi sim.

Ele se sentou sobre os calcanhares.

— E se encontrarmos outras pessoas?

Sorrindo, segurei sua mão.

— Meu coração será sempre seu, mas você sabe tão bem quanto eu que provavelmente conheceremos outras pessoas. Namoraremos, talvez até nos apaixonemos por alguém. Mas não vai durar. Somos feitos um para o outro.

Gannon balançou a cabeça, e eu pressionei meu dedo contra sua boca antes que ele pudesse dizer algo.

— Confie no nosso amor, Gannon.

O som de risadas me trouxe de volta à realidade, e olhei novamente para o anel. A avó de Gannon, do lado paterno, havia dado o anel a ele antes de morrer. O avô materno dele tinha dado o anel de sua esposa, Marie, para Brody antes de também falecer. Dessa forma, cada irmão tinha um anel de família para suas noivas.

— Veja a parte de dentro — Gannon disse, ao erguer a minha mão e tirar o anel com cuidado. Ele encaixava perfeitamente, e me perguntei se foi preciso ajustar o tamanho. O porquê de eu estar pensando nisso, naquele momento, nem eu sabia.

Vi uma inscrição, mas não consegui decifrá-la sob a fraca iluminação. Gannon ligou a lanterna do celular para que eu pudesse ler.

Confie no nosso amor.

Levantei a cabeça rapidamente, encontrando seu olhar cheio de lágrimas.

— Eu confiei. Assim como você pediu — ele disse.

— Oh, Gannon. — Colocando a mão em sua bochecha, eu o beijei suavemente e encostei minha testa à dele. — Quando podemos ir embora?

Ele riu.

— Ainda nem recebemos nossa comida, Addie.

— E daí? Vamos fugir, ninguém vai notar.

— Tenho medo de que notem, meu amor. Mas logo, eu prometo.

Suspirei e revirei os olhos.

— Tudo bem. Mas vou ficar pensando em todas as coisas safadas que planejo fazer com você quando estiver nu...

Eu o vi engolir em seco.

— Por que você faz isso comigo? Minha mãe está bem ali.

Rindo baixinho, eu o beijei novamente e coloquei a mão em sua coxa. Movendo-a um pouco para cima, parei quando senti sua ereção. Virei a cabeça e arqueei uma sobrancelha.

— Você é cruel — ele sussurrou, então pegou sua cerveja e tomou um gole longo.

Depois de todos os abraços, despedidas e felicitações, Gannon segurou minha mão e seguimos alguns dos outros para fora do restaurante, que agora estava lotado de clientes. Havíamos tido todo o deque externo só para nós por duas horas.

— E agora, o que vocês dois vão fazer? — Braxton perguntou, e meu pai lançou a ele um olhar que dizia que queria dar-lhe um soco.

Gannon foi esperto e ficou em silêncio.

Parando próximo ao carro dos meus pais, abracei cada um deles mais uma vez e desejei boa-noite. Meu pai apertou a mão de Gannon, e minha mãe o puxou para um abraço.

Quando finalmente entrei no Jeep de Gannon, soltei um longo suspiro e repousei a cabeça no encosto do banco.

— Está tudo bem? — Gannon perguntou ao dar partida no carro.

— Sim, mas estou exausta. Tive tantas emoções diferentes nas últimas duas horas que isso me deixou esgotada.

Ele riu.

— Você não acreditaria no quão nervoso eu estava. Queria que tudo acontecesse exatamente como planejei na minha cabeça.

Virando-me no banco, olhei para ele.

— Quando você mandou gravar o anel?

Ele sorriu, mas manteve os olhos na estrada.

— Quando eu estava em casa nas férias daquele primeiro ano na Academia. Lembra daquele Natal?

Uma onda de calor percorreu meu corpo. Eu me lembrava. Apesar de termos terminado, sempre que estávamos de volta em casa ao mesmo tempo, parecia que tudo voltava a ser como era antes. Passar aquelas duas semanas juntos durante as férias foi maravilhoso.

— Eu vivia me atrasando para os meus turnos no restaurante, já que prometi ajudar no Natal.

Ele riu.

— Isso só aconteceu uma ou duas vezes, mas valeu a pena, não valeu?

Foi a minha vez de rir.

— Valeu, sim.

— De qualquer forma, deixei o anel na *Reef Jewelers* e pedi para gravarem naquela última semana que estive em casa. Eles terminaram antes de eu voltar. Pedi aos meus pais que o guardassem para mim.

Meu coração disparou no peito, e tive que piscar rapidamente para conter as lágrimas – sem sucesso.

— Você realmente mandou gravar naquela época? E se as coisas não tivessem dado certo? Quero dizer, e se você tivesse se apaixonado e pedido outra mulher em casamento?

Ele pegou minha mão e a levou até seus lábios. Primeiro, beijou o anel, depois o dorso da minha mão.

— Eu confiei no nosso amor, Addie.

Desisti de lutar contra as lágrimas e as deixei fluírem livremente.

— Eu te amo, Gannon.

Ele olhou rapidamente para mim antes de voltar a se concentrar na estrada.

— Eu também te amo, meu amor. Mais do que você jamais vai saber.

Quando finalmente chegamos à casa dele, Gannon segurou minha mão e me levou em silêncio para o quarto. Não havia necessidade de palavras. As emoções que experimentei naquela noite tinham me deixado exausta. Mas o desejo profundo que eu sentia ia vencer o cansaço.

Gannon fechou a porta do quarto, e eu me virei para ele. Pude ver a paixão em seus olhos, e sabia que ele via a mesma coisa nos meus.

— Já te disse o quão linda você está esta noite, Addie?

Sorrindo, tirei meus saltos.

— Uma ou duas vezes.

Seus olhos percorreram meu corpo avidamente, e eu senti a pulsação entre minhas pernas aumentar.

— Gannon — sussurrei, rompendo seu transe. Ele começou a andar em minha direção, mas parou a poucos centímetros de distância. Ele deslizou os dedos pelos meus braços tão suavemente que eu me arrepiei.

— Quando podemos nos casar? — perguntou conforme levantava minha mão esquerda e a beijava novamente.

Minha mente ficou em branco; a única coisa em que eu conseguia pensar era em tê-lo dentro de mim. Gannon chegou mais perto. O cheiro amadeirado do perfume dele preencheu meus sentidos, e eu cambaleei. Quando ele enterrou o rosto no meu pescoço, quase perdi toda a capacidade de ficar de pé. Inclinei a cabeça para trás à medida que ele depositava beijos suaves na minha pele, abrindo meu vestido ao mesmo tempo.

— O gato comeu sua língua, meu amor? — ele sussurrou no meu ouvido.

Deixei escapar um gemido suave.

— Qual era a pergunta mesmo?

Um sopro quente atingiu meu pescoço quando ele riu.

— Quando podemos nos casar?

— O mais rápido possível — respondi.

Ele se afastou e olhou para mim.

— Você quer um casamento grande ou pequeno?

— Pequeno — murmurei, atraindo sua boca para a minha. Meu vestido ainda estava no lugar, mas por um fio. Bastaria empurrá-lo pelos ombros e ele cairia aos meus pés.

Puxei a camisa dele de dentro da calça e comecei a desabotoá-la, depois comecei a desfazer o nó da gravata favorita dele. Adorei o fato de ele ainda ter a mesma que lhe dei de presente no ensino médio.

Tirei a gravata, joguei no chão e afastei a camisa pelos ombros fortes. Passei meus dedos pelo peito largo, descendo até os abdominais incrivelmente definidos. Pareciam tão firmes que poderiam ser usados para lavar roupas.

— Seu corpo é perfeito — eu disse, inclinando-me para beijar sua pele nua. Adorava o som de sua respiração acelerada. Era o meu toque, os meus beijos, que o deixavam louco, e isso me fazia sentir como uma deusa.

Ele gentilmente puxou meu vestido para baixo, deixando-o se amontoar aos meus pés.

— Caralho... — ele disse, quase sem fôlego, ao me olhar. Eu estava usando apenas uma calcinha de renda bege e nada mais. — Seria estranho se eu pedisse para você colocar os saltos de volta e andar pelo quarto para mim?

Soltei uma risada.

— Não.

Seus olhos pareceram ficar mais escuros.

— Um dia, Addie, vou te foder enquanto você usa apenas um par de saltos. Mas agora, só quero fazer amor com você.

Segurando meu rosto entre as mãos, ele pressionou a boca na minha em um beijo de tirar o fôlego, que deixou meus joelhos fracos e meu coração acelerado.

Ele se afastou, terminou de se despir rapidamente e avançou em minha direção enquanto eu recuava até minhas pernas se chocarem ao pé da cama.

— Sente-se — ele ordenou.

Quando me sentei, ele se ajoelhou e abriu minhas pernas.

— Me veja provar você, Addie.

Agarrei o cobertor e inspirei fundo – e quase desabei quando sua boca tocou minha pele. Ele me lambia e chupava lentamente até que eu me joguei para trás na cama, sem conseguir mais observar.

— Oh, Gannon. Sim! Sim!

Não demorou muito para que eu me perdesse no orgasmo mais incrível da minha vida. Se eu não soubesse, teria jurado que o teto se abriu e as estrelas caíram do céu ao meu redor.

Enquanto voltava do meu êxtase, percebi Gannon se movendo sobre mim. Ele se posicionou entre minhas pernas, e eu as envolvi ao redor de seus quadris.

— Quando você vai se casar comigo, Addie?

Sorrindo, entremeei os dedos em seu cabelo conforme ele provocava minha entrada. Levantei meus quadris, e ele se ajustou, deslizando profundamente dentro de mim enquanto ambos gemíamos de prazer.

— Não vou me mexer até você escolher uma data — ele disse.

Soltei uma risadinha como uma colegial, contemplando seus olhos castanho-claros. Consegui ver os reflexos dourados neles, que pareciam brilhar à luz suave.

— Você não se lembra, não é? — perguntei.

Ele franziu o cenho.

— Lembrar do quê?

Enlacei seu pescoço e ergui meus quadris.

— Por favor, se mexe.

Balançando a cabeça lentamente, ele respondeu:

— Não até eu conseguir uma data.

Quando fiz beicinho, ele se moveu bem de leve.

— No nosso primeiro ano do ensino médio — eu disse. — Era Halloween, e estávamos no baile que a escola organizou.

Vi os pensamentos girando na cabeça de Gannon enquanto ele tentava se lembrar. Então, ele sorriu para mim – aquele sorriso de menino, com a covinha na bochecha direita completamente visível.

— Você disse que queria um casamento no Halloween.

Assenti, apertando minhas pernas ao redor dos quadris dele.

— Essa é a sua data. Agora, por favor, faça amor comigo.

A boca de Gannon cobriu a minha, e fizemos amor lentamente até que ambos encontramos nosso ápice ao mesmo tempo.

Mais tarde, depois de me limpar com todo carinho, Gannon deslizou para debaixo das cobertas e puxou meu corpo contra o dele.

— Vamos realmente fazer isso? — perguntei, maravilhada, traçando meu dedo para cima e para baixo no braço dele, que me abraçava apertado.

— Vamos realmente fazer isso.

Fechei os olhos e adormeci com um sorriso no rosto.

CAPÍTULO 22

Gannon

Adelaide e eu estávamos sentados lado a lado, com sua mãe e seu pai de um lado e meus pais do outro.

A mãe de Adelaide pigarreou.

— Desculpa, você disse que vai se casar no dia 31 de outubro?

Olhei de relance para minha mãe, que apertava a ponte do nariz entre o polegar e o indicador. As coisas não estavam saindo como Adelaide e eu planejamos, com certeza.

— Eu não vejo nada de errado com essa data — meu pai declarou, dando de ombros.

Keegan concordou e apontou para ele.

— Concordo com Ken. Não vejo problema nenhum. Sabia que foram os irlandeses que trouxeram o Halloween para as Américas?

— Eu não sabia disso — meu pai respondeu com interesse.

Keegan assentiu, e eu podia jurar que seu peito se expandiu um pouco. Ele estava prestes a começar o que só podia imaginar ser uma longa história sobre os irlandeses e o Dia de Todos os Santos. Felizmente, sua esposa falou antes que ele tivesse chance:

— Não, você não pode se casar no Halloween, Adelaide. Por que você gostaria de se casar nesse dia? Sem mencionar que neste ano a data vai cair numa segunda-feira.

Adelaide se sentou um pouco mais ereta e sorriu.

— Estávamos pensando em um casamento no final da tarde, para que a recepção fosse à noite. Deixaria as coisas mais misteriosas.

Minha mãe e Barbara trocaram um olhar antes que minha mãe tentasse outra abordagem:

— Que tal um casamento temático de Natal?

— Não queremos esperar tanto tempo para nos casar — respondi antes de Adelaide.

— Não é como se eu fosse usar as cores laranja e preto como decoração — Adelaide disse, inspirando fundo e soltando o ar. Ela parecia perto de desistir, mas eu sabia que ela não estava pronta para isso ainda. — Mãe, Janet, eu sempre quis um casamento no Halloween, e vocês duas sabem disso. Já mencionei isso um monte de vezes antes.

Barbara suspirou.

— No ensino médio, quando você tinha uns 16 anos. Achei que fosse ficar mais velha e desistir dessa ideia.

O semblante de Addie se fechou levemente.

— Bem, eu não desisti. Não estamos pedindo *permissão* para nos casarmos nesse dia. Não estamos pedindo ajuda financeira de ninguém, embora eu adoraria se vocês me ajudassem a planejar. Mas se vocês não conseguem superar a data, então não sei o que dizer. É nosso casamento, e é nesse dia que vamos nos casar.

Meu peito se encheu de orgulho. Deus, como eu amava essa mulher. Sua força e convicção eram extremamente atraentes. Ela não tinha medo de lutar pelo que queria, mesmo que significasse ir contra seus pais. Bem... contra sua mãe, já que Keegan estava de acordo.

— Acho que os jovens deveriam poder escolher qualquer data para se casar. E, como Adelaide disse, será divertido — meu pai concordou.

Minha mãe sorriu e estendeu a mão para acariciar a de Adelaide.

— Desculpa, querida. Sua mãe e eu só ficamos surpresas por um momento quando você disse que queria se casar no Halloween. Estamos aqui para fazer o que vocês quiserem. Queremos muito fazer parte desse dia especial.

Minha mãe rapidamente olhou para Barbara, que assentiu de volta.

— Estamos encantadas com isso. Contanto que você não escolha laranja e preto.

Adelaide olhou para mim, e um sorriso brilhante se espalhou por seu lindo rosto. Eu me inclinei para o lado e a beijei.

— Eu disse que tudo ficaria bem — murmurei.

Ela assentiu e olhou para as duas mães.

— Vamos comprar o vestido primeiro.

— Ah, mas precisamos de um local, não é? Nessa época do ano, planejar algo ao ar livre pode ser complicado — Barbara comentou.

— E é aqui que a conversa fica entediante — Keegan resmungou.

Barbara deu um tapa em seu ombro.

— Nada sobre o casamento da sua primogênita é entediante. Retire isso agora mesmo, Keegan Bradley.

Ele ergueu as mãos em rendição.

— Eu retiro! Eu retiro!

Meu pai riu até minha mãe lançar um olhar de advertência, e ele rapidamente ficou sério.

Adelaide pegou um caderno e uma pasta.

— Vamos fazer o casamento no *French's Point*.

— Oww... — minha mãe suspirou. — Aquele lugar é lindo.

Adelaide sorriu.

— Eu sei. E também sei que é final de outubro e o clima pode ser um problema, mas eles têm um gazebo com vista para a baía. Eu realmente quero fazer o casamento lá. A recepção pode ser na tenda com aquecedores, se necessário. E, se o clima estiver realmente ruim, podemos alocar o casamento dentro da tenda também.

— Eles estão disponíveis assim tão em cima da hora? — Barbara perguntou.

— Sim — respondi. — Adelaide e eu conversamos com eles ontem, e eles disseram que a data não estava reservada, o que não foi surpresa, já que é Halloween e uma segunda-feira. Já fizemos o pagamento.

Vi os olhos da minha mãe brilharem enquanto olhava de mim para Barbara e depois para Adelaide.

— Vocês não vão encontrar um vestido aqui em Seaside. Talvez devêssemos pegar um fim de semana só para isso. Ir para Boston, talvez?

Adelaide quase pulou da cadeira.

— Sim! Você se importaria se Palmer, Sutton e Harlee fossem junto?

— Claro que não — disseram Barbara e minha mãe ao mesmo tempo.

— E nós, homens? Onde ficamos nessa? — perguntou Keegan.

Adelaide olhou para mim.

— Hmm... Podemos planejar um dia de golfe, se você conseguir se afastar do restaurante, Keegan.

Meu pai foi o primeiro a responder:

— Ele consegue. Faz tempo demais que não temos uma boa partida de golfe, Keegan. Na verdade, acho que você e Barbara merecem um fim de semana inteiro de folga.

— Concordo. A Ruby pode cuidar das coisas por um ou dois dias, seja com um de nós ou os dois fora — Keegan respondeu, olhando para sua esposa.

Barbara assentiu.

— Seu pai e eu já estávamos pensando em tirar mais tempo para nós mesmos. Essa vai ser a oportunidade perfeita para começarmos a nos afastar um pouco mais do restaurante.

Adelaide bateu palmas animadamente.

— Vou falar com as meninas e descobrir qual fim de semana será melhor para elas. Sutton vai precisar fechar a loja ou encontrar alguém para cobri-la.

— Eu posso cuidar disso.

Todos olhamos para Brody, que estava encostado no batente da porta da sala de jantar dos nossos pais.

Eu precisei balançar a cabeça por um segundo. *Meu irmão tinha acabado de se oferecer para cuidar da boutique de Sutton?*

— Você? — perguntei, com uma expressão de evidente confusão no rosto.

Brody deu de ombros.

— Por que não? Tenho ajudado Sutton a consertar algumas coisas na loja. Quão difícil pode ser cuidar daquele lugar por um fim de semana?

As três mulheres à mesa se entreolharam, claramente tentando conter os sorrisos.

Por fim, Adelaide pigarreou.

— Hmm, Brody, por mais que eu ache que Sutton apreciaria o gesto, você não sabe o primeiro passo para gerenciar aquela loja. Quero dizer, é uma loja *feminina*, para começar.

— E estamos planejando ir jogar golfe nesse fim de semana. Quero você lá — acrescentei.

O rosto de Brody se iluminou.

— Golfe? Um fim de semana inteiro?

— Por que não? Posso tirar a sexta, o sábado e o domingo de folga — respondi, sabendo que já o tinha convencido.

— Sutton vai ficar bem — Barbara nos garantiu. — Ela pode arranjar alguém para trabalhar na loja ou simplesmente fechar no fim de semana.

Adelaide franziu o cenho.

— Isso prejudicaria o lucro dela.

Keegan sorriu para a filha.

— Vamos resolver isso. Você só precisa se preocupar em encontrar o vestido de casamento dos seus sonhos. Sua mãe e eu vamos pagar por ele.

— Papai, não... — Adelaide protestou.

— Senhor, agradeço pela oferta, mas, honestamente, nós podemos pagar — insisti.

Adelaide me encarou com uma expressão curiosa. Eu tinha certeza de que foi porque usei a palavra *nós*. Mas éramos uma parceria. Uma equipe. Entrelacei sua mão na minha.

— O que é meu é seu, querida.

Barbara suspirou.

— Vocês o criaram bem, Janet e Ken. Vocês o criaram muito bem.

Minha mãe enxugou uma lágrima no canto do olho enquanto meu pai parecia prestes a bater os punhos no peito e proclamar-se o melhor pai do mundo.

— Não, não quero nem ouvir isso — disse Keegan. — Barbara e eu vamos pagar pelo vestido de noiva, especialmente se vocês não nos deixarem ajudar com mais nada.

— Se eles vão pagar pelo vestido de noiva, nós pagaremos pelo jantar de ensaio — meu pai acrescentou.

Oh, Senhor, por favor, não deixe isso virar uma competição entre nossos pais. Adelaide devia estar pensando a mesma coisa, porque rapidamente pegou um lápis e abriu seu planner de casamento.

— Okay, então está resolvido. Mamãe, papai, vocês cuidam do vestido de noiva. Ken, Janet, vocês cuidam do jantar de ensaio. Vou entrar em contato com as meninas para ver qual fim de semana é o melhor. Janet, tem algum fim de semana em que você não possa?

— Não, estou completamente livre agora que oficialmente me aposentei do ensino — respondeu ela.

— Mamãe? — Adelaide perguntou.

Com um aceno de cabeça, Barbara respondeu:

— Posso pedir para Ruby cuidar do restaurante, então está tudo certo.

Adelaide fechou o caderno, parecendo satisfeita, e levantou-se.

— Tudo bem. Que os preparativos do casamento comecem!

Com esse pequeno anúncio, meu pai se virou para Keegan.

— Já mostrei meu novo cortador de grama pra você?

Keegan levantou-se rapidamente e passou por Brody.

— Me mostre o caminho, meu amigo. Me mostre o caminho!

Conforme os dois saíam, Brody disse:

— Estou seguindo o exemplo deles. Até mais.

Barbara, minha mãe e Adelaide logo se perderam em conversas sobre flores e toalhas de mesa. Eu me levantei e me inclinei para dar um beijo na bochecha de Addie.

— Vou procurar o Brody — sussurrei.

Ela mal percebeu que eu estava saindo. Antes de deixar o cômodo, eu me virei e a vi mostrando às nossas mães uma foto em alguma revista de noivas.

— Essa mesa é o meu sonho! O que vocês acham? É simples, mas ainda tem aquele clima de outono.

Uma onda de felicidade tomou conta de mim enquanto eu me virava e saía do cômodo.

CAPÍTULO 23

Adelaide

Boston, Massachusetts

Eu me olhei no espelho e tentei não chorar. Depois de experimentar pelo menos quarenta vestidos, disse a Bess, a jovem que estava me ajudando, que talvez o branco não fosse minha praia. Eu queria mudar as coisas, então perguntei a ela — sem que ninguém mais ouvisse — se poderia encontrar algo que não fosse branco. Talvez azul, como uma homenagem ao oceano. Afinal, estávamos nos casando à beira-mar, e isso era uma parte tão importante do mundo de Gannon. Do nosso mundo, já que crescemos tão perto dela.

E, meu Deus, Bess acertou em cheio.

— Esse é o vestido — sussurrei, olhando para ela através do espelho. — É esse.

Bess assentiu.

— O azul destaca ainda mais os seus olhos. O caimento é impressionante. É clássico, mas moderno.

O vestido era um estilo *Boho* de praia, com mangas curtas. O decote coração, o top de renda marfim e a saia de tule azul-acinzentado eram exatamente o que eu procurava. A saia tinha belos redemoinhos de renda costurados à mão, e as costas do vestido consistiam em uma fileira de botões que terminava em um laço de renda.

— Adelaide, ficou lindo em você.

Eu enxuguei uma lágrima e me virei para abraçar Bess.

— Obrigada por encontrar este vestido.

Ela retribuiu o abraço e pude ouvir seu suspiro emocionado.

— Devo mostrar às outras? — ela perguntou, recuando.

— Me dê só um segundo para aproveitar este momento antes que o caos comece.

Ela riu.

— Vou pegar champanhe para brindarmos.

Levantando a barra do vestido, fui até minha bolsa, peguei meu telefone e voltei para o espelho. Abri as mensagens e sorri enquanto digitava.

> Eu: Encontrei o vestido!

Recebi uma resposta quase instantânea.

> Gannon: Você amou?

> Eu: Sim, amei demais.

> Gannon: O que as outras pessoas acharam dele?

> Eu: Ainda não mostrei. Pedi à Bess, a garota que está me ajudando, um minuto. Queria contar a você que encontrei antes de qualquer outra pessoa ver.

Os pontinhos indicando que Gannon estava digitando apareceram imediatamente.

> Gannon: Adorei saber que você quis compartilhar isso comigo primeiro. Posso te ver com ele ou dá azar? Posso dizer honestamente que você fica linda com qualquer coisa que veste, meu amor.

Meu coração derreteu. Tirei uma foto da parte de baixo do vestido, para que ele pudesse ver o azul com a renda branca, e enviei para ele.

> Eu: Esse é o único vislumbre que você vai ter. Quero ver sua reação quando me vir com ele.

> Gannon: Justo. Amei você não ter escolhido o branco tradicional. Esse azul me lembra o oceano.

> **Eu:** Que bom, porque é isso que ele me lembra também. Eu te amo.

> **Gannon:** Eu te amo mais. Está se divertindo? Seu pai e meu pai já estão bêbados. Eles perguntaram ao Brody quando as strippers iam aparecer.

> **Eu:** O quê?!?!

> **Gannon:** Rs. Acho que eles estavam brincando...

> **Eu:** Rsrs. Estamos nos divertindo. Agora que encontrei o vestido, podemos aproveitar o resto do fim de semana em Boston. Preciso ir. Te amo.

> **Gannon:** Também te amo!

Coloquei meu telefone de volta na bolsa, inspirei fundo, olhei para mim mesma pela última vez e desci do pedestal, indo até onde minha mãe, Janet, Sutton, Palmer e Harlee estavam esperando.

Quando espiei pelo canto da porta, vi Bess enchendo as taças delas.

— Ela encontrou o vestido — disse Bess.

Minha mãe ofegou.

— Ela encontrou? Qual é?

— Diga para ela vir logo pra cá! — disse Sutton, enquanto Harlee dava risada.

Bess riu.

— Ela quis um momento sozinha. Deve sair a qualquer momento.

Esse era meu sinal. Assim que entrei, todas as cinco se viraram – e ofegaram. Minha mãe e Janet cobriram as bocas com as mãos, e Sutton começou a chorar imediatamente. Harlee e Palmer começaram a tirar fotos de mim – e de todo mundo – para registrar o momento.

Bess me ajudou a subir os degraus curtos até que fiquei na frente de outra parede de espelhos. Minhas costas estavam voltadas para todas elas, mas eu podia vê-las no reflexo. Lentamente, me virei e olhei primeiro para minha mãe.

— Você gostou? — perguntei, com a voz um pouco trêmula.

Ela se aproximou e ficou na minha frente, segurando minhas mãos.

— Está deslumbrante. *Você* está deslumbrante. Nunca vi uma noiva mais bonita.

— Eu amo tanto esse tom de azul! — disse Palmer.

— Eu também — respondi. — Me lembra o oceano. Uma pequena homenagem ao Gannon e a Seaside.

Nesse momento, Janet soltou um soluço baixinho. Olhei para ela, e ambas sorrimos. Enxuguei uma lágrima e olhei para o vestido.

— Acho que é perfeito.

— É, sim! — disseram as cinco em uníssono.

— E ele quase não precisa de ajustes — disse Sutton, aproximando-se para verificar minha cintura e o busto. — Se precisar de alguma alteração, eu posso fazer, mas acho que será mínima.

Eu funguei, e um lenço de papel apareceu de repente na minha frente.

— Obrigada, Harlee.

— Então, sei que estamos aqui só para o vestido de noiva hoje, mas preciso mostrar algo pra vocês. Esperem aqui! — Bess saiu correndo e voltou com um vestido na altura do joelho nos braços. — Certo, esse vestido tem um leve tom de azul-claro. Também tem um decote coração, e sei que você disse que era importante que as suas madrinhas pudessem usar o vestido de novo, se quisessem. E esse tom é tão suave que acho que vai ficar lindo ao lado do seu vestido.

Palmer estendeu a mão.

— Vou experimentar!

— Você tem mais? — perguntou Sutton.

— Sim — respondeu Bess. — As três podem experimentar. Talvez eu não tenha os tamanhos exatos...

— Não tem problema, pelo menos vamos ver como fica ao lado do vestido da Addie — afirmou Sutton.

Eu dei um pequeno pulo de empolgação.

— Isso é perfeito!

Minha mãe, Janet, e eu tomávamos champanhe enquanto esperávamos as meninas se vestirem. Sutton foi a primeira a sair.

Janet correu para tocar no vestido. Isso já tinha virado uma piada, porque ela fez o mesmo com quase todos os vestidos que experimentei.

— Ah, é tão bonito. Simples, mas elegante, Adelaide.

Harlee saiu em seguida, com Palmer logo atrás. Todas ficaram ao meu lado enquanto olhávamos no espelho.

— O que você achou? — perguntou Bess.

Lágrimas nublaram meus olhos quando abracei Sutton e Palmer.

— Acho que você merece um aumento, Bess.

THE SEASIDE CHRONICLE

3 de setembro de 2022

ATADO EM NÓS (EDIÇÃO ESPECIAL)

SEASIDERS!

UMA GAIVOTA NOS CONTOU QUE GANNON WILSON E ADELAIDE BRADLEY VÃO SE CASAR NO FINAL DE OUTUBRO. PODEMOS DIZER QUE É UM MATRIMÔNIO A JATO? O BOATO NO CAIS É QUE UM CAMARÃOZINHO SAUTÉ PODE ESTAR NO FORNO, E ESSE SERIA O MOTIVO PARA O CASAMENTO APRESSADO, MAS QUEREMOS ACREDITAR QUE ELES ESTÃO TÃO APAIXONADOS QUE NÃO PUDERAM ESPERAR PARA OFICIALIZAR. MENTES CURIOSAS QUEREM SABER: VOCÊ É #TEAMCAMARÃOJR OU #TEAMAMORVERDADEIRO?

TAMBÉM CHEGOU AO MEU CONHECIMENTO QUE MUDANÇAS ESTÃO ACONTECENDO NA COASTAL CHIC; MAIS INFORMAÇÕES ASSIM QUE PUXARMOS A ISCA COM OS DETALHES — ESPERAMOS.

FALANDO EM COASTAL CHIC, ALGUÉM MAIS NOTOU COM QUE FREQUÊNCIA BRODY WILSON TEM SIDO VISTO ENTRANDO E SAINDO DA BOUTIQUE? SÓ PODEMOS IMAGINAR O MOTIVO PELO QUAL NOSSO FAVORITO NO CONCURSO BOM PARTIDO DA TEMPORADA ESTARIA VISITANDO A LOJA COM TANTA FREQUÊNCIA. SEGUNDO SUTTON, ELE ESTÁ APENAS AJUDANDO COM ALGUNS REPAROS NA LOJA. MAS, SE O SR. WILSON MAIS VELHO REALMENTE FOI FISGADO, CORAÇÕES SERÃO PARTIDOS EM TODA SEASIDE. NÃO SE PREOCUPE, VAMOS MANTÊ-LOS ATUALIZADOS AQUI NA COLUNA.

VENTOS FAVORÁVEIS E MARES TRANQUILOS!

Eu estava ao lado da grade no deque do Seaside Grill enquanto Sutton lia o artigo em voz alta.

— Parece que, seja lá quem for essa pessoa, ela se fixou em nós — eu disse. — Quero dizer, publicaram dois artigos esta semana. Nunca publicaram um no sábado antes. Nunca!

Sutton colocou o jornal sobre a mesa.

— Bem, para ser justa, eles publicaram o artigo na quinta sobre a coitada da Harlee.

Fiz uma careta.

— Argh... foi horrível. O que dizia mesmo? Algo sobre a princesa de Seaside finalmente fisgar um peixe?

Ela assentiu.

— Fico com tanta pena da Harlee. Ela tem um bom coração e faz tanto por Seaside. Quero dizer, ela se voluntaria para a campanha de alimentos, para o projeto de brinquedos de Natal. Ajuda a organizar o desfile de barcos iluminados. Por que sempre fazem parecer que ela não consegue encontrar um homem? Quero dizer, se você quer saber minha opinião, Thomas Minor é um cara legal e tudo mais, mas e daí se eles estavam conversando no píer? Isso não significa que eles estão dando uns amassos.

— Eu odeio quando você diz isso.

Ela deu de ombros.

— Eles estão?

Estávamos sozinhas no deque, mas ainda olhei ao redor para garantir que ninguém estivesse ouvindo.

— Talvez. Eles saíram em alguns encontros. Não sei até onde isso foi, mas suspeito que ela goste dele.

— Você acha?

Dei de ombros.

— Ela não disse exatamente. Quero dizer, ela diz que ele é um cara legal, que gosta de estar com ele, mas não sei se é sério. Mas, se eles estivessem dando uns amassos... eu acho que ela me contaria.

Sutton arqueou uma sobrancelha.

— Contaria mesmo?

Isso me fez parar.

— Não contaria?

A porta para o terraço dos fundos do restaurante dos meus pais se abriu, e Palmer apareceu. Ela respirou fundo o ar marítimo e olhou para a água.

— É uma bela noite de sábado, não é?

— Por que você está tão feliz? — perguntei, sentando-me ao lado de Sutton.

Palmer pegou uma das minhas uvas e colocou na boca.

— Por que eu não estaria feliz? É um lindo dia de setembro. Como estão os preparativos do casamento?

Suspirando, relaxei no banco.

— Estão indo. Há tanto para fazer e tão pouco tempo para fazer tudo.

Palmer sorriu de lado.

— Bem, queremos garantir que você ainda caiba no vestido de noiva antes que seu camarãozinho cresça demais.

— Argh! — Joguei algumas uvas nela. — Pelo visto, você leu a coluna especial.

Palmer riu.

— Não acredito que publicaram duas colunas esta semana!

— Será que um dia *você* estará em uma dessas colunas? — perguntei.

Ela soltou uma risada desprovida de humor.

— Pelo amor... Eu não dou motivo nenhum para eles falarem de mim.

— Isso é verdade — Sutton concordou.

Palmer bufou.

— Nossa, obrigada, Sutton.

— O quê? Você literalmente disse que é uma pessoa entediante.

Ela cruzou os braços.

— Desculpa, eu disse o quê?

Sutton pegou seu sanduíche.

— Você é entediante. Foi você quem disse.

— Não, eu disse que eles não têm o que escrever sobre mim.

Depois de mastigar, Sutton engoliu, limpou a boca e acrescentou:

— Como eu disse: E-N-T-E-D-I-A-N-T-E.

Palmer lançou um olhar fulminante para Sutton.

— Vou inventar uma mentira sobre você e mandar para a coluna.

— Você acha que isso me assusta? — Sutton rebateu com uma risada.

— Espera... vocês já mandaram dicas antes? — perguntei.

As duas olharam para mim. O lábio superior de Palmer se curvou em uma risada cínica.

— Você está falando sério agora? — ela caçoou, e Sutton começou a rir.

— O que está acontecendo? — Harlee apareceu no deque com seu sanduíche. Nós tínhamos criado o hábito de jantar no Seaside Grill todos os sábados à noite. Minha mãe sempre fazia algo diferente para nós, que pegávamos direto da cozinha para não atrapalhar os funcionários. Hoje, o menu era sanduíches X-salada com frutas frescas e torta de maçã.

Palmer respondeu à pergunta de Harlee:

— Eu disse que ia inventar uma mentira sobre Sutton e mandar para a linha direta de informações.

— Pelo amor de Deus, não. Já tem um monte de dicas falsas — Harlee declarou.

— Como você sabe? — perguntei.

Ela deu de ombros.

— Eu averiguo todas.

— Como se a própria coluna já não fosse uma grande mentira.

Todas nos entreolhamos.

— Sabe, a maioria das coisas que ela escreve é verdade com só um pouquinho de bobagem inventada — arrisquei dizer.

Sutton se recostou na cadeira.

— Não me diga que você está começando a gostar dessa pessoa?

— Eu não disse isso. Só estou dizendo que alguns dos artigos são basicamente verdadeiros.

Jogando o guardanapo sobre a mesa, ela balançou a cabeça.

— Meu Deus. Você está simpatizando com essa pessoa.

— Não estou — declarei rapidamente.

— Desculpa, mas você esqueceu que eles sugeriram que você está se casando porque está grávida? — Harlee perguntou.

Eu franzi o cenho.

— Ah, é, eu tinha esquecido disso.

— Não, não podemos sentir compaixão por essa pessoa. Agora que ela... ou ele — Sutton disse, lançando um olhar para Harlee, que ergueu o sanduíche em um agradecimento silencioso — está começando a escrever sobre mim de novo, não quero lidar com isso. Preciso que uma de vocês faça algo para desviar a atenção deles de mim.

— Se você não está fazendo nada errado, por que está preocupada? — Palmer perguntou.

Sutton soltou um suspiro irritado.

— Você leu a coluna hoje.

Palmer encarou Sutton por alguns segundos.

— Li. E era principalmente sobre o Brody indo até a sua loja. Não disseram nada realmente sobre você. Ou isso tem a ver com Brody e você?

— Não existe Brody e eu — Sutton disparou.

Harlee e eu trocamos um olhar. Ela ergueu as sobrancelhas, e eu também. Minha irmã tinha ficado na defensiva – e muito rápido.

Palmer pegou seu refrigerante, deu um gole e murmurou:

— Meu caso está encerrado.

Sutton empurrou a cadeira para trás e se levantou, virando as costas para nós enquanto olhava para a baía.

Ah, meu Deus.

Havia algo acontecendo entre Sutton e Brody. Eu podia sentir isso na alma. Quando olhei para Harlee, ela estava comendo o sanduíche e fingindo não notar a tensão repentina à mesa. Palmer estava encarando Sutton. Quando olhou de volta para a mesa, nossos olhos se encontraram, e ela levantou as sobrancelhas em uma pergunta silenciosa.

O que diabos estava acontecendo entre Sutton e Brody?

CAPÍTULO 24

Gannon

— Que diabo é isso? — murmurei, encarando o artigo que Brody tinha jogado sobre a mesa alguns minutos atrás.

— O que houve? — minha mãe perguntou, colocando uma cesta de pães na mesa, seguida de perto pelo meu pai, que depositou uma travessa de lasanha ao lado.

— A coluna de fofocas de hoje — murmurei.

Minha mãe riu.

— Eu vi. Parece que vocês dois chamaram a atenção do autor novamente.

— Não consigo entender se gostam de mim ou me odeiam — Brody afirmou, servindo salada em uma tigela e passando para mim.

— Vamos todos ignorar o fato de que insinuaram que Addie está grávida? — perguntei, praticamente jogando salada na minha tigela.

Pegando a saladeira das minhas mãos, minha mãe disse calmamente:

— Não desconta na comida, filho. E quem se importa com o que eles pensam?

— Eu me importo, mãe. É a minha futura esposa.

— Adelaide está chateada? — meu pai perguntou.

— Ainda não falei com ela sobre isso. Acabei de ler a coluna, e como ela não me mandou mensagem mais cedo, não tenho certeza se ela viu. Normalmente, não tem coluna de fofocas no *The Chronicle* de sábado.

Meu pai soltou uma gargalhada.

— Por favor, todo mundo está esperando ansiosamente por aquele jornal atualmente. Acho que a única razão de as pessoas ainda assinarem é por causa dessa coluna de fofocas. O jornal seria inteligente se a tornasse diária.

— Precisamos descobrir quem é. Por que eles se importam tanto com a minha vida amorosa? — Brody perguntou, quase parecendo estar emburrado.

— Pelo menos agora sabemos que você é o favorito para o Bom Partido da Temporada — caçoei.

Ele me lançou um olhar irritado.

— Obrigado pela lembrança, Gannon. Por que mesmo você não está na lista este ano?

— Estive por um tempo, mas depois me removeram, lembra? Estou com Addie agora, então não sou mais um 'partidão'. Além disso, ganhei no ano passado.

Minha mãe juntou as mãos ao peito e suspirou dramaticamente.

— É bom saber o quanto meus dois meninos são amados. Tudo graças à educação que receberam.

Meu pai balançou a cabeça.

— É a aparência, Janet. Vocês podem me agradecer por isso, meninos.

Inclinando a cabeça para o meu pai, minha mãe lançou um olhar fulminante que poderia tê-lo matado ali mesmo.

— Como é que é? Acho que meu DNA também está presente. Eu tive uma parte na beleza deles, Sr. Wilson.

Segurando a mão dela, meu pai beijou o dorso.

— Claro que teve, querida. Mas olhe para eles. São a minha cara.

Os dois se viraram para nos encarar. Brody realmente parecia quase idêntico ao nosso pai. Mas eu puxei mais à minha mãe. Ela tinha sido a rainha da beleza de Seaside Beach no passado.

— Estamos realmente tendo essa conversa agora? — Brody perguntou. — Ainda estou me recuperando do fato de que o papai ganhou de todo mundo no golfe no fim de semana passado.

Meu pai sorriu.

— Keegan também não superou ainda.

Balançando a cabeça, olhei para minha mãe.

— Pode perguntar discretamente e descobrir quem está escrevendo essa maldita coluna?

Ela riu.

— Por favor... Essa informação está muito bem guardada. Só o Mike Tilson sabe quem é, e ele não vai contar.

Brody olhou para mim.

— Harlee trabalha para o pai dela. Pergunte a ela.

— Ela também não sabe quem é — respondi antes de dar uma mordida no pão caseiro que minha mãe tinha feito mais cedo.

— Não incomoda o Mike que falem da filha dele às vezes? — minha mãe perguntou ao meu pai.

— Aparentemente, não. Da última vez que almocei com o Mike, ele disse que a coluna estava ficando muito popular. As pessoas estão pedindo mais.

— Talvez, quando Addie e eu nos casarmos, eles nos deixem em paz. Se somos o único foco de notícia em Seaside digna de comentário, isso é bem triste.

— Todo mundo adora uma boa história de amor, querido — minha mãe disse, com um sorriso. — Falando nisso, você perguntou ao Pete sobre fazer o jantar de ensaio no restaurante dele?

— Perguntei — Brody respondeu. — Eu disse ao Gannon e à Adelaide que cuidaria disso para eles.

— E vocês já pegaram os ternos?

— Sim — Brody e eu dissemos ao mesmo tempo.

Sorrindo, nossa mãe assentiu.

— Ótimo. Barbara e eu vamos encontrar Adelaide e Harlee na floricultura amanhã.

— Quem diria que planejar um casamento exigia tanto trabalho — comentei. — E não ajuda nada ser com tão pouco tempo de antecedência.

— Não, definitivamente não ajuda — concordou minha mãe. — Mas as coisas principais já estão resolvidas. O local. O vestido. A comida.

— A música — Brody acrescentou.

— Sim — disse minha mãe, piscando para meu irmão. — A música que ficou sob a sua responsabilidade e do Braxton. — Ela olhou para o meu pai e murmurou: — Que Deus nos ajude com essa escolha.

Não consegui conter o riso.

— Eu não me importo com nada disso. Só quero me casar com a Addie.

Minha mãe pegou minha mão e a apertou.

— E, em menos de dois meses, você vai!

Meu estômago deu um pequeno solavanco ao pensar que, em apenas algumas semanas, eu estaria casado com o amor da minha vida. Caramba, Adelaide mal tinha voltado para Seaside fazia dois meses, mas parecia muito mais. Passávamos praticamente todos os momentos possíveis juntos quando eu não estava trabalhando.

— Quando Adelaide começa no novo emprego? — perguntou meu pai.

— Acho que o Dr. Bryan se muda para Seaside no próximo mês — respondi. — Addie começa na próxima semana, para ajudar na transição e deixar tudo organizado do jeito que o Dr. Bryan prefere.

— Ouvi dizer que ele tem um filho pequeno — comentou minha mãe.
— Tem, sim. Charlie. Ele tem 5 anos.
— E tem esposa? — Brody perguntou.
— Não, é divorciado. E não parece que ela esteja muito presente. De qualquer forma, Addie comentou que ele tinha algumas dúvidas sobre ela sair do atendimento a pacientes, questionando se ela realmente ficaria feliz com o novo trabalho. Mas ela disse que é isso que ela quer por agora, embora não se importe em voltar a cuidar de pacientes se for necessário. Ela será uma gerente incrível.

Minha mãe bufou.
— Sim, será. E ele que não ouse sugerir o contrário.

Brody e eu rimos. Nossa mãe já estava agindo toda superprotetora com Adelaide.

Meu celular vibrou, e eu lancei um rápido olhar para minha mãe. Ela ergueu uma sobrancelha, como se me desafiasse a atender.

Antes que eu pudesse sequer pensar em fazer isso, Brody começou a falar:
— Vocês nunca vão adivinhar quem me chamou pra sair ontem à noite, quando o Brax e eu estávamos no bar.
— Quem? — meu pai e eu perguntamos ao mesmo tempo.

Brody sorriu.
— Olivia.

Minha mãe deu uma risada de deboche.
— Por que não estou surpresa? Nunca gostei dela. Sempre teve alguma coisa estranha ali.

Eu ri.
— Que tipo de estranheza?

Ela deu de ombros.
— Chame de intuição materna.
— O que você respondeu? — perguntei a Brody.

Ele me olhou como se eu tivesse perdido a cabeça.
— Eu recusei. Você acha mesmo que eu sairia com suas sobras?
— Brody Wilson! — exclamou minha mãe.

As bochechas do meu irmão ficaram vermelhas.
— Desculpa, mãe.
— Melhor manter distância dela — disse meu pai.

Brody e eu olhamos para ele e depois um para o outro.
— Não se preocupe, pai. A última coisa que quero é me amarrar a alguém.

Minha mãe suspirou e depois me deu um pequeno sorriso de resignação.

— Pelo menos posso contar com você e Adelaide para me darem netos.

Eu me engasguei com um tomate-cereja, e Brody riu, dando um tapa nas minhas costas.

— Está tudo bem aí... *papai?*

Afastei sua mão com um safanão, e quando minha mãe não estava olhando, mostrei o dedo do meio para ele.

THE SEASIDE CHRONICLE

8 de setembro de 2022

Conquistem eles, senhoritas

Seasiders,

Os votos foram contados, e temos nosso novo Bom Partido da Temporada! E o vencedor é Brody Wilson. Fontes envolvidas na votação dizem que foi uma disputa acirrada, mas o mais velho dos irmãos Wilson venceu por pouco Braxton Bradley. Melhor sorte no próximo ano, Braxton!

Não se preocupem, senhoritas, temos todos os detalhes sobre o Sr. Wilson. Ele tem 1,83m, e aquele cabelo castanho-escuro, quase preto, faz seus olhos cor de avelã se destacarem ainda mais. E ele vive se arriscando com seu trabalho ligeiramente perigoso como soldador subaquático.

Quem será a sortuda que conquistará o coração do Bom Partido da Temporada deste ano? Boa sorte a todas as solteiras por aí!

Ventos favoráveis e mares tranquilos!

— Não acredito que seu irmão ganhou! Eu tinha certeza de que o mulherengo venceria — disse Chip, jogando a edição de quinta-feira do *The Chronicle* sobre minha mesa.

Peguei o jornal para ler e ri.

— Talvez agora eles se concentrem nele em vez de em mim e Addie.

Chip levantou as sobrancelhas.

— Até parece que você tem essa sorte toda.

Suspirei. Nos últimos dias, Brody não estava agindo como o de costume. Ele geralmente saía em encontros, mas nunca nada sério. No entanto, eu nem me lembrava mais quando foi a última vez em que o vi sair com uma mulher.

Um minuto depois, ouvi uma leve batida na porta e levantei a cabeça para ver Adelaide parada ali. Um sorriso largo iluminava seu rosto enquanto ela entrava no escritório e olhava de mim para Chip.

— Estou interrompendo alguma coisa?

— Nem um pouco, querida — respondi, me levantando e indo até ela.

Eu a beijei antes de puxá-la para um abraço. Seu perfume me envolveu na mesma hora, me fazendo sentir em casa. Qualquer lugar onde Adelaide Bradley – em breve Adelaide Wilson – estivesse, era o meu lar.

Ela sorriu ainda mais.

— Trish disse que você está saindo em alguns minutos, então não vou te segurar.

Entrelacei sua mão na minha e olhei para Chip.

— Vou dar uma saidinha.

— Sem problema.

Caminhamos em silêncio até um dos píeres. Do outro lado estava o grande cargueiro que eu pilotaria de volta ao mar. Observei Adelaide analisar o navio.

— Ainda não acredito que você manobra esses monstros para dentro e fora do porto.

Sorrindo, apoiei-me no corrimão, de costas para a água.

— Eu amo esse trabalho.

Ela se virou e apoiou o quadril no corrimão também.

— O que foi? Você parece tenso.

Com um movimento de cabeça, respondi:

— Não estou tenso. Algo está me incomodando sobre o Brody.

— O que é?

Virei-me para ela.

— Ele tem agido de um jeito estranho. Não consigo identificar o que é, mas algo está diferente.

Ela assentiu.

— Sinto o mesmo sobre Sutton. Você acha que tem algo a ver com os dois? Tipo, talvez algo esteja acontecendo entre eles?

Levantei a cabeça abruptamente para olhar para ela.

— Meu Deus! Você sabe de alguma coisa, não sabe?

— Não — respondi, balançando a cabeça novamente. — Eu honestamente não sei de nada.

Ela estreitou os olhos para mim.

— Mas você sabe de *algo*.

Esfreguei a nuca.

— Ele é meu irmão, Addie. Não posso trair a confiança dele.

Seu rosto ficou sério.

— Está tudo bem?

— Acho que sim. Além disso, aconteceu há muito tempo.

— Esse *negócio* que você sabe?

— Sim.

— E tem a ver com a minha irmã?

Dei de ombros, deixando a brisa passar por mim, mas tinha quase certeza de que Adelaide sabia que algo havia acontecido entre Sutton e Brody.

Adelaide deu um passo à frente e enlaçou meu pescoço.

— Seja o que for que estiver acontecendo, ou não, com Brody e Sutton, é algo que eles precisam resolver. Quero me concentrar em nós e no fato de que vamos nos casar em breve.

Enlacei seu corpo e a puxei para mim.

— Eu te amo tanto. Se não estivéssemos nesse píer público, eu já estaria tirando sua roupa agora mesmo.

Suas bochechas ficaram levemente coradas.

— Por mais divertido que sexo público pareça…

Arqueei uma sobrancelha, intrigado, e Adelaide revirou os olhos, rindo.

— Okay, sexo público não parece realmente divertido. Estou aqui porque Sutton e Brody organizaram uma festa de despedida de solteiros pra gente. Uma festa mista, por assim dizer, no sábado à noite. Brody disse que verificou sua agenda e que você estaria livre.

— Sim, estou. O que os fez decidir isso? Fazer uma festa mista?

Ela sorriu e olhou para os meus lábios, depois voltou a olhar para mim.

— Talvez eu tenha ameaçado os dois dizendo que enviaria uma dica falsa para o jornal se eles não fizessem uma festa normal, sem strippers ou bebidas malucas. Além disso, eu realmente não quero um chá de panela, então é meio que tudo em um… mas sem as strippers ou as brincadeiras bestas.

Eu ri.

— Você os chantageou?

— Sim, e tenho orgulho de dizer que deu supercerto.

Olhei para o prédio onde Brody trabalhava como soldador subaquático. Addie estava certa, devíamos simplesmente ignorar o que estava acontecendo entre ele e Sutton. Mas algo ainda me incomodava. Quanto mais Brody dizia que não era nada, mais eu acreditava que podia ser algo importante.

— Você acha que eles estão tendo um caso? Tipo, um caso secreto? — perguntei.

Adelaide mordeu o lábio e balançou a cabeça.

— Não, se Sutton estivesse transando com alguém, ela não estaria tão irritada. Acho que eles estão lutando contra os sentimentos que têm um pelo outro, e talvez isso esteja causando tensão entre eles? Mas ele ainda está ajudando ela em casa e na loja, então não tenho certeza.

— Eu sei que deveria fazer o que você disse e deixar isso pra lá.

— Palmer me disse que, quando entrou na Coastal Chic outro dia, encontrou os dois no depósito no meio de um momento bem tenso. Eles não estavam se beijando nem nada, mas parecia que estavam discutindo sobre alguma coisa. Ela disse que a tensão sexual era tão intensa que dava para sentir no ar. Então Jack apareceu, e Brody saiu pela porta dos fundos. Palmer disse que ele parecia furioso.

— Jack? Ele está de volta à cidade?

Ela assentiu.

— Parece que sim.

— Por que Jack estava lá?

— Não sei. Palmer ouviu ele e Sutton conversando sobre a loja depois que Brody saiu. Eles estavam discutindo, mas ela não conseguiu entender exatamente o que diziam, além de Jack mencionar algo sobre Sutton e Brody. Não deu para ouvir direito.

— Por que Jack passaria na loja? Achei que ele já tivesse vendido a parte dele para Sutton.

Adelaide soltou um longo suspiro.

— Ele deveria ter vendido. Ele foi para a França há um tempo, e ela tem usado o advogado para se comunicar com ele. Mas ele continua arrumando desculpas para não vender ainda. Acho que Sutton pode ter que levá-lo de volta ao tribunal.

— Você está brincando?

Ela balançou a cabeça.

— Bem que eu queria. Ela não contou aos meus pais, porque está preocupada que isso possa chatear meu pai. Mas agora parece que Jack está de volta à cidade e ainda não quer vender.

— Por quê?

Ela franziu o nariz.

— Porque ele é um babaca.

Eu ri, mas sem achar a menor graça.

— Entendo por que Sutton está escondendo isso dos seus pais.

— Sim, meu pai tentaria ir atrás do Jack para dar uma surra nele.

— Me faz querer fazer o mesmo. Você acha que Brody sabe o que está acontecendo e é por isso que eles estavam discutindo?

Adelaide deu de ombros.

— Talvez? Não sei. Enfim, é melhor eu deixar você voltar ao trabalho. Por favor, tome cuidado, e te vejo depois do seu turno?

Inclinei-me para beijá-la antes de encostar minha testa à dela.

— Sempre tomo cuidado, querida.

— A festa de despedida mista no sábado... está tranquilo pra você?

— Tranquilo. — Depois de dar um tapa em seu traseiro, nos separamos.

— Eu te amo, futura Sra. Wilson! — gritei quando ela começou a se afastar.

Ela olhou para mim por cima do ombro, com um sorriso brilhante no rosto.

— Eu te amo mais!

Ela se virou e seguiu pelo píer em direção ao estacionamento. Eu fiquei observando-a até ela entrar no carro e ir embora. Então peguei o telefone e liguei para o meu irmão. Não sabia se ele estava debaixo d'água naquele momento ou não.

— Alô?

— Ei, o que está rolando com você? — perguntei.

— Estou indo para Boston trabalhar em um navio que precisa de alguns reparos.

— Boston? Você vai estar de volta para a festa no sábado?

Ele riu.

— Vejo que Adelaide já te contou sobre isso.

— Contou.

— Você está de boa com uma festa mista?

— Com certeza. Quanto mais tempo posso passar com a minha garota, melhor.

Brody fez um som de engasgo.

— Bem, pelo meu próprio bem, espero que Brax cumpra a promessa de convidar algumas mulheres solteiras.

Isso despertou meu interesse.

— Ah, é? Procurando uma namorada, mano?

— De jeito nenhum. Estou procurando um pouco de diversão. Já faz tempo demais.

Olhei de volta para o estacionamento, mesmo sabendo que Adelaide já não estava lá.

— Ouvi dizer que Jack está de volta à cidade e esteve na loja da Sutton outro dia.

Ele ficou em silêncio por alguns segundos.

— Sim, ele está tentando causar problemas para Sutton. Não conta isso para Addie, mas estou tentando convencer Sutton a pedir uma ordem de restrição contra ele.

Eu estava prestes a entrar no prédio, mas parei ao ouvir suas palavras.

— O quê? Por quê?

Brody suspirou.

— Escuta, não quero falar sobre isso pelo telefone agora.

— Brody, Sutton está em perigo? Porque, se estiver, você não pode pedir para eu esconder isso da Addie.

— Não acho que ela esteja. Pelo menos, não no momento.

— Ótimo, porque isso deixa tudo melhor — murmurei.

Chip acenou para mim de dentro, e suspirei enquanto abria a porta e entrava no meu escritório.

— Não vou deixar isso pra lá, Brody.

Brody gemeu.

— Imaginei que você não deixaria...

CAPÍTULO 25

Adelaide

A festa conjunta de despedida de solteiro e solteira – que também serviu como chá de panela – acabou sendo uma ótima ideia. Nossos pais e avós estavam lá, junto com amigos de ambos os lados da família. Foi tipo uma festa só para resolver tudo de uma vez.

Sempre que eu olhava para Brody e Braxton sentados no canto, emburrados, não conseguia segurar o riso. Eles, definitivamente, não estavam felizes por não terem conseguido uma despedida de solteiro com strippers.

Gannon apertou o braço que estava ao meu redor, me puxando contra seu corpo.

— Do que você está rindo sozinha? — ele perguntou.

Inclinei a cabeça na direção de Brody e Braxton, que estavam sentados a uma mesa juntos, bebendo cerveja.

— Parece que as mulheres solteiras nunca apareceram — Gannon disse, rindo.

Virando-me para ele, perguntei:

— Que mulheres solteiras?

— Ah, eu não te contei? Brody pediu para Braxton convidar algumas mulheres solteiras. Aparentemente, meu irmão está precisando de uma ficada.

— Assim como Sutton e Palmer. Meu Deus, essas duas estão tão rabugentas ultimamente. Harlee é a única que está agindo normalmente nos últimos dias.

— Bem, ela tem o Thomas. E, na verdade, eu vi os dois saindo da área dos fundos há pouco tempo. Provavelmente deram sorte... diferente de nós. Quanto tempo mais temos que ficar aqui, afinal?

Revirei os olhos.

— Só estamos aqui há uma hora, Gannon. Não podemos ir embora por pelo menos mais algumas horas.

Ele gemeu e inclinou a cabeça para trás.

Eu ri.

— Mas eu estaria disposta a fugir para um sexo antes do casamento.

— Vou fingir que não ouvi isso, ou vou ter outro ataque cardíaco.

Meu coração quase pulou pela garganta ao ouvir a voz do meu pai.

— Você tem o dom de aparecer na hora errada, senhor — Gannon comentou, tentando esconder o sorriso.

Meu pai lançou um olhar desaprovador para ele e, em seguida, se virou para mim.

— Sutton está bem? Tem algo errado com ela?

Eu olhei para Gannon, depois de volta para o meu pai.

— Não, por que pergunta?

— Ela parece... diferente. Distante, estressada, como se tivesse muita coisa na cabeça.

Decidi amenizar a preocupação dele.

— Ah, se ela parece distante, provavelmente é só por causa da grande liquidação de outono que está organizando. Eu a ouvi pedindo para Palmer ajudar ela e Harlee na loja. Ela está bem, pai.

Ele assentiu, mas eu ainda conseguia ver a preocupação em seus olhos.

— Eu queria que ela encontrasse alguém. Espero que ela não tenha deixado o idiota do ex fazer ela acreditar que todos os homens são como ele.

— Não acho que seja esse o caso — respondi rapidamente.

Quando ele olhou diretamente nos meus olhos, soube que estava prestes a mentir para meu próprio pai.

— Você me contaria se algo estivesse errado, certo? Quero dizer, estou bem de saúde. Eu consigo lidar com isso, se algo estiver errado.

Segurando a mão dele, dei um aperto suave.

— Papai, está tudo bem. Eu prometo.

Ele sorriu, depois se inclinou e beijou minha bochecha.

— Obrigado, minha menina. Agora, vocês dois, vão socializar. Não posso acreditar no tanto de gente que veio para celebrar o casamento de vocês.

Gannon colocou a mão na minha cintura e me guiou para longe. Ele se inclinou e sussurrou:

— Sinto muito que você teve que mentir para ele, mas você fez a coisa certa.

Suspirei e assenti.

— Eu só odeio isso. Ainda não tive chance de falar com Sutton, mas preciso fazer disso uma prioridade. Tem alguma coisa errada, Gannon.

Quando ele não disse nada, me virei para olhar para ele.

— Você sabe de algo que não está me contando?

Gannon franziu a testa.

— Por favor, não diga nada pra ninguém. Prometi ao Brody que não contaria nada, e ainda não consegui ouvir toda a história dele.

— O que é?

Ele se inclinou para mais perto.

— Ele está pressionando Sutton a conseguir uma ordem de restrição contra Jack agora que ele voltou.

Arfei, em choque.

— Por quê? Ele a ameaçou?

Gannon deu de ombros.

— Como eu disse, ele não me contou mais nada.

Dei uma olhada rápida ao redor da sala e avistei Sutton e Brody conversando com algumas outras pessoas.

— Precisamos descobrir o que está acontecendo.

— Concordo — Gannon disse.

Ele apertou meu quadril enquanto nos dirigíamos a um grupo de pessoas que ainda precisávamos cumprimentar.

— Não se preocupe, tudo bem? Esta noite é nossa, e só quero que você aproveite.

Nós dois sorrimos e distribuímos nossos cumprimentos à medida que caminhávamos pela sala.

— Você tem razão, mas...

— Eu sabia que tinha um 'mas'...

Virando-me para encará-lo, abaixei o tom de voz:

— A única maneira de eu aproveitar totalmente esta festa é se você descobrir onde Harlee e Thomas se esconderam, para que possamos fazer uma visita ao mesmo lugar.

Ele ergueu uma sobrancelha, todo esperançoso, seus olhos brilhando de empolgação.

— Missão aceita.

Gannon e eu passamos as próximas horas conversando com nossos amigos e familiares. Quando serviram o jantar, eu já estava pronta para desmaiar de exaustão.

A festa estava sendo realizada na *Maine Bakery*, a única padaria da cidade, que possuía um grande espaço de eventos no andar de cima, ideal para ocasiões como essa: reuniões, festas pequenas, encontros etc. Minha mãe e meu pai haviam preparado o bufê, enquanto a *Maine Bakery* cuidava das sobremesas. Kaylee, a dona, fazia as sobremesas mais incríveis de todo o estado. Ela também estava encarregada de fazer o bolo do nosso casamento e cupcakes para o grande dia.

Todos estavam sentados, e eu vi minha mãe saindo da área da cozinha. Atualmente, sempre que ela e meu pai organizavam um evento, contratavam pessoas para ajudar enquanto supervisionavam tudo.

Tum. Tum. Tum.

Olhei para o palco e vi Sutton e Brody em pé, minha irmã batendo no microfone.

— Agora que temos a atenção de vocês, Brody e eu gostaríamos de agradecer a todos por terem vindo. Sabemos que esta não é uma despedida de solteiro ou chá de panela típico, ou mesmo uma festa de casamento...

— Buuuuu! — Braxton gritou antes que Palmer o acertasse no estômago. — Ai! Isso doeu, Palmer.

— Ótimo — minha irmã respondeu, e todos riram.

— Enfim... — Sutton continuou, lançando um olhar de reprovação para Braxton. — Queríamos agradecer por estarem aqui. Preparamos uma pequena apresentação de slides para todos enquanto o pessoal da cozinha traz os aperitivos. Aproveitem.

As luzes diminuíram apenas o suficiente para que todos pudessem ver a tela, mas não tanto a ponto de atrapalhar os garçons que circulavam pelo salão.

Fotos minhas e de Gannon, com 10 anos de idade, apareceram na tela, e todos soltaram um 'aww'. As imagens progrediram com o passar dos anos, mostrando momentos como no dia em que ele pediu minha mão em casamento. Acampando, cavalgando, esquiando na baía, pescando no gelo... Tantas recordações incríveis que compartilhamos ao longo dos anos. Então vieram os anos de colégio, com bailes, formaturas e, finalmente, as fotos do nosso noivado, tiradas uma semana e meia atrás na Ilha do Farol.

Gannon entrelaçou os dedos aos meus enquanto minha mãe me entregava um lenço para secar as lágrimas.

Brody entregou uma taça de champanhe para Sutton no segundo em que as luzes voltaram a acender.

— Vou guardar meu discurso de verdade para o casamento — ela disse —, mas acho que todos sempre soubemos que Gannon e Adelaide foram feitos um para o outro. Não poderíamos estar mais felizes por vocês dois.

Sutton ergueu sua taça enquanto limpava uma lágrima com a outra mão.

— A Addie e Gannon.

— A Addie e Gannon! — todos disseram em uníssono, e Gannon se inclinou para me beijar suavemente nos lábios.

— Agora podemos comer, por favor? — Braxton gritou, e a sala inteira explodiu em aplausos e risadas.

— Adelaide, ouvi dizer que você vai se casar no *French's Point*. É tão lindo lá. Como vocês conseguiram reservar em tão pouco tempo? — perguntou uma das tias de Gannon. Ou seria ela prima do pai dele? Eu não conseguia me lembrar. Havia tantas pessoas aqui que eu nunca tinha conhecido antes.

— Foi pura sorte. Não tem muita gente que quer se casar no Halloween. E é uma segunda-feira, então não é um dia muito popular para casamentos.

— Verdade, verdade. Quando Ken me disse que vocês iam se casar no Halloween e numa segunda-feira, eu achei que ele estava confuso.

— Ah, eu também — disse a outra mulher. Quem era ela mesmo? Outra prima? Não, viúva de alguém. Droga, como podiam esperar que eu me lembrasse de todas essas pessoas?

Eu senti a presença de Gannon atrás de mim antes mesmo de ele dizer uma palavra.

— Tia Agatha, você se importa se eu pegar minha futura noiva por alguns momentos?

— Tia Agatha! — exclamei, sem perceber que tinha falado em voz alta.

— Sim, querida?

— Oh, eu, hmm... não... eu...

Gannon veio ao meu resgate.

— Com licença, senhoras.

— Claro, claro. — Tia Agatha gesticulou com as mãos para que saíssemos.

— Você chegou bem a tempo — sussurrei enquanto Gannon nos guiava para longe com uma mão no meu braço. — Acho que sua tia não está muito feliz com a ideia de nos casarmos no Halloween. Ou talvez seja a segunda-feira que a incomoda.

Gannon riu, nos conduzindo pela multidão.

— Para onde estamos indo? — perguntei, sorrindo para as pessoas por quem passávamos.

Aproximando-se mais, Gannon disse:

— Descobri onde Harlee e Thomas se esconderam. Brax me contou.

— Como ele sabe? — perguntei, sem ter certeza se queria saber, conforme nos dirigíamos ao canto mais afastado do salão.

— Vi ele saindo pela mesma porta com minha prima Lynn.

Eu parei de andar.

— Ele não fez isso!

Gannon riu baixinho.

— Ah, fez sim. Ele confessou tudo.

— Eu não vou transar onde meu irmão acabou de fazer sexo, Gannon!

— Não vamos. Ele só chegou até o banheiro masculino. Aparentemente, Lynn estava impaciente.

— Argh... — gemi, tentando tirar a imagem da minha cabeça.

Gannon abriu uma porta, e ambos olhamos para trás para ver se alguém estava observando antes de entrarmos. Estávamos em um corredor que levava a um conjunto de banheiros.

— Para onde mais isso vai? — perguntei enquanto Gannon nos guiava pelo corredor.

— Aparentemente, há um escritório lá atrás com uma grande mesa e um sofá.

— E como você descobriu isso?

— Thomas contou a Braxton, que me contou. Então ele disse que, se eu sequer pensasse em te levar para lá para transar, ele me daria uma surra.

Eu revirei os olhos.

— Como se ele fosse tão inocente assim.

Paramos à porta do escritório, e Gannon colocou a mão na maçaneta, mas eu rapidamente o impedi. Inclinando-me em direção à porta, coloquei um dedo na boca para sinalizar silêncio.

— Tem alguém aí dentro — sussurrei.

Gannon balançou a cabeça.

— Impossível.

Eu conseguia ouvir vozes abafadas, mas não tinha certeza de onde vinham.

— Acho que isso é só barulho vindo da padaria lá embaixo — Gannon disse, baixinho. Ele girou a maçaneta e abriu a porta.

Entramos com cuidado, suspirando de alívio. A sala estava vazia. Gannon fechou a porta e a trancou enquanto eu caminhava mais para dentro do espaço.

Ele enlaçou meu corpo e me abraçou apertado por trás, descansando o queixo no meu ombro.

— Eu estava tão ansioso para estar dentro de você, mas, honestamente, estou exausto.

— Eu também — respondi com uma risada. Virando-me em seus braços, envolvi os meus ao redor de seu pescoço. — Mal posso esperar para me casar com você, Gannon.

Ele esfregou o nariz no meu.

— Eu também não. Estou contando os dias. Não quero esperar mais.

Meu estômago deu um solavanco, como se eu estivesse em uma montanha-russa.

— E se não esperarmos?

Ele franziu o cenho.

— O que você quer dizer?

— Quero dizer, ainda podemos nos casar no Halloween... mas e se fugirmos para o cartório antes disso? Já temos a licença de casamento. Vamos fazer isso!

Ele deu um passo para trás, surpreso.

— Você quer?

Rindo, dei um pulinho.

— Sim! Vamos fazer isso.

— Tudo bem... segunda de manhã?

— Segunda de manhã!

A maçaneta da sala se mexeu, seguida de uma batida forte.

— Gannon Wilson, tire as mãos da minha filha agora mesmo!

Gannon e eu subimos os degraus do pequeno prédio na rua principal que abrigava o Departamento de Polícia de Seaside, os escritórios da cidade e o cartório onde o juiz de paz iria nos casar. Se alguém nos visse, provavelmente presumiria que estávamos indo buscar nossa licença de casamento.

— Não acredito que estamos fazendo isso — eu disse. — Parece que estamos fazendo algo errado!

Ele segurou minha mão enquanto abria a porta do prédio. Caminhamos pelos corredores até um escritório nos fundos, onde eu sabia que Mitch Murphy, um juiz de paz, estaria trabalhando hoje.

Gannon ergueu a pasta de arquivo que continha nossa licença de casamento.

— Pronta?

Eu cobri a boca com a mão, tentando segurar uma risada.

— Mais do que pronta!

Não havia realmente um motivo claro para fazermos isso, além de simplesmente o desejo de fazer. Algo só nosso, que ninguém mais sabia. Um segredo que seria compartilhado apenas entre nós dois.

Deus nos ajudasse se houvesse algum espião no cartório.

Estendi a mão e abri a porta. A recepcionista era uma antiga amiga nossa do ensino médio. Ela olhou para cima e sorriu.

— Meu Deus, o que vocês dois estão fazendo aqui? — Mindy Larson perguntou, se levantando e contornando a mesa. — Faz tanto tempo que não vejo você, Addie! Estava querendo ligar pra você, mas as coisas têm estado tão corridas que ainda não consegui.

Eu sorri.

— Os últimos meses têm sido uma loucura desde que voltei.

Ela riu.

— Eu sei, tenho acompanhado pelo jornal.

Revirei os olhos.

— Só para constar, não tem nenhum camarãozinho, viu?

— Eu nunca pensei que tivesse. — Ela olhou de um para o outro. — Vocês estão aqui para serem testemunhas? Acho que eles já começaram.

Gannon e eu trocamos olhares confusos.

— Hmm, não — eu disse, soltando uma risada nervosa. — Quero dizer, sei que acabamos de dizer que não estamos grávidos, e isso pode parecer estranho, mas na verdade gostaríamos que Mitch nos casasse. Em segredo. Não vamos contar para nossas famílias que estamos fazendo isso. Foi algo meio espontâneo.

Mindy ficou ali parada, piscando para nós, com uma expressão de choque no rosto.

— Então vocês não sabem sobre o... hmm... — Ela olhou por cima do ombro e murmurou: — Ah, caramba.

De volta ao lar

229

Seguimos o olhar dela para a porta do escritório.

— Não sabemos sobre o quê? — Gannon perguntou.

Mindy olhou de volta para nós.

— Achei que vocês estavam aqui como testemunhas para o casamento deles.

— De quem? — eu quase gritei.

Naquele momento, a porta do escritório se abriu – e eu dei alguns passos para trás quando Brody e Sutton saíram.

— Puta merda — Gannon murmurou.

Eles pararam abruptamente quando nos viram.

Mindy se inclinou para mim e disse:

— Acho que vocês não tinham ideia de que eles também estavam aqui para se casar.

Eu balancei a cabeça lentamente enquanto engolia o nó que se formava na minha garganta.

— Nenhuma... ideia... mesmo.

EPÍLOGO

Sutton

Eu estava ao lado de Brody enquanto Mitch falava, e minhas mãos tremiam. Não ouvi uma única palavra do que ele disse. Nem uma só palavra saiu da boca dele que eu tenha compreendido. Eu nem sequer sabia o que havia dito durante os votos antes de deslizar a aliança no dedo de Brody.

No instante em que Brody segurou minha mão, eu soube que isso era um erro. Um grande, enorme erro. Não era para ser assim. Não um casamento secreto no cartório. Não pelos motivos pelos quais havíamos obtido a licença de casamento dois dias atrás.

Tudo estava errado.

Lutei para conter as lágrimas quando Brody olhou para mim, seus olhos desprovidos de qualquer emoção.

Era como se alguém estivesse sentado em cima do meu peito. Respirar era uma tarefa exaustiva.

Como eu iria fingir que não estava casada com o homem pelo qual estive apaixonada desde que me lembro? O homem com quem sonhei noite após noite, mesmo na véspera do meu primeiro casamento?

O homem a quem entreguei minha virgindade, que foi tão meigo e gentil naquela noite.

O homem que partiu meu coração em milhões de pedaços e me empurrou de volta para os braços de Jack.

Mitch sorriu para Brody e para mim.

— Agora, eu os declaro marido e mulher, Sr. e Sra. Brody Wilson.

Nós nos encaramos com expressões vazias – expressões que eu tinha certeza de que duas pessoas recém-casadas não deveriam ostentar.

— Hmm, é aqui que você deve beijá-la, Brody — Mitch disse, com uma risada leve.

— Ah, sim... claro.

Brody levantou a mão até o meu rosto, e senti meu corpo inteiro aquecer. Ele se inclinou e me beijou suavemente nos lábios, depois se afastou devagar. Nossos olhares se encontraram, e por um momento fui transportada de volta aos meus 18 anos. A jovem que olhou para os mesmos olhos e disse três palavras que fizeram Brody Wilson fugir o mais rápido que podia.

— Vocês têm certeza de que querem manter este casamento em segredo? — Mitch perguntou.

Nós acenamos com a cabeça ao mesmo tempo, nenhum de nós dizendo uma palavra.

Ele suspirou.

— Não vou fazer perguntas, mas vocês me avisariam se algo estivesse errado, certo?

Engoli em seco e pigarreei, tentando encontrar minha voz.

— Está tudo bem — murmurei.

O maxilar de Brody se contraiu, e eu podia ver que ele estava se contendo. Ele forçou um sorriso e olhou para Mitch.

— Está tudo perfeito, Mitch. Simplesmente. Perfeito.

THE SEASIDE CHRONICLE

29 de setembro de 2022

ONDAS AGITADAS!

SEASIDERS,

NOTÍCIA DE ÚLTIMA HORA DIRETAMENTE DO CAIS! HOUVE UM CASAMENTO. ALGUÉM CONSEGUE ADIVINHAR QUEM TROCOU ALIANÇAS?

QUEM VOS ESCREVE SABE...

VENTOS FAVORÁVEIS E MARES TRANQUILOS!

Fim... por enquanto.

CAPÍTULO 1

Sutton

Final do último ano do ensino médio

Sempre ouvi dizer que quando você encontra a sua alma gêmea, aquela pessoa com quem quer passar o resto da vida junto, você sente nas profundezas da sua alma. Que os corações de ambos foram forjados com o mesmo fogo. Nunca senti isso com Jack Larson, meu atual ex-namorado. Eu gostava dele, mas quando seu olhar encontrava o meu do outro lado da sala, ou quando ele sorria para mim, parecia que alguma coisa estava faltando. Jack tinha um jeito de me fazer sentir como eu fosse a sortuda por estar com ele. Não era uma parceria. Ele era rápido no gatilho para apontar as minhas falhas, e mais rápido ainda para explicar que não tinha intenção de me magoar. Era nítido que ele nunca mudaria. Sempre seriam as vontades dele acima das de qualquer outro. Isso não era uma alma gêmea.

Minha irmã mais velha, Adelaide – a quem todos chamavam de Addie – e seu ex-namorado, Gannon Wilson, eram almas gêmeas. Todo mundo podia ver isso. Jack e eu... estávamos bem longe disso.

E aqui estava eu, sentada sozinha na praia, depois de Jack me informar que queria terminar.

Nós dois estávamos prestes a começar a faculdade, e ele sentia que precisava explorar outras... *opções*, palavra que ele usou. Eu deveria estar triste, mas não estou. Mais uma vez, ele tinha sido bem cruel com as palavras, como sempre.

Na verdade, ele queria transar alguns minutos atrás, mesmo com a galera toda ao redor da fogueira. *Todo mundo.* Inclusive minha irmã, Addie, e Gannon – que estava em casa por conta de uma folguinha na Marinha, junto com o irmão mais velho, Brody. De jeito nenhum eu transaria com o Jack. Além do mais, eu não estava pronta. Pelo menos, eu não estava pronta para dormir com *ele*.

De volta ao lar   233

Ouvi alguém se aproximar e rapidamente sequei as lágrimas.

— Não vale a pena derramar uma única lágrima por ele, Sutton.

Olhando para cima, deparei com Brody ali parado. Ele sorriu, e meu estômago deu uma cambalhota enquanto o peito se agitava. Quando seu olhar encontrou o meu, meu coração acelerou. A maneira como ele me fazia sentir era algo que *nunca* experimentei com Jack. Nem uma única vez. O que isso dizia sobre mim e Jack?

Eu era a primeira a admitir que sempre tive uma paixonite por Brody desde que me entendia por gente. Mas quando ele apareceu hoje à noite com Gannon — com seu cabelo quase preto em um corte militar e seu corpo mais musculoso e definido —, senti como se tudo meu por dentro tivesse derretido. Eu sabia que Jack tinha notado minha reação, e foi por esse motivo que ele me puxou para o lado e tentou jogar a ladainha de 'precisamos transar antes de ir para a faculdade'. Eu também sabia, no fundo do meu coração, que dormir com Jack não era o que eu queria, e se havia uma coisa que eu podia controlar no nosso relacionamento, era *se* e *quando* eu me entregaria para ele.

Pigarreei de leve e olhei para Brody.

— Eu não estava chorando por causa dele. Só pelas palavras que ele jogou na minha cara.

Jack disse que eu não valia a espera, e que estava tudo acabado entre nós. Suas palavras não foram ditas com raiva, na verdade, mas de algum lugar profundo dentro dele. Só me magoou porque uma parte minha sabia que aquele era um sinal de que ele sempre soube, assim como eu, que nunca estivemos realmente apaixonados.

Era difícil amar alguém quando você já tinha dado seu coração a outro homem, independente se esse homem soubesse disso ou não.

Brody se sentou e me entregou a cerveja que estava bebendo. Tomei um gole e devolvi a garrafa, depois recostei a cabeça em seu ombro. Ele era quatro anos mais velho que eu, e havia ingressado na Marinha logo após o ensino médio. Eu me lembro de ter chorado por horas a fio no meu quarto, porque ele tinha ido embora. Eu não poderia mais ver aquele sorriso torto ou a covinha na bochecha dele. Nem aqueles lindos olhos cor de avelã, salpicados de reflexos dourados, como se fossem um presente divino.

Desde que eu me lembro, eu jurava que era apaixonada por Brody. Então conheci o Jack, e gostei dele, de verdade. Ele tinha sido gentil no início, e de um jeito estranho, me lembrava o Brody. Ele me fez esquecer do meu coração partido depois que Brody foi embora de Seaside.

No começo, as coisas com Jack tinham sido boas. Ele era engraçado, charmoso e sabia arrancar um sorriso meu... quando ele queria. Claro que, pensando no assunto agora, percebi que era fingimento, com o objetivo de me levar para a cama. Ele provavelmente tinha planos de terminar comigo, independente se eu tivesse transado com ele hoje à noite ou não. Nunca amei Jack de verdade, só o Brody. Eu sabia que era por isso que não estava devastada, e, sim, aliviada.

Era claro que Brody não fazia ideia dos meus sentimentos. Ele nunca me viu como nada além de uma criança, me dando um sorriso gentil de vez em quando, ou um tapinha na cabeça quando dizia 'oi'.

Até esta noite.

Fazia mais de um ano que Brody não voltava para casa. Quando ele chegou à fogueira e me viu, ficou nítido que ele não estava mais vendo a garotinha da qual se lembrava. Seu olhar percorreu toda a extensão do meu corpo, bem devagar, e fiquei mais do que grata por ter vestido o short preto e a regata que Adelaide me convenceu a usar. Meu corpo tinha mudado muito desde a última vez que nos vimos, e era óbvio que ele notou. A maneira como seus olhos me observaram enviou um arrepio por todo o meu corpo e agitou meu estômago de um jeito inexplicável.

— Ele é um babaca, Sutton — Brody disse. — E se ainda não estiver pronta, qualquer cara decente que se importe com você esperaria.

Engoli o nó na garganta.

— Não é que eu não esteja pronta. É só que... não quero que a minha primeira vez seja com o Jack.

Brody retesou o corpo ao meu lado.

— Por que não?

Virando-me para encará-lo, criei coragem para admitir meus sentimentos. Essa poderia ser a última vez que eu veria o Brody em meses. Talvez um tempo mais longo ainda. Ele estava prestes a ir embora de novo, onde embarcaria em um navio para sua primeira missão.

— Porque eu quero que a minha primeira vez seja com alguém que eu ame e com quem eu me importe profundamente.

Sob a luz da lua, notei os olhos de Brody avaliando meu rosto.

— Você não ama o Jack?

Lentamente, neguei com um aceno de cabeça.

— Eu nunca amei o Jack.

Então, eu fiz uma coisa que nunca pensei que faria. Eu beijei Brody Wilson.

Eu esperava que ele fosse me afastar ou que me mandaria parar. Mas ele não fez nada. Em vez disso, ele colocou a mão na minha nuca e aprofundou o beijo.

Jack *nunca* tinha me beijado do jeito que Brody estava fazendo. Foi intenso. Comovente. Sensacional. Eu podia jurar que estava sentindo aquele beijo até a ponta dos meus pés.

Deixei escapar um gemido, e Brody agarrou um punhado do meu cabelo, puxando minha cabeça para trás de forma que pudesse me consumir ainda mais. Nossas línguas dançavam em um ritmo belíssimo, e eu tinha certeza de que nenhum outro homem me beijaria daquele jeito novamente. Eu me lembraria disso pelo resto da vida. Mesmo velhinha em meu leito de morte, o beijo de Brody ficaria gravado na minha memória.

Quando ele, por fim, afastou a boca da minha, nós dois estávamos ofegantes.

— Sutton... — ele sussurrou.

Antes que ele pudesse dizer qualquer outra palavra, eu me sentei escarranchada em seu colo. Eu sabia que podíamos ser pegos no flagra a qualquer instante, mas não estava nem aí. Essa era a minha chance, e eu tomaria as rédeas da situação para pegar tudo o que eu queria.

Eu tinha, finalmente, beijado o Brody, e, meu Deus do céu, ele retribuiu.

— Brody, por favor. — Gemi baixinho ao me acomodar. Eu podia sentir sua ereção, e aquilo fez todo tipo de coisas comigo, mas, acima de tudo, me deu a coragem de mostrar... e dizer o que eu queria. Ele sempre me tratou como uma irmãzinha. Agora... agora seu corpo estava nitidamente dizendo que aquilo havia mudado. E isso me emocionou.

Ele segurou meu rosto entre as mãos e atraiu minha boca para a dele. Desta vez, o beijo foi diferente. Intenso e repleto de desejo e anseio, e, meu Deus, meu corpo reagiu da maneira mais incrível.

— O que você está fazendo comigo, Sutton? — ele sussurrou, recostando a testa à minha após interromper o beijo.

— Eu quero você, Brody. Por favor.

Ele se afastou e balançou a cabeça devagar.

— Não vou fazer isso na praia. Não é assim que a sua primeira vez deve ser. E deveria acontecer com alguém...

Pressionei os dedos contra os lábios dele para impedi-lo de continuar falando.

— Não. Por favor, não. Não sei se eu conseguiria suportar ouvir você dizer isso. Não assim, não agora.

Balançando a cabeça, como se estivesse confuso, ele segurou meu rosto com uma mão.

— Você disse que queria que sua primeira vez fosse com alguém que ama.

Mordi meu lábio inferior e desviei o olhar para longe, antes de encontrar novamente seu olhar. Ele não levou tanto tempo para perceber. Um amontoado de emoções inundou seu semblante, os olhos arregalaram, até que ele disse meu nome bem baixinho:

— Sutton, querida.

Fechei os olhos com força porque eu sabia que não poderia encará-lo ao dizer as próximas palavras:

— Eu sei que você não retribui os meus sentimentos, mas tudo bem. Quero dizer, a não ser que você não me queira, daí...

Abri os olhos a tempo de ver Brody fechar os dele. Eu podia ver a expressão angustiada em seu rosto antes que ele os abrisse e nossos olhares se fixassem outra vez. Alguma coisa estava diferente. Ele parecia... em conflito.

— Eu te quero mais do que você imagina, Sutton. Há um bom tempo.

Senti o frio na barriga assim que assimilei as palavras.

— S-sério?

Ele assentiu e passou os nódulos dos dedos pela minha bochecha.

Brody me queria.

Com um sorriso, entremeei meus dedos trêmulos pelo seu cabelo e pressionei minha boca à dele mais uma vez. O beijo foi lento, mais amável do que antes. Inundou meu corpo com uma sensação que eu nunca havia sentido. Era como um cobertor quente em uma noite fria e invernal, e de alguma forma, eu sabia que tudo ficaria bem por causa desse beijo. Que o que aconteceria a seguir mudaria as nossas vidas para sempre.

— Então, me aceite, Brody. Eu quero que seja com você. Por favor.

Antes que eu me desse conta, Brody se levantou comigo ainda em seu colo. Ele me colocou de pé na areia com delicadeza, segurou minha mão e me levou para longe da festa na fogueira.

— Para onde estamos indo?

— Para a nossa cabana de pesca.

Arrepios percorreram todo o meu corpo, e eu sabia que não era por conta do ar frio, já que estávamos em uma noite quente de agosto.

Os pais de Brody e Gannon possuíam duas casas em Seaside. A residência principal se localizava na Captain's Row, que não era tão distante da casa dos meus pais. Eles também tinham uma casa menor à beira da praia, que incluía a cabana de pesca em um píer particular. Eu já havia ido lá algumas vezes. Era bem legal, diferente das cabanas de pesca de alguns moradores locais. Da última vez que fui com a Addie, havia uma mesa de carteado, um bar e um sofá lá dentro. Eu sabia, pelo que Addie tinha me contado, que Gannon e Brody passavam muito tempo ali.

— Por que não vamos para a casa de praia? — perguntei quando começamos a percorrer o píer até a cabana.

Brody olhou para mim e deu uma piscadela.

— Porque o Gannon e a Addie estão lá.

Aquela informação fez com que eu olhasse por cima do meu ombro.

— Aaah... — murmurei, baixinho, avistando a luz fraca vindo da casa.

O relacionamento de Addie e Gannon era complicado, para dizer o mínimo. Eles haviam concordado em terminar o namoro após a formatura do ensino médio, já que Gannon estava indo para a Marinha e Addie iria embora para fazer faculdade. Mas quando os dois estavam na cidade, ao mesmo tempo, eles sempre ficavam juntos. E isso significava que eles saíam escondidos para fazer seja lá o que fosse que faziam quando estavam a sós.

Brody pegou as chaves e destrancou a porta da cabana, e, em seguida, gesticulou para que eu entrasse primeiro. Fiquei me perguntando quantas garotas ele trouxe aqui para transar. Eu sabia que ele não era um garoto inocente e fofo, mas só de pensar em outras mulheres que o tiveram primeiro... Eu sentia um ciúme horrível e detestava esse sentimento. Dei um jeito de afastar a emoção. Ali não era o lugar ou o momento para aquilo.

Ele acendeu a luz e sorriu. Quando disse as palavras seguintes, meus olhos se arregalaram. Era como se ele tivesse lido a minha mente.

— Tenho que te dizer, Sutton, que nunca trouxe nenhuma garota aqui. E se Gannon soubesse o que estamos prestes a fazer, ele ficaria puto. Este lugar é como um santuário pra ele. Nenhuma menina tem permissão de entrar. Bom, a menos que estivesse pescando.

Eu sabia que um sorriso imenso estava aberto no meu rosto. Claro que Brody devia estar pensando que eu estava sorrindo por causa da reação de Gannon.

Aproximando-se mais de mim, ele colocou uma mecha do meu cabelo castanho atrás da orelha.

— Você tem certeza disso, querida?

Pisquei diversas vezes, tentando manter as lágrimas sob controle. Não que eu estivesse assustada ou preocupada; eu estava quase chorando porque Brody me chamou de querida, e não de um jeito casual ou amigável.

— Nunca tive tanta certeza de nada na vida. Eu quero que a minha primeira vez seja com você, Brody.

Um sorriso radiante despontou em seu rosto, e ele tirou minha regata por cima da cabeça. Ele largou a peça em cima da mesa, e lançou um olhar ardente para o meu sutiã branco de renda por alguns segundos antes de começar a baixar o meu short.

— O que você já fez? — perguntou, assim que eu me livrei do short amontoado nos meus calcanhares. Ele arrastou as mãos pelas minhas coxas nuas, me fazendo tremer em antecipação.

— C-como a-assim? — gaguejei, observando-o depositar um beijo acima do meu umbigo. Prendi o fôlego e quase gemi. Jack nunca tinha tocado o meu corpo daquele jeito. Era como se Brody estivesse me adorando.

— No que diz respeito ao sexo. O que você já fez?

Umedeci meus lábios secos e lutei para manter a voz neutra.

— Não muito. Eu só namorei com o Jack, e ele... Bom, ele gosta de beijar.

— Ele já te fez gozar com os dedos ou a boca?

Arregalei meus olhos na hora. Brody foi bem direto com as perguntas, mas provavelmente isso era algo bom.

Melhor ir direto ao ponto.

— Hmm... com os dedos... algumas vezes, mas...

Ele olhou para cima.

— Mas, o quê?

Dando de ombros, respondi:

— Ele fica com raiva quando não quero avançar o sinal. Ele, geralmente, quer que eu brinque com *ele*, daí, de vez em quando, ele me faz gozar com os dedos. Nós nunca fizemos sexo oral.

Raiva inundou o semblante de Brody, mas ele rapidamente se recuperou.

— Ele é um idiota.

Rindo, eu assenti em concordância. Honestamente, eu não sabia mais o que fazer.

Alguma coisa mudou em seus olhos, e eu podia jurar que eles tinham ficado mais escuros. Ou então a claridade na cabana diminuiu, mas eu não tinha certeza.

Ele deslizou as mãos pelas minhas pernas, para em seguida enganchar os dedos na minha calcinha, baixando a peça devagar. Nós dois passamos a respirar com dificuldade, e eu podia jurar que ele era capaz de ouvir meu coração batendo.

Os batimentos eram tão altos nos meus ouvidos, que eu quase deixei passar batido o grunhido que escapou de Brody conforme ele me encarava.

Lambendo os lábios, ele se levantou e olhou diretamente nos meus olhos quando abriu o fecho do meu sutiã, baixando as alças pelos meus braços até largar em cima da calcinha.

— Eu serei o primeiro homem que vai te fazer gozar com a minha boca... E você não tem ideia do que isso me faz sentir.

Mordisquei meu lábio inferior, sentindo a pulsação entre as pernas aumentar. A necessidade de pressionar as coxas era quase insuportável.

— Aah... — sussurrei.

Minhas bochechas estavam pegando fogo, pois eu sabia que era inexperiente demais em coisas relacionadas a sexo e preliminares. Brody provavelmente era acostumado a estar com mulheres que sabiam o que fazer, como tocá-lo de um jeito gostoso. Eu não tinha a menor noção no assunto, e mesmo que tivesse, estava tão nervosa que era bem capaz que não me lembraria de nada no momento.

— Sente-se, querida.

A voz dele soava quase como um sussurro. Eu me sentei no sofá e Brody se ajoelhou. Observei a expressão de seu rosto conforme ele admirava meu corpo nu. Eu não estava nem um pouco envergonhada, e isso me pareceu meio estranho. Com Jack, eu sempre estive muito consciente da minha nudez, e reparava que frequentemente queria manter alguma peça de roupa. A camiseta, meu sutiã... alguma coisa que servisse de barreira.

— Você é linda pra caramba, Sutton.

Suas palavras fizeram meu coração martelar contra o peito. Ele se inclinou e espalmou um dos meus seios, se banqueteando com o mamilo. Ofeguei de puro prazer e arqueei meu corpo para ele.

Eu precisava de mais. Minha nossa, eu precisava de mais.

— Brody — gemi, enquanto a outra mão dele deslizava para o meio das minhas pernas. Eu as abri ainda mais, dando acesso total. Quando deslizou um dedo para dentro, ele gemeu e recuou um pouco para olhar para mim.

— Você está tão molhada, querida. — Sua voz soou tensa, e ele fechou os olhos por um instante à medida que enfiava o dedo outra vez, para então retirá-lo. — Preciso te provar.

Antes que eu pudesse responder, ele abriu ainda mais as minhas pernas e me lambeu, chupando o clitóris em seguida. Aquilo quase me fez pular do sofá.

— Ai, minha nossa!

Ele olhou para cima e deu uma risadinha.

— Seu gosto é maravilhoso. Você gosta disso, Sutton? Gosta que eu esteja te comendo assim?

Tudo o que consegui fazer foi gemer:

— S-sim.

— Você quer mais?

Assentindo, gemi novamente quando não consegui dizer mais nada.

Brody enfiou a cabeça entre as minhas pernas, e eu o observei se banquetear com meu corpo como se eu fosse sua sobremesa favorita. Coloquei as mãos em sua cabeça e o puxei para mais perto. Mais. Eu precisava de mais... e, ainda assim, a sensação era quase demais. A tensão estava se avolumando, o que me fez arquear as costas. Eu não conseguia impedir o movimento dos meus quadris. Brody usou a mão para me fazer ficar quieta no sofá enquanto enfiava sua língua dentro de mim, me arrancando um grito.

— Brody! Isso! Aaaah...

Eu já tive orgasmos antes. Jack me masturbou com a mão, mas sempre foi uma coisa meio apressada. Assim que eu gozava, ele colocava a minha mão no seu pau e me mandava masturbá-lo. Não havia nada de romântico em nossa intimidade. Uma vez, eu perguntei sobre sexo oral, e ele disse que não era a praia dele.

Em dar *ou* receber. Então nunca mais toquei no assunto. Mas ouvi minhas amigas conversando sobre os orgasmos avassaladores que rolavam quando um cara fazia sexo oral na garota. E elas não estavam brincando. Era como se eu estivesse flutuando acima do meu corpo e me observando no sofá.

Ele me lambeu outra vez, e, em seguida, enfiou os dedos na minha boceta. Senti uma leve ardência conforme ele me abria por dentro. Soltei um sibilo, e ele me tomou novamente com a boca, chupando o clitóris com força.

— Ai, caramba, Brody! Sim! *Siiim!*

Desde a ponta dos meus dedos dos pés, senti o orgasmo se avolumar. Começou como uma onda suave antes de se libertar e percorrer todo o meu corpo. Assim que me inundou, tive que cobrir a boca com a mão para conter o grito.

Era uma sensação de puro prazer misturado com um pouco de dor quando Brody acrescentou mais um dedo.

O orgasmo percorreu meu corpo como um trem de carga desgovernado. Em um determinado momento, tentei afastar Brody, mas ele continuou a tortura. Ele extraiu cada gota do meu clímax até me deixar ofegante e encarando o teto, como se estrelas estivessem dançando ao redor da sala.

Ele se levantou e tirou a roupa às pressas. Pegou sua carteira e tirou uma camisinha.

— Temos mesmo que usar uma? — perguntei.

Brody retesou o corpo.

— Sutton, não sei se vou conseguir tirar a tempo.

— Estou tomando pílula.

Uma expressão de desejo tomou conta do semblante dele.

— Nunca transei sem camisinha.

Tentei não parecer desanimada. Eu realmente queria sentir tudo de Brody, sem uma barreira. Queria que nos conectássemos como um só, especialmente porque estava sendo a minha primeira vez.

Ele percebeu a expressão decepcionada no meu rosto.

— Tem certeza, Sutton?

— Nunca tive tanta certeza de nada! — O sorriso que despontou no meu rosto arrancou uma risada dele. — Eu quero sentir você todinho, Brody.

Ele fechou os olhos e praguejou.

— Não vou durar muito tempo se estiver sem nada dentro de você.

Ele se abaixou e me pegou no colo, me levando para a cama de solteiro que ficava no canto da cabana. Ele puxou a coberta e me colocou com gentileza sobre o colchão. Com uma mão espalmando o meu rosto, ele disse:

— Preciso te fazer gozar de novo.

Eu não ia discutir com aquilo.

— Tá bom — arfei.

— Quando eu me enfiar dentro de você no início, vai doer, mas deve melhorar rapidinho. Se precisar que eu pare, você vai me dizer?

Assentindo, passei as mãos pelo seu peito.

— Prometo que vou dizer se doer.

Ele se abaixou e capturou a minha boca. O beijo foi maravilhoso. Eu podia sentir meu próprio gosto em sua língua, e aquilo fez com que mais umidade cobrisse o dedo que Brody deslizava para dentro.

Ele gemeu, e o som *me* fez gemer junto. Eu não poderia ter imaginado minha primeira vez sendo melhor do que isso.

Não demorou muito e eu estava gritando novamente o nome de Brody. Antes que meu orgasmo acabasse, ele se posicionou entre as minhas pernas e, lentamente, arremeteu para dentro de mim.

Dor e prazer se misturaram e criaram um coquetel maravilhoso. Cravei os dedos em sua bunda, e ele parou de impulsionar contra o meu corpo.

— Não! — gritei. — Não pare, por favor... Não pare!

Devagar, Brody me preencheu por completo. Era a sensação mais gloriosa que eu já havia experimentado na vida.

Ele era enorme e rígido, mas, ainda assim, se encaixou com perfeição.

— Aguenta firme, querida.

Ele impulsionou de leve, e eu soltei um pequeno grito quando uma nova onda de dor me acometeu. Brody enterrou o rosto contra o meu pescoço.

— Desculpa, Sutton. Desculpa.

Enlacei seu corpo com meus braços e pernas.

— Está tudo bem. Estou bem. Já está melhorando. Não pare, Brody. Isso é tão bom.

Em movimentos lentos, Brody ergueu a cabeça e nossos olhares se encontraram.

— Nunca senti nada parecido como isso, Sutton. Você é tão apertada... tão perfeita. É gostoso pra caralho.

Ergui um pouco o tronco e dei um beijo em sua boca. Ele arremeteu para dentro e fora de um jeito muito sensual.

Toda vez que ele me penetrava fundo, ele atingia um ponto específico que fazia com que meus dedos dos pés se curvassem. Eu precisava de mais daquilo. Mais dele.

— Mais forte, Brody.

Ele acelerou o ritmo, e eu me senti como uma nova mulher.

— Sim! Eu quero com força. Me fode gostoso, por favor.

Baixando a cabeça novamente, ele sussurrou:

— Puta merda, Sutton. É sexy pra cacete ouvir você falar desse jeito.

— Brody! — gritei quando ele me deu o que pedi. — Sim! *Siiim!* Aaah, Brody. Mas rápido! Com força... Estou sentindo... Ai, minha nossa...

Brody moveu os quadris com mais rapidez, saindo e estocando com vontade. Ainda assim, eu podia ver que ele estava se contendo, com medo de me machucar. Eu queria tudo dele. O som de nossos corpos se chocando era a coisa mais erótica que eu já tinha ouvido, e eu não conseguia me fartar disso.

— Querida, estou perto. Porra, Sutton...

Ele enfiou a mão entre nossos corpos e pressionou o polegar contra o meu clitóris, e foi aí que eu explodi. Seu nome saiu por entre os meus lábios como uma espécie de mantra a cada movimento acelerado. Eu podia senti-lo ficar mais inchado dentro de mim, e um sorriso despontou no meu rosto quando ele gozou.

— Sutton! Caralho! — Ele fechou os olhos, e a expressão em seu rosto era tão linda que quase chorei. — Porra, estou gozando. Aaaah, que delícia.

Segurei seu rosto entre as mãos, travando nossos olhares conforme ele gozava dentro de mim.

Quando ele pressionou a boca à minha, eu podia jurar que alguma coisa havia se passado entre nós. Aquele instante, com Brody enterrado profundamente dentro de mim, era algo que eu queria que nunca tivesse fim. Eu queria ficar daquele jeito para sempre, nós dois unidos em um só, por toda a eternidade.

Lentamente, voltamos a respirar normal, à medida que Brody depositava beijos suave por todo o meu rosto e pescoço. Quando ele ergueu o tronco, eu enlacei seu corpo.

— Ainda não. Por favor, não me deixe.

Sorrindo, ele se apoiou nos cotovelos e me encarou.

— Isso foi sensacional, Sutton. Eu nunca...

Suas palavras desvaneceram, e tudo o que eu queria era saber o que ele estava prestes a dizer.

— Você nunca, o quê?

— Nunca foi assim tão bom.

Eu sorri, deslizando os dedos pelo cabelo suado à sua nuca.

Ele beijou a ponta do meu nariz.

— Você está dolorida?

— Não. — Arrastei os dedos pelo seu rosto lindo. — Nunca me senti mais viva.

Brody respirou fundo e exalou lentamente. Com delicadeza, ele se retirou e se deitou às minhas costas.

Ele me abraçou com força e soltou um longo suspiro.

— Bem que eu queria que ficássemos assim pra sempre, mas a vida vai bater na nossa porta a qualquer momento.

Com um movimento preguiçoso, percorri seu braço com a ponta do dedo, sentindo as lágrimas nublando meus olhos. Quando Brody beijou o meu ombro, eu me virei entre seus braços para encará-lo.

— Obrigada.

Ele riu baixinho.

— A única coisa que você *não* tem que fazer é me agradecer, querida. Acredite em mim... O prazer foi todo meu.

Senti minhas bochechas aquecerem quando olhei para ele.

— Eu fui... Quero dizer, eu fiz tudo certo?

Brody piscou diversas vezes antes de traçar o contorno da minha sobrancelha com a ponta do dedo.

— Não gosto quando você franze a sobrancelha. E por que raios você pensaria que fez algo errado?

Dando de ombros, fiquei matutando se deveria ou não falar sobre o Jack. Brody e eu tínhamos passado aquele momento maravilho juntos, e eu não queria estragar tudo.

— Frequentemente me dizem que faço esse tipo de coisa errado.

— Aquele bundão que diz isso? Não dê ouvidos pra ele, Sutton. Você é a mulher mais maravilhosa que eu já conheci.

Meu coração bateu acelerado no peito, e eu desviei o olhar, tentando esconder minha expressão. Eu sabia que estava corando, porque podia sentir o calor na pele.

Com a ponta do dedo, Brody levantou meu queixo e nosso olhares se encontraram.

— Sou eu quem tenho que te agradecer, Sutton. Você se entregou pra mim, e eu nunca vou me esquecer dessa noite pelo resto da vida.

Ele se inclinou e roçou os lábios aos meus. Eu estava tão dominada pelo momento que deixei escapar as palavras que guardava bem dentro do meu coração.

— Eu te amo.

Ele congelou. Seu olhar vasculhou meu rosto, e vi quando ele engoliu em seco. Então ele se fechou e começou a se afastar de mim.

— Eu não quis dizer isso em voz alta — soltei. — E não espero nada de você. Por favor, preciso que saiba disso.

Brody deu um sorriso forçado.

— Nós temos que nos vestir antes que alguém note que estamos fora há um bom tempo.

Pisquei rapidamente para conter as lágrimas que ameaçavam cair.

— Mas...

As palavras que eu queria dizer ficaram presas. Brody me beijou mais uma vez, apesar que desta vez pareceu mais como uma despedida.

Ele se sentou e passou por cima de mim. Em seguida, ele se virou e estendeu a mão para me ajudar a ficar de pé.

Em silêncio, ele ajudou a me vestir. Eu me sentia entorpecida, e tudo dentro de mim gritava para que eu afastasse suas mãos. Para que dissesse que podia me vestir sozinha. Mas outra parte minha necessitava do toque de suas mãos. Quão zoado era isso?

Eu me sentei no sofá e o observei se vestir rapidamente.

— Está pronta pra voltar? — ele perguntou, sem olhar para mim.

Imóvel, apenas neguei com um aceno.

— Não. O que aconteceu, Brody?

— Nada.

Com a cabeça inclinada, eu o observei.

— Nada? Como você pode dizer isso?

Ele esfregou o rosto com a mão.

— Não foi isso o que eu quis dizer, Sutton. O que fizemos foi maravilhoso. Fazer amor com você... foi *maravilhoso*.

Franzi o cenho.

— Então, o que aconteceu?

Ele desviou o olhar e encarou o outro lado do cômodo.

— Nada, é só que... eu não posso ficar com você.

Recuei em meus passos diante das palavras frias. Era nítido que ele havia erguido um muro logo após eu me declarar.

— Nunca? Você está dizendo que não significou nada pra você, e que nós nunca...

Ele olhou para o outro lado e esfregou a nuca antes de se concentrar em mim.

— Sutton, eu estou na Marinha. Nunca estou em casa. Você está prestes a ir para a faculdade. Isso... não daria certo. Não seria justo com você.

Assim que senti uma lágrima escorrer, praguejei internamente. Às pressas, sequei a lágrima.

— Como você pode simplesmente ir embora depois do que acabou de acontecer entre a gente? Eu sei que você sentiu o que eu senti, Brody. Eu vi no seu rosto. Senti na maneira como você me beijou e se moveu dentro de mim. Posso nunca ter transado antes, mas tenho certeza de que o que fizemos foi muito mais do que maravilhoso.

— Eu não sou bom pra você, Sutton. Você merece alguém que vá te amar e te dar tudo o que você sempre quis. Alguém que merece ouvir aquelas palavras de você.

Um soluço silencioso escapuliu antes que eu cobrisse a boca com a mão. Brody não tinha sentido *nada*.

Será que fui a única a sentir o amor entre nós?

De repente, eu me senti envergonhada – e precisava me afastar para o mais distante possível de Brody Wilson. Passei por ele com um esbarrão e segui em direção à porta.

Ele estendeu a mão e me impediu de sair.

— Sutton, não faça isso. Não torne isso mais do que foi e não estrague o que compartilhamos.

Dando a volta, eu o encarei com fúria.

— Eu? Sou eu que estou estragando tudo? Eu me entreguei pra você, pensando que você me queria tanto quanto eu te queria.

— Eu queria!

— Foi só isso? Tudo o que você queria era me foder?

Ele recuou.

— Não foi o que aconteceu entre a gente, Sutton, e você sabe disso.

— Então como você pode me descartar assim?

— Porque eu não posso ficar com você! Não posso te dar as coisas que você quer, e talvez tenha sido egoísmo da minha parte não ter falado isso logo de cara. Não ter falado que eu te quero, mas que não posso te dar nada além de *mim* nesse momento.

Minhas lágrimas corriam soltas agora.

— Este é o problema, Brody. Você não se entregou pra mim. Você me deu o seu corpo. — Eu o encarei, ciente de que havia uma expressão de súplica no meu rosto. — Por que você não pode ficar comigo? Por que não podemos dar certo?

Ele fechou os olhos, e angústia nublou seu semblante antes que ele os abrisse de novo. Um arrepio percorreu o meu corpo quando vi a expressão vazia e o abismo em seus olhos cor de avelã. As palavras que saíram de sua boca em seguida me despedaçaram em um milhão de pedaços.

— Porque eu não te amo.

A The Gift Box é uma editora brasileira, com publicações de autores nacionais e estrangeiros, que surgiu no mercado em janeiro de 2018. Nossos livros estão sempre entre os mais vendidos da Amazon e já receberam diversos destaques em blogs literários e na própria Amazon.

Somos uma empresa jovem, cheia de energia e paixão pela literatura de romance e queremos incentivar cada vez mais a leitura e o crescimento de nossos autores e parceiros.

Acompanhe a The Gift Box nas redes sociais para ficar por dentro de todas as novidades.

 www.thegiftboxbr.com

 /thegiftboxbr.com

 @thegiftboxbr

 @GiftBoxEditora